Mais que amigos?

CHRISTINA LAUREN

Tradução de Helena Mussoi

Mais que amigos?

MY FAVORITE HALF-NIGHT STAND - COPYRIGHT 2018
BY CHRISTINA HOBBS AND LAUREN BILLINGS
ALL RIGHTS RESERVED. PUBLISHED BY ARRANGEMENT WITH THE ORIGINAL PUBLISHER,
GALLERY BOOKS, A DIVISION OF SIMON & SCHUSTER, INC.

COPYRIGHT © FARO EDITORIAL, 2023

Todos os direitos reservados.
Nenhuma parte deste livro pode ser reproduzida sob quaisquer meios existentes sem autorização por escrito do editor.

Diretor editorial **PEDRO ALMEIDA**
Coordenação editorial **CARLA SACRATO**
Preparação **GABRIELA DE ÁVILA**
Revisão **ANA PAULA SANTOS** e **BÁRBARA PARENTE**
Ilustração de capa e miolo **FREEPIK**
Capa e diagramação **VANESSA S. MARINE**

DADOS INTERNACIONAIS DE CATALOGAÇÃO NA PUBLICAÇÃO (CIP)
Jéssica de Oliveira Molinari CRB-8/9852

Lauren, Christina
  Mais que amigos? / Christina Lauren ; tradução de Helena Mussoi. — São Paulo : Faro Editorial, 2023.
  224 p. : il.

  ISBN 978-65-5957-411-7
  Título original: My favorite half-night stand.

  1. Ficção norte-americana I. Título II. Mussoi, Helena

23-3220   CDD 813

ÍNDICES PARA CATÁLOGO SISTEMÁTICO:
1. Ficção norte-americana

1ª edição brasileira: 2023
Direitos de edição em língua portuguesa, para o Brasil, adquiridos por FARO EDITORIAL
Avenida Andrômeda, 885 - Sala 310
Alphaville — Barueri — SP — Brasil
CEP: 06473-000
www.faroeditorial.com.br

*Para todos os amigos de Christina Lauren
que nos ajudaram a nadar nestas águas repletas de
tubarões de namoro na internet*

CAPÍTULO UM
Millie

No ensino fundamental, minha melhor amiga, Alison Kim, era obcecada por cavalos, era *a garota dos cavalos*, você deve conhecer o tipo. Ela fazia aulas de equitação, ia para a escola usando botas de caubói e sempre tinha um cheiro leve de estábulos. Isso não é *necessariamente* ruim, mas com certeza era peculiar dentre os alunos do Colégio Middleton. O quarto dela era coberto por imagens de cavalos; todas as suas roupas tinham estampas relacionadas a cavalos; ela tinha cartas colecionáveis e bonecos de cavalos. A garota estava *aficionada* pelo assunto, e, a qualquer momento, podíamos chamá-la para responder a alguma pergunta sobre cavalos ou recitar uma curiosidade equestre qualquer.

Você sabia que os potros conseguem correr seis horas depois de nascerem? Não, eu não sabia.

E quanto aos seus dentes? Sabia que os dentes de um cavalo ocupam mais espaço em suas cabeças do que seu próprio cérebro? Não, também não sabia.

A maioria das meninas desenvolve *alguma* obsessão em determinado momento, e na maioria das vezes ninguém estranha isso. Cachorrinhos: típico. Princesas também costumam ser idolatradas. Também é esperado que elas se encantem com bandas formadas só por meninos. E implorar aos pais por um pônei ou um unicórnio é perfeitamente normal.

Não acho que eu já tenha sido normal. Eu? Eu era obcecada por assassinos em série.

Na verdade, mais especificamente, eu era obcecada por *assassinas* em série. Ao escutarmos a expressão *assassino em série*, a maioria das pessoas imagina um homem. E não é para menos, sejamos realistas: os homens são responsáveis por, no mínimo, 92% do mal que paira sobre o mundo. Afinal de contas, durante séculos a fio, as mulheres foram socialmente programadas para cuidar, elas são as protetoras, o suporte emocional. Então, quando ouvimos falar de uma mulher que tira vidas ao invés de criá-las, soa naturalmente chocante.

Minha fascinação por isso começou por volta da época em que fiz o papel de Lizzie Borden[1] na aula de teatro do sétimo ano. Era um musical inédito — produto da mente do nosso professor um tanto quanto excêntrico, para dizer o mínimo — e eu consegui o papel principal. Antes disso, meu conceito de assassinato ainda era perdido e disforme em minha cabeça. Porém, estudiosa como eu era na infância, devorei tudo o que pude sobre Lizzie Borden: os horrendos assassinatos a machadadas, o julgamento dramático, a *absolvição*. O fato de que, até hoje, aquelas mortes permanecem sem solução foi o suficiente para fazer funcionarem as engrenagens da minha mente: por que será que o cérebro masculino não tende apenas a ser mais agressivo como também mais propenso à violência em série? O que ativa esse mesmo mecanismo nas mulheres? É por isso que li todos os livros que encontrei sobre o assunto na adolescência, assisti a todos os programas sobre crimes, e esse é o motivo pelo qual agora ensino Criminologia na Universidade da Califórnia, em Santa Bárbara, e estou escrevendo um livro sobre essas mulheres que tanto me cativaram quando criança.

Também deve ser por isso que estou agora bebendo com quatro dos meus melhores SÓ amigos — homens — em vez de me divertir num encontro de verdade.

Nenhum homem quer ouvir: "Eu fiz minha tese sobre divergências de gênero em assassinos seriais" durante a parte do *Conte-me mais sobre você* no primeiro encontro.

— Millie.

— Mills?

Minha atenção é capturada primeiro pela voz de Ed, depois se volta para a voz de Reid.

— O quê?

Reid Campbell, um dos já mencionados melhores SÓ amigos, a razão pela qual estamos aqui comemorando hoje, e um homem cuja genética não recebeu o recado de que é injusto ser lindo e brilhante ao mesmo tempo, sorri para mim do outro lado da mesa.

---

[1]. Mulher que assassinou o pai e a madrasta a machadadas em 1892, em Massachussets, e virou parte do folclore americano. Informação disponível em: https://pt.wikipedia.org/wiki/Lizzie_Borden.

— Você vai escolher com que peça vai jogar ou prefere continuar boquiaberta encarando a parede a noite inteira? — Ele ainda está esperando, ainda sorrindo, e só agora percebo o tabuleiro na mesa e o dinheiro de cor pastel que ele começa a distribuir.

Ao que parece, enquanto eu estava fora do ar, inadvertidamente concordei em jogar Banco Imobiliário.

— Ai, gente… De novo?

Reid, que, por algum motivo, sempre é o banqueiro, fita-me com um ar pseudomagoado com aqueles olhos azuis.

— Sem essa! Não finja que você não adora este jogo! Conseguir montar um monopólio na Park Place e na Boardwalk nos dá um nível de alegria *obsceno*.

— É, eu adorava, quando tinha dez anos de idade. Ainda gostava até dois anos atrás — digo. — Mas por que continuamos jogando se sempre termina igual?

— Como assim "sempre termina igual"? — Ed, ou *Stephen Edward D'Onofrio!*, caso você seja a mãe dele, puxa sua cadeira para a minha esquerda. O cabelo de Ed é uma moita selvagem de cachos castanho-avermelhados que fazem parecer que ele acabou de acordar ou que precisa muito ir dormir.

— Para início de conversa — começo —, Reid é sempre a cartola, você é o carro, Alex é o navio, Chris é o sapato e eu sou o cachorro. Você vai ao banheiro umas doze vezes antes de chegar sua vez, e nós temos que ficar esperando. Chris vai acumular dinheiro e se irritar por ficar caindo a toda rodada nos hotéis do Alex. Reid vai comprar só as empresas e, de algum modo, ainda assim dar um banho em todos nós, e eu vou ficar entediada e desistir seis horas após o início desse jogo interminável.

— Não é verdade! — protestou Ed. — *Eu* desisti da última vez, e o Chris comprou todas as propriedades laranja para se vingar do Alex por aquele bolo de aniversário em formato de galo.

— Cara, aquele bolo foi ótimo! — Alex disse, seus olhos escuros cabisbaixos enquanto ele ria olhando sua própria bebida. — E valeu a pena aguentar o Chris colocando sal na minha cerveja por duas semanas.

— O melhor de tudo — retrucou Chris — é que você nunca esperava que eu colocaria o sal, mesmo depois de eu ter feito isso quatro vezes.

Como de costume, Reid não se distrai de seu objetivo e entra na discussão enquanto organiza as cartas de propriedades.

— As regras de hoje eram muito claras: minha festa, minha escolha.

Soltamos um gemido em uníssono, pois ele tem razão. Reid e Ed são da área de neurociências, também na UCSB, mas, ao passo que Ed trabalha como pesquisador de pós-doutorado no laboratório de Reid, Reid é um professor adjunto recém-nomeado, que acabou de efetivar seu cargo. Esse cargo é o porquê de eu estar usando um vestido e um chapéu de festa, e também o porquê de tantas serpentinas meio murchas de papel crepom estarem penduradas na sala de estar do Chris.

Chris está sempre do lado de Reid; ele está juntando as peças do jogo, não para guardá-las, mas para fazer uma concessão.

— Vamos mudar as coisas. Eu vou ser o cachorro, Mills.

— Acho que você não entendeu o que eu quis dizer, Christopher.

Quatro pares de olhos me encaram, inexpressivos, incitando-me a desistir da batalha.

— Tá bom, então — digo, conformada, enquanto me levanto e vou até a cozinha para buscar outra garrafa de vinho.

UMA HORA MAIS TARDE, VEJO QUE PERDI a conta de quanto dinheiro de mentira já paguei a Reid e de quantas vezes Alex encheu minha taça. Alex é professor de bioquímica, o que explica como ele sempre consegue me embebedar. E nossa, como estou bêbada! Nem sei mais do que estava reclamando: Banco Imobiliário é o máximo!

Chris reembaralha as cartas da Caixa de Comunidade e as posiciona de cabeça para baixo no tabuleiro.

— Ed, você ainda está saindo com aquela ruiva?

Não faço ideia de como Chris se lembra dessa história. Entre Alex e Ed, parece que nunca faltam histórias esquisitas de encontros e namoros para compartilhar. Eu entendo por que isso acontece com Alex, ele é alto, sombrio e malicioso, e, embora seja originalmente de Huntington Beach, passou todos os verões da infância com seus parentes no Equador, o que lhe deu um sotaque que faz as mulheres se derreterem. No entanto, ele nunca leva ninguém a sério e raramente se encontra com alguém de novo após tomar um táxi para casa pela manhã.

Ed é... não é nada disso. Não me entenda mal, não é que ele não seja atraente, além da já mencionada cabeça cheia de cabelo, mas ele se assemelha mais a um mauricinho universitário do que a um homem másculo. Se fôssemos à casa dele neste instante, encontraríamos ketchup e refrigerante de limão na geladeira, além de uma sala de estar repleta de máquinas de fliperama no lugar de móveis. Ainda assim, ele sai mais do que eu, Reid e Chris somados.

Não que isso seja grande coisa.

Reid é viciado em trabalho. Chris é belíssimo e bem-sucedido, mentor de outros químicos afro-americanos da universidade, mas também é exigente, sério e trabalha nos mesmos horários insanos de Reid. E eu? Honestamente, talvez eu seja só preguiçosa mesmo.

Alex conta suas casas e posiciona o dado no centro do tabuleiro.

— Você quer dizer aquela do tapa-olho?

Certo, *isso* me traz uma vaga lembrança.

Ed não achou graça.

— Ela não tinha um *tapa-olho*.

— Na verdade, eu também me lembro dela — digo. — Lembro-me claramente de ter visto um remendo cobrindo um olho. — Aponto para o tabuleiro e para o amontoado de hotéis enfileirados lá. — P.S.: é sua vez, e se você não tirar dois (o que o levaria à cadeia), você estará *fo-di-do*.

— Esses maus senhorios... — Ed resmunga, mas joga o dado mesmo assim. Não tenho ideia de como, mas ele, de fato (miraculosamente), tira dois, e dá um soco celebratório no ar antes de escoltar seu carrinho para a *Cadeia*. É um alívio momentâneo das fileiras e mais fileiras dos hotéis de Alex. — E não era um tapa-olho, era um curativo pequeno. Nós tínhamos sido... muito afetuosos, e as coisas saíram um pouco de mão.

— Saíram de mão no sentido de... — Deixo a frase no ar, decidindo que talvez não queira saber a resposta.

Reid ri sobre a boca de sua taça. Quando Ed não esclarece o assunto imediatamente, no entanto, seu sorriso aos poucos se achata e um silêncio recai sobre o recinto enquanto somos levados a imaginar a solução do mistério a partir do uso da lógica.

— Espera. É sério?

Eu arrumo os míseros restos do meu dinheiro.

— Bom, ele disse mesmo que era um curativo *pequeno*.

Reid cai sobre a mesa em gargalhadas, e talvez isto se deva ao fato de que metade do meu sangue esteja embebido em vinho neste ponto, mas me lembro mais uma vez de que a primeira coisa que notei nele foi o sorriso.

Há pouco mais de dois anos, Reid e eu fomos apresentados pelo meu então-namorado, Dustin, chefe do departamento de Criminologia (o que significa, sim, que meu ex-namorado agora é meu chefe, motivo pelo qual eu nunca mais namorei ninguém com quem trabalhasse). Reid era novo na UCSB, e, na inauguração de um novo prédio de Ciências Computacionais, Dustin fez uma piada sobre como era a primeira vez em que alguém via Reid fora do laboratório. Aparentemente, Reid e sua noiva tinham acabado de romper; a maior queixa dela era a de que Reid passava tempo demais no trabalho. Eu não sabia disso na época, mas descobri depois que Dustin sabia. Reid riu da gracinha e seguiu sorrindo calorosamente quando apertamos as mãos. Desenvolvi uma leve atração imediata por aquele sorriso brilhante que fazia os cantos dos olhos de seu dono se enrugarem, aquele sorriso que sobrevivera à alfinetada desleal de Dustin.

Por razões que nada tinham a ver com Reid, terminei com Dustin alguns meses depois, mas, já que ninguém gostava dele mesmo, pude permanecer na companhia de Reid, além de ganhar as companhias de todos os seus amigos: Chris e Reid foram colegas de faculdade, Ed se juntou ao laboratório de Reid como pós-doutor pouco depois de ser contratado, e Alex dividiu o laboratório com Chris quando ambos eram novatos no corpo docente da UCSB. Eu sou o único membro não científico do grupo, mas tanto no trabalho quanto em casa esses caras meio que se tornaram a minha querida pequena família de consideração.

— Então — Chris retoma o assunto —, vou considerar isso um "não" à pergunta que fiz sobre vocês ainda estarem saindo.

Ed joga os dados novamente, feliz por não tirar dois números iguais, e permanece seguro na cadeia.

— Correto.

— Então quem você vai convidar para o banquete de abertura? — pergunta Chris.

Reid desvia o foco do tabuleiro e o direciona a Chris.

— Temos que pensar nisso agora? O banquete é só em junho, ainda estamos em março.

Chris sorri e olha, presunçoso, ao redor da mesa.

— Já vi que nenhum de vocês ficou sabendo do palestrante deste ano.

Reid estuda sua expressão.

— Por quê, o palestrante vai me fazer querer ir acompanhado?

Chris se levanta e anda pela cozinha para pegar outra cerveja.

— Ouvi rumores de que o Obama vai fazer o discurso de abertura, além de uma breve introdução, no Banquete dos Reitores. Terno e gravata, direito a acompanhante, o pacote completo.

Todos arfam profundamente em uníssono.

— Também ouvi dizer que o reitor vai fazer o anúncio esta semana — ele acrescenta.

— Sem essa! — Ed o encara com os olhos arregalados por detrás dos óculos grossos. — Bom, eu definitivamente estarei lá este ano.

Reid ri, pegando o dado.

— Era para você estar lá *todo ano*.

— Mas no ano passado o primeiro palestrante foi o Gilbert Gottfried, acho que não perdi grande coisa.

— Aliás, eu queria conversar com vocês sobre isso — disse Chris. — Nenhum de nós está namorando ninguém... — ele interrompe o raciocínio, voltando sua atenção para onde Ed tenta equilibrar uma rolha no nariz e conta em silêncio quanto tempo ele conseguirá fazer isso.

— Olha aqui, Millie! — Ed estica o braço. — Dez segundos sem as mãos!

Chris se vira para nós de novo:

— ... nem está com uma perspectiva séria de namoro. — Ele continua devagar. — Quem é que a gente *vai levar*?

Ed se endireita, capturando a rolha na palma da mão.

— Por que não podemos ir todos juntos?

— Porque não é uma festinha de escola — Chris responde.

— Não podemos ir sozinhos?

— Bem, até podemos. Mas esse evento vai ser importante, vai ter dança e essas coisas típicas de casal. Você pode ir sozinho e ser o lobo solitário, ou ir em grupo, e aí vamos ser aquela mesa de marmanjos — e a Mills — todos sentados lá que nem uns panacas. Acho melhor procurar acompanhantes.

Reid joga o dado e começa a planejar sua vez.

— Eu escolho a Millie.

— Você me *escolhe*?

— Ei, alto lá! — Com a atenção desviada de seu argumento inicial, Chris se vira para Reid, franzindo a testa. — Se vamos em duplas, por que você a escolheu?

Reid dá de ombros e acena a cabeça em minha direção.

— Porque ela fica melhor de vestido.

Ed parece genuinamente ofendido.

— Você obviamente nunca me viu de vestido.

— Eu te levei ao Banquete dos Reitores no ano passado. — Chris aponta para o Reid. — Nós nos divertimos à beça.

Ao terminar sua vez, Reid larga o dado no centro do tabuleiro e pega sua bebida.

— Foi mesmo. Só quero ser justo e ir com outra pessoa desta vez.

Ed dá um tapinha no ombro de Chris.

— Eu sou mais o tipo do Reid. Vocês se lembram daquela barista bonitinha de quem ele gostou? Aquela de cabelo encaracolado? — Ele aponta dramaticamente para a própria cabeça e seu amontoado de cachos ruivos.

— Vai me dizer que não ficaríamos lindos juntos?

— Eu sou mais eu. — Alex apoia um pé sobre a mesa e levanta a barra dos jeans, flexionando o músculo da panturrilha. — Reid é um apreciador de pernas. Olhem só para estas pernocas aqui. Eu poderia sair rodopiando pela pista de dança.

Reid observa cada um deles, perplexo.

— Quer dizer, tecnicamente a *Millie* faz meu tipo. Sabe, porque é mulher e tal.

— Alguém mais acha estranho que um recinto cheio de homens heterossexuais esteja lutando por Reid, e não por mim? — pergunto.

Chris, Alex e Ed parecem refletir bastante sobre isso antes de responderem que "não" em uníssono.

Eu ergo minha taça de vinho e tomo um gole longo.

— Então está bem.

Enfim, Reid se levanta, carregando sua taça vazia até a cozinha.

— Millie, você quer alguma coisa?

— Além de dicas sobre como desenvolver uma presença feminina sedutora? — pergunto. — Estou bem, obrigada.

Na bancada, Reid enxagua a taça e se abaixa para abrir a máquina de lavar louças, posicionando-a lá dentro com cautela. Já o vi fazer isso centenas de vezes, e não sei se é por causa daquele papo de namoro, ou do vinho, ou se Reid está particularmente bonito com sua camisa cinza-escura, mas nesta noite eu não desvio o olhar.

Observo-o andar tranquilamente pela cozinha, pegando louças avulsas perto da pia e as colocando em suas respectivas bandejas. Vejo os músculos de suas costas flexionarem quando ele se curva após terminar a tarefa, passando a mão sobre a larga cabeça da labradora cinza de Chris, Maisie.

Bebi o suficiente para sentir que meus membros estão frouxos e maleáveis; meu estômago está quente. Meu cérebro está meio nebuloso, o bastante para bloquear minha tendência a analisar demais as coisas. Em vez disso, minha mente serpenteia pelo fato de que Reid fazer algo tão mundano quanto encher uma máquina de lavar louça e acariciar um cachorro é absolutamente *fascinante*.

Com a cozinha já limpa, Reid estende os braços acima da cabeça num agradável alongamento. Meus olhos, como ímãs, seguem as linhas de seu corpo, o modo como o tecido da camisa repuxa sobre seu peito e se estica na curva de seu bíceps. Consigo ver de relance um pouco da barriga dele.

Reid tem uma bela barriga, aposto que ele ficaria ótimo se tirasse aquela camisa.

Ajoelhando-se sobre mim, os braços esticados, os dedos se agarrando à cabeceira da cama enquanto ele...

Opa.

Quero dizer... OPA. De onde saiu isso?

Forço minha atenção para baixo, na direção da mesa de jantar, e uns cinco segundos se passam antes que eu me atreva a me mexer de novo. Acabei de ter uma *fantasia sexual* com Reid, Reid Campbell, aquele que sempre torce para o azarão em qualquer evento esportivo, que finge gostar de música clássica a fim de que o Chris não tenha que ir sozinho à sinfonia, que compra um novo par de tênis de corrida precisamente a cada seis meses.

Quando ele retorna à mesa e se senta ao meu lado, mesmo que as batidas aceleradas do meu coração não me entreguem, não estou com cara de quem está pensando em retomar nossa fascinante partida de Banco Imobiliário.

Pisco para minha taça de vinho vazia, ansiosa para colocar a culpa no objeto mais conveniente. Quantas eu já tomei? Duas? Três? Mais? Não estou bêbada, mas também não estou exatamente sóbria.

Sou o tipo de bêbada que quer abraçar todo mundo, não tirar as calças do melhor amigo.

ARGH.

Melhor SÓ amigo. Melhor SÓ amigo.

Uma onda de calor ataca meu rosto, e me levanto tão rápido que a cadeira balança sobre os pés de trás. Quatro pares de olhos curiosos se voltam para mim, e eu me viro, correndo em direção ao banheiro.

— Millie? — Reid me chama. — Você está bem?

— Preciso fazer xixi! — grito por cima do ombro, sem parar, até estar segura dentro do banheiro, a porta firmemente fechada atrás de mim.

Geralmente eu rio quando me lembro de um dentre os vários galos que demos ao Chris ao longo dos últimos dois anos. Mas agora? Nem tanto. Toda essa história de galos começou como uma piada: Chris elogiou uma pintura gigantesca de um galo na casa da mãe do Ed, e ela imediatamente lhe deu o quadro, então, é claro que todo presente de aniversário, dia dos namorados ou Natal, desde então, foi algum tipo de objeto relacionado a galos. Ainda assim, até a visão de um dos meus favoritos, uma placa escrita "Acordem, seus babacas, que o dia já acordou!" que comprei para ele em seu último aniversário, só me faz pensar na piada do pinto, que me faz pensar em pênis, que me lembra a imagem do Reid nu, na minha cama, em cima de mim.

Com as mãos na bancada, eu me inclino para examinar meu reflexo e, certo, poderia estar melhor. Minhas bochechas estão vermelhas, meus olhos meio vidrados; meu delineador e meu rímel convergiram numa mancha escura logo abaixo das minhas pálpebras inferiores.

Ajoelhando-se sobre mim, os braços esticados, os dedos se agarrando à cabeceira da cama...

Agora, com as torneiras abertas ao máximo, eu limpo os olhos e jogo água fria no rosto. Isso me ajuda a esfriar um pouco a pele e afastar a névoa para conseguir pensar.

Não é que eu não ache o Reid atraente sexualmente, ele é lindo e brilhante e hilário, mas ele é meu melhor amigo. Meu Reid. O cara que segurou minha mão durante um tratamento de canal de emergência e se vestiu de Kylo Ren quando fomos ver *Star Wars: Os Últimos Jedi* no meu vigésimo nono aniversário. Sou próxima dos outros também, mas, seja lá qual for o motivo, é diferente com o Reid. Não *esse* tipo de diferente, mas... somos mais próximos. Talvez seja porque ele tem um nível de intuição que eu nunca vi num amigo antes. Talvez seja porque nós dois podemos ficar quietos juntos e o clima nunca fica estranho.

Fecho os olhos com força; é difícil ter uma crise existencial quando se está bêbado. Uma parte de mim acha que eu deveria me dirigir à saída mais próxima, mas a outra parte acha que deveríamos apenas... fazer as pazes.

Alguém bate na porta e eu recuo o bastante para entreabri-la. É o Reid, docemente desarrumado com um pano de prato sobre o ombro.

Maldição!

Eu me endireito, esperando parecer mais sóbria do que estou.

— Oi.

— Está tudo bem? — ele pergunta.

— Tudo ótimo. — Apoio-me sobre o batente a porta, tentando parecer casual. Tudo o que esse movimento consegue fazer é posicionar meu rosto a centímetros do dele, o que, de alguma forma, faz eu me sentir mais bêbada. — Você sabe como sou com vinho, ele me atropela.

Sou uma idiota, mas, antes que eu possa me arrepender do que disse, ele começa a rir. *Por que ele sempre ri das minhas piadas estúpidas?*

— Ed e Alex estão indo embora — ele diz calmamente. — Você não pode dirigir. Posso te dar uma carona?

— Não estou bêbada. — Talvez essa afirmação soasse mais verdadeira se eu não soluçasse imediatamente após ela. — E eu nem ia dirigir.

Ele inclina a cabeça e uma mecha de cabelo castanho cai para a frente ondulando-se sobre sua testa. Meu cérebro logo decide ficar ao lado do Time Fazer as Pazes.

— Vamos lá. — ele diz. — Você pode escolher a música.

Em Santa Bárbara, pelo menos trezentos dias por ano são ensolarados e perfeitos. A maior parte da nossa chuva escassa cai no início da primavera, e, enquanto dirigimos pela Rodovia 1 à meia-noite, janelas abertas e Arcade Fire berrando no rádio, sentimos o cheiro de uma tempestade chegando.

— Sua noite foi boa? — pergunto, virando a cabeça para enxergá-lo. Meus olhos levam alguns segundos para recuperar o foco. Está escuro dentro do carro e o rosto de Reid está na sombra.

— Foi, sim.

— Você está se sentindo diferente?

Ele se vira e sorri, as pontas dos cílios assumindo o brilho dourado da luz do painel.

— Por causa do novo cargo?

— É. Sabendo que agora você pode ser demitido por incompetência ou por má conduta.

Ele ri.

— Defina "má conduta".

— Assédio sexual, assassinato, desvio de verbas…

— Parece até que você está me desafiando. — Ele pega minha mão no console e aperta meus dedos. — Está com frio? Posso ligar o aquecedor de assento se você quiser deixar a janela aberta para pegar um ar.

— Estou bem. — Digo, mas ele não solta meus dedos. — Talvez, ficando menos no laboratório e mais na sala de aula, você possa pegar mais leve. Tirar mais tempo para si.

— E fazer o que com ele? Jogar fliperama com o Ed?

— Sei lá — continuo —, explorar novos hobbies, encontrar a si mesmo, sair com alguém… Você trabalha demais.

Ele se vira para mim de novo e dá um sorriso adorável.

— Para que sair com alguém se já tenho sua companhia para o banquete?

Reviro os olhos.

— Eu quis dizer no sentido geral de namorar.

— Está bem, então. Quando foi a última vez em que você saiu com alguém que não fosse um de nós?

Vasculho minha memória e conto cinco… seis meses, e não consigo deixar de pensar em como minha vida sexual se tornou uma verdadeira terra de ninguém. Ando tão estressada com prazos e questões familiares, e meu cérebro só está buscando uma cápsula de fuga, um pouco de alívio. Não é de admirar que eu esteja fantasiando com Reid.

Quando demoro demais a responder, ele aperta meus dedos novamente.

— Quer que eu pegue um calendário? Acho que tem um ábaco no meu escritório.

— Acho que foi com o Carson, aquele barista que trabalhava no Cajé.

No escuro, vejo seus olhos se estreitarem enquanto ele pensa.

— Ele não é mais novo do que você?

— Alguns anos, sim — digo, e dou de ombros.

— *Sete* anos. — Ele corrige. — E ele tinha um piercing no nariz.

Que memória impressionante, Reid!

— Homens namoram mulheres mais novas o tempo todo e ganham um tapinha nas costas. Por que sair com um cara mais novo automaticamente me torna uma predadora?

Ele ergue uma mão.

— Não estou te chamando de predadora. Olha, se o meu eu universitário de 21 anos tivesse tido a chance de comer uma linda você de 28, eu teria feito isso num piscar de olhos.

Como é?

Um calafrio percorre minha espinha, e ele nota, passando uma mão pelo meu braço.

— Você está arrepiada.

— Ah… — Aproximo-me da janela. — Acho que está mais frio do que eu pensava.

— E aí, o que houve? Entre você e o…

— Carson — termino a frase. — Nada. Ele tinha 21, não tínhamos muito para onde ir.

— Quer dizer que foi só sexo.

Sinto-me grata por estarmos no escuro, assim ele não consegue me ver corada e sem jeito.

— Meu tônus muscular nunca foi tão bom.

Reid solta uma risada escandalosa.

— É sério. E quanto a você? Quando foi sua última… Você sabe…

— Hum… — Ele bate de leve o polegar no volante. — Minha última, *você sabe*… Não tenho certeza. Você provavelmente sabe tanto da minha vida quanto eu, me diz você.

— Você trabalha o tempo inteiro.

— Pois é, é curioso… — ele diz, sorrindo. — Deve ter sido assim que fui efetivado.

Reconheço isso com um aceno desajeitado. Ele vira na Rua State, que, a esta hora, é o caminho mais rápido para minha casa. Eu observo enquanto ultrapassamos os semáforos, um a um.

— Isso nos torna sem-graça? — eu me pergunto. — O fato de estarmos solteiros há tanto tempo, de ninguém no nosso grupo ter um relacionamento de verdade? O Ed e o Alex namoram mais do que a gente, e talvez até o Chris, mas eles nunca chegam a lugar nenhum. É possível que a gente esteja estimulando um ao outro a morrer sozinho? Estamos virando um culto celibatário bizarro?

— Definitivamente estamos estimulando um ao outro.

— Mas a gente deveria se preocupar com isso? — pergunto. — Um dos muitos, *muitos* problemas que eu tinha com o Dustin era o fato de ele querer uma boa esposa. Nem sei se eu tenho esse gene, e não namorei ninguém por um longo período depois dele. Você não namora desde a Isla. Isso significa que somos fracassados?

— Na verdade, acho que significa o contrário — ele diz, entrando na minha garagem e estacionando o carro. — Deixa eu te perguntar uma coisa. Você ama sua carreira?

Nem preciso pensar antes de responder:

— Com toda a certeza.

— Bem, está aí. E mesmo se a gente estiver estimulando um ao outro a continuar sozinho, quem se importa? Você nunca poderia morrer sozinha, porque tem a mim.

De repente, o carro fica silencioso, e eu sei que deveria entrar. Deveria lavar o rosto, colocar o pijama e ir direto para a cama.

Eu deveria deixar Reid ir embora. O problema é que não quero fazer isso.

— Entra comigo — digo, empurrando a porta e saindo do carro. O ar está frio e com cheiro de chuva, mas isso não é o suficiente para acabar com a onda que continua zumbindo nas minhas veias ou me fazer recuperar os sentidos.

Não tenho ideia do que estou fazendo ou do que está havendo entre nós, mas, quando chego à varanda e pego as chaves, Reid está logo atrás de mim.

CAPÍTULO DOIS

Reid

Eu nunca tinha flertado com uma amiga antes... É isso o que está acontecendo agora? Quer dizer, parece que sim. Millie está sendo ela mesma, mas um pouco... *mais*.

Ela esbanjava um sorriso tímido, seus olhos vagueavam bem mais do que de costume e seus dedos se entrelaçaram nos meus quando segurei a mão dela no carro...

É como destrancar uma janela e deixar o vento escancará-la. Se Millie estiver flertando, o que devo fazer? Flertar de volta? Este é um momento muito no estilo de *Os Suspeitos*, de Bryan Singer, eu não fazia ideia de que a Millie era esta pessoa.

Estamos mesmo fazendo isto?

Lanço um olhar descarado para a parte de trás do corpo da Millie enquanto ela se dirige à geladeira e pega uma lata de água com gás para cada um. É quase clínica a forma como a estudo.

Objetivamente, trata-se de uma bunda fantástica.

Acontece que é a bunda *da Millie*. De início — por pouco tempo —, ela era conhecida como a Millie do Dustin. Depois, ficou conhecida como a Millie-que-é-um-dos-caras, *a Nossa* Millie, era bem melhor assim. Agora, ao que parece, ela se transformou na Millie Bêbada e Galanteadora.

É claro que já olhei a bunda dela. Já olhei muitas partes dela, sendo bem franco, mas fiz isso daquele jeito dissociado com que os homens sempre olham para as mulheres, quase sem perceberem o que estão fazendo. Já o fiz casualmente também, devido ao hábito da proximidade: enquanto a ajudava a tirar o casaco, enquanto segurava sua cerveja para ela tirar o suéter, enquanto a examinava do lado de fora de um provador quando ela perguntava se deveria comprar aquela calça jeans. Independentemente disso, não importa quão bonita ela seja: Millie sempre foi intocável.

Na verdade, acho que ela sempre foi intocável porque nunca havia demonstrado grande interesse por nenhum de nós.

Ela limpa a garganta, e eu levo meus olhos até seu rosto, que, é justo dizer, talvez seja a melhor parte dela: os olhos verdes enormes, a boca sarcástica, as sardas no nariz e nas bochechas. Ela é linda, sim, mas eu nunca tinha adentrado o território do *Ela é sexy?* até esta noite.

— Eu estava encarando a sua bunda.

— E...? — Ela apoia um quadril na bancada e me dá um sorriso diferente de todos o que já vi nela. A maior parte de seus sorrisos são de boca aberta, maravilhados, frequentemente esbanjados através de um riso engasgado enquanto ela toma um gole de cerveja. Outros sorrisos são meia-boca, entretidos conosco enquanto tentamos fazê-la rir. O sorriso mais raro é o triunfante, quando ela nos fala a quantidade perfeita de merdas. Esses só são raros porque ela não costuma mostrar suas cartas.

Mas o de agora é como se alguém estivesse me contando um segredo. Ela parece concordar, porque morde o lábio inferior, como se estivesse tentando escondê-lo.

Acho que ela quer meu parecer sobre sua traseira, mas deve estar claro, pela minha expressão, que eu lhe daria notas altas.

— O que há com você hoje?

Um ombro nu se ergue e cai de volta no lugar.

— Estou meio embriagada.

Isso me faz gargalhar.

— "Meio embriagada"? Eu ficaria impressionado se tivesse sobrado algum vinho na casa do Chris.

— A culpa não é minha — ela diz. — Foi você que conseguiu a efetivação do cargo. Além disso, o Ed tomou duas garrafas sozinho, e quem me serviu foi o Alex.

— O sangue do Ed é 90% álcool e 10% farelos de Cheetos.

Ela vem até mim com as latas de água na mão, e só posso descrever seu caminhar como pavoneado, é tão dramático que eu começo a rir. Nós nos conhecemos há mais de dois anos, e eu nunca poderia imaginar esse lado brincalhão e sedutor dela, mas o som vindo da minha garganta é cortado quando ela coloca as águas sobre a mesinha perto de mim e põe as mãos abertas no meu peito.

A antecipação ganha vida sob a minha pele.

— Mills...

— Reids...

Falando através do ar pressurizado em minha garganta, pergunto:

— O que você está fazendo?

— Te seduzindo. — Ela ergue uma mão e acaricia o lado do rosto com o dedo mindinho, afastando uma mecha de seu cabelo acobreado. — Está funcionando?

Nunca tive motivo para me conter perto dela, e a resposta escapa de mim com facilidade, sem filtros:

— Sim. Mas por quê?

Outro dar de ombros.

— Não faço sexo há um bom tempo e você estava organizando a louça mais cedo.

— Organizando a louça?

— Foi muito sensual. E você se alongou. Eu vi sua barriga, seus músculos, seu caminho feliz.

— Bem, não é à toa então que acabamos aqui.

Ela grunhe um pouco e se estica para pressionar o nariz sobre o meu pescoço, inalando o ar.

— Eu gosto do seu cheiro.

Congelo imediatamente. Quando ela diz isso, parece que estou de pé no centro estático de uma sala que não para de girar. De novo: Millie. Esta é a *Millie Morris*. Brincalhona. Colega. Ladra do meu moletom de Stanford. Mulher que tem exatamente o mesmo gosto que eu para cerveja. A cola que mantém nosso círculo de amigos unido.

— Gosta, é?

— É — ela diz, irradiando calor sobre mim ao pressionar a boca sobre aquele ponto no qual dá para sentir meu pulso. — Ele até me parece familiar, mas eu nunca tinha me dado conta de como é tão bom de perto.

Enquanto beija meu pescoço, meus pensamentos viajam dois anos no passado, quando Dustin a levou consigo para beber com o resto de nós. Chris, Alex e eu achamos que ele parecia um cara legal; talvez viesse a ser outro colega com quem pudéssemos sair. A academia é muito dura, ajuda ter um grupo de pessoas que entendem os horários loucos e as pressões envolvidas nesse meio. No entanto, em cerca de trinta minutos, Dustin já estava jogando dardos com uns surfistas e Millie nos embebedava com carros-bomba irlandeses e piadas indecentes. Daquela noite em diante, Millie pareceu ser mais *nossa* do que *dele*. Sei que eles acabaram terminando porque suas grades não eram compatíveis, além de terem atingido um platô — e o

Dustin era, basicamente, um babaca —, mas às vezes me pergunto sobre o quanto nossa amizade pode ter contribuído para o término da relação deles.

Aquela amizade chegou na hora certa: eu ainda estava me recuperando do fato de a Isla ter terminado o nosso noivado e começando a encontrar meu clã de amigos na universidade. Chris, Alex, Ed e eu saíamos, mas espontaneamente, nunca era nada planejado ou proposital. No entanto, assim que Millie se juntou à nossa gangue, estarmos juntos se tornou costumeiro: churrascos na casa do Chris quando o tempo estava bom; futebol americano aos domingos na casa da Millie, que tinha uma televisão enorme e os móveis mais transados; noites de jogatina na casa do Ed; intimidade e piadas internas. Entramos num ritmo e construímos uma espécie de comunidade. Antes da Millie, nós nos reuníamos quando um esbarrava aleatoriamente no outro; graças a ela, agora almoçamos juntos toda segunda e quarta e não consigo imaginar uma semana sem isso.

Porra, eu amo todos eles, mas romance nunca fez parte do jogo. Agora estamos só eu e Millie, tão perto um do outro que nossos peitos se tocam. Estou tentando não imaginar o que os outros pensariam neste momento.

Quando retomo meu foco, é difícil pensar em qualquer coisa; Millie tem se mantido bastante ocupada. Um dedo está enfiado na presilha do meu cinto, seus lábios pairando próximos ao meu queixo, contornando meu maxilar. É hora de tomar uma decisão. Só preciso inclinar minha cabeça para baixo em direção à dela para nos beijarmos. Já estou ficando duro, e o dilema está cada vez mais nebuloso: prosseguir, afinal, será ótimo ou desastroso?

— Vamos mesmo fazer isso? — desta vez, pergunto em voz alta. A respiração dela em minha boca está adoçada pelo vinho e pela maçã que ela roubou da bancada do Chris enquanto saíamos.

— Eu quero *muito* fazer sexo hoje — ela admite. — Mais especificamente, quero fazer sexo com você, mas, se isto for muito estranho, não tem problema se você quiser ir embora. Aí eu vou mergulhar na gaveta do pecado lá no meu quarto.

Não me decidi ainda, mas meus lábios roçam os dela uma vez, só para testar, e não me sinto estranho, nem um pouco. A sensação é leve e suave. Meu pulso bate impaciente dentro de mim.

— Gaveta do pecado?

— É, brinquedos sexuais.

— Não — eu digo, beijando-a de novo. — Essa parte eu entendi. O que quero dizer é... você tem uma *gaveta* inteira de brinquedos?

— Não é uma gaveta, assim, imensa. — Sua boca cobre a minha, mais firme agora, e ela sorri enquanto me beija. — Mas, sim, está cheia deles.

Nossa, que lábios incríveis! Brincalhões, macios, imediatamente viciantes. Ela rapidamente faz a transição de *Millie, minha amiga,* para *Millie, deusa do sexo,* e, durante uma fração de segundo, espero desesperadamente que possamos voltar a como éramos antes com a mesma facilidade.

Então as mãos delas surgem por debaixo da minha camisa e agora só espero que o tempo congele para que nossa noite não termine nunca.

Suas palmas são lâminas suaves de calor que percorrem minha barriga até meu peito. As unhas me provocam e mapeiam cada milímetro do meu corpo. Os sons que ela emite vibram contra meus lábios, adentram minha boca. Minha camisa se foi. As mãos trabalham loucamente no meu cinto, o botão do cós da calça, o zíper, até meus jeans virarem uma poça preta aos meus pés.

Todas as curiosidades que não deveríamos ter em relação a nossos amigos correm soltos — como ela beija, que sons ela faz, ela é dominante, ela é divertida? — e, com base no sorriso que ela esbanja, vejo que as mesmas coisas permeiam seus pensamentos. É um alívio encontrar estas maneiras insólitas nas quais somos compatíveis.

Gosto de como ela suspira quando se embrenha pela minha cueca e me toca. Gosto do sorriso furtivo que ela pressiona contra o meu.

— Reid... estou tocando no seu pau.

— Eu sei.

— Eu gosto — ela sussurra.

— Seria coincidência? Porque eu também gosto.

Ela ri, tirando as mãos de lá e usando-as para segurar minha cintura enquanto anda para trás, conduzindo-me ao seu quarto no final do corredor. Ela beija minha clavícula, meu pescoço, meu maxilar.

É fácil tirar a roupa da Millie: basta puxar o tecido por cima de sua cabeça e lá está ela só de lingerie. Sempre suspeitei, lá no fundo, que seu seios fossem bonitos, mas agora posso confirmar isso com meus olhos, minhas mãos, minha boca. Sempre gostei do fato de ela ser uma nadadora, de comer muito bem, e agora vejo a definição de seus braços, sua barriga, a força de suas coxas. O cabelo dela está emaranhado; a boca já meio inchada por minha causa. Não faço sexo há meses e por um momento isso tudo é demais para mim, sou como um homem faminto num *buffet*: sem saber por onde começar.

— Você está pensando demais — ela diz, e chega mais perto, enganchando os polegares no elástico da minha cueca. — Não pensa em nada.

Brinco com uma mecha de seu cabelo com meu dedo indicador.

— Vamos estabelecer algumas regras básicas?

Quando Millie se afasta um pouco, seus olhos estão escuros e pesados.

— Se você quiser...

— Apenas acho que deveríamos...

Seus lábios retornam ao meu pescoço, sugando-o.

— Certo, primeira regra: os dois gozam.

Eu recuo e olho para ela.

— Sério? *Isso* precisa ser dito?

Uma curva sarcástica acomete sua boca.

— Ah, você nem imagina.

— Deixa comigo — digo, beijando seu sorriso. — A minha regra é não contarmos nada aos outros. Ed é tão otimista que provavelmente ficaria feliz por nós, mesmo que fosse só uma noite de diversão. Mas Alex nos daria sermões intermináveis, e Chris ficaria horrorizado.

Agora é ela que recua, surpresa.

— E você precisa dizer *isso*?

— Acho que eles ficariam com ciúmes.

— De mim, é claro. É óbvio que todos querem comer o Reid.

Isso me faz rir.

— Óbvio.

— Então você não vai dizer ao Chris? Você conta tudo para ele.

Ela está certa, mas ele jamais concordaria com este tipo de decisão impulsiva. Chris é a pessoa mais cuidadosa, mais propositada que já conheci.

— Juro que não vou.

A mão dela acaricia minha barriga, e a ponta do dedo traça a linha de pelos acima da minha cueca.

— Mais alguma regra?

— Eu tenho camisinhas — digo —, mas elas estão no carro.

— Eu tenho algumas na gaveta do pecado.

Consigo escutar o sorriso na voz dela, mas a menção brusca de algo tão fisicamente relacionado ao ato faz seu pescoço esquentar sob a minha boca.

O sutiã dela sai com um simples deslizar dos meus dedos, e meu plano de fazer este momento durar para sempre vai ainda mais por água abaixo quando encaixo minha mão na curva quente de seu seio.

— Do que você gosta?

— Tudo — ela diz, e rapidamente acrescenta —, exceto anal.

— Nossa! — Eu recuo, secando seu corpo. — Deixa para lá. Já que não vai rolar anal, vou embora.

Ela belisca meu mamilo, rindo do meu grito estridente.

— Era brincadeira! — Reforço meu argumento ao empurrar sua calcinha para debaixo de seus quadris.

— Eu sei. — Sua boca desliza sobre meu ombro. — Mas eu falei sério.

— É, eu também não curto muito.

— É mesmo? — ela pergunta, e eu adoro o modo genuíno como ela analisa meus olhos. Nunca estive tão próximo dela, e ela certamente nunca me olhou assim: com uma combinação de ternura de melhor amiga e de amante. — Achei que você gostasse de tudo.

— Quando você tirou essa conclusão?

A mão dela me acaricia devagar, ao redor do meu corpo, e minha mente fica zonza.

— Ah, você sabe. São só... pensamentos aleatórios sobre Reid.

— Quando estávamos no Gio na semana passada, você olhou para mim e pensou: "Hum... Aposto que ele gosta de anal".

— Não, acho que foi quando comemos sanduíche no almoço de quarta-feira — ela brinca.

Eu rio, e meu riso se mistura com um gemido quando ela se inclina para a frente para roçar os dentes pelo meu pescoço.

— Eu juro que o Ed nunca mais deveria usar aquela camisa.

— A branca? — ela pergunta. — A da extravagância de pelos no peito?

— Ela é tão fina...

Eu me inclino para beijar seu pescoço, seu ombro, e me esqueço do que estava falando, porque ela está me puxando para a cama, seu mamilo na minha boca, e ela não para de me acariciar, e eu decerto não conseguiria me lembrar do meu próprio nome se alguém me perguntasse ele agora.

— Não é estranho? — murmuro em sua pele. — Por que estamos falando dos outros enquanto fazemos *isto*?

— Eu gosto de falar — ela diz e mergulha sua mão livre no meu cabelo. — Gosto de falar com você enquanto...

A voz dela some quando a chupo.

Eu quase espero que a noite inteira seja assim: uma conversa fluida, como sempre tivemos, mas agora entre beijos, toques, até em meio ao próprio sexo. Mas quando a mão dela encontra determinado ritmo, algo muda dentro de mim, algo que é mais instinto do que pensamento consciente. Beijo o corpo dela de cima a baixo, depois ela beija o meu, e quando finalmente volta e se posiciona em cima de mim, ela olha diretamente para os meus olhos enquanto se senta, e me pergunto, durante aquela primeira explosão de prazer, por que não fizemos isto todos os dias ao longo dos últimos dois anos.

Saio da casa da Millie por volta das duas da manhã, enquanto ela está adormecida e toda esticada, ocupando cerca de 90% do colchão. Beijo sua bochecha antes de sair; é estranho ir embora depois de apenas metade de uma noite juntos, mas devo pensar que seria ainda mais estranho para ela acordar com seu melhor amigo nu em sua cama.

Não bebi muito, mas, pela manhã, fico de ressaca mesmo assim. É um coquetel da embriaguez vertiginosa que sucede uma ótima noite de sexo, misturada com a ansiedade nauseante frente a um possível desentendimento com uma amiga.

Não que a Millie e eu briguemos. Quero dizer, nem consigo imaginá-la brava. Ela nem estava *tão* bêbada assim, mas, se há alguma coisa que poderia enfurecê-la, seria a percepção de que eu tirei vantagem dela na noite passada.

O escritório do Chris fica no prédio ao lado do meu, logo na entrada mais próxima à cafeteria do campus. Essa proximidade implica que somos sortudos o bastante para conseguirmos dar umas escapadas aqui e ali e tomar um café sem precisarmos esbarrar com quinze colegas no corredor nesse meio-tempo, mas isso também quer dizer que as pessoas vivem passando pelo escritório dele, ao irem ou voltarem da cafeteria, interrompendo seu trabalho.

Como eu faço agora, abrindo a porta e entrando.

— Oi!

Para um professor de química, Chris mantém seu escritório extraordinariamente limpo. Não há pilhas de cadernos de laboratório empoeirados ou de livros obsoletos servindo como mesas improvisadas. Ele tem uma pequena planta na escrivaninha, um pote cheio de lápis, alguns modelos moleculares aqui e ali, mas — bem como seu dono — o escritório do Chris é muito mais organizado do que qualquer outro de nós parece conseguir fazer.

Ele olha para mim, tirando os óculos e os colocando perto do teclado.

— Oi! Devo presumir que vocês chegaram bem ontem à noite?

Eu já esperava por essa pergunta, mas a maneira como ela é feita, tão de imediato, soa quase acusatória, quase como se ele *soubesse*. Eu respondo prontamente, com um toque histérico:

— Claro que chegamos.

Ele me encara por mais um segundo antes de pegar o copo de papel que coloquei sobre a sua mesa.

— Que bom. Obrigado pelo café.

De todos nós, Chris é o mais intuitivo, e, porque ele e eu nos conhecemos na faculdade, quase uma década atrás, ele também me conhece melhor do que qualquer outra pessoa. Se uma mísera centelha de ontem à noite cruzar meus pensamentos, ele vai perceber. Por outro lado, talvez seja exatamente por isso que estou aqui: Millie e eu quebramos nosso ritmo tranquilo com uma marreta, criando uma falha que vai permanecer dormente ou estilhaçar tudo. Preciso saber que ainda posso agir normalmente, e *normal* significaria eu fingir que essa falha não existiu.

— Você está bem? — Chris pergunta.

— Sim, estou. — Encaro suas estantes intensamente, estudando, em específico, uma cópia da *Química Orgânica*, de Wade, e por fim a tensão se esvai. — Só queria passar aqui e te agradecer por ter nos recebido em sua casa ontem.

— Claro, cara. Estou muito feliz por você.

Meu olhar se volta a um ponto mais alto da estante, a alguns modelos moleculares, uns troféus em pequenos pedestais e…

— Belo pinto.

Ele resmunga, ficando de pé para alcançar a bola antiestresse em formato de galo e jogá-la no lixo.

— Agora até os meus alunos entraram nessa história.

— Um aluno te deu o pinto?

Ele desvia a atenção de mim, em direção ao corredor, antes de me lançar aquele olhar que expressa um assassinato mental ocorrendo dentro do seu cérebro.

— Que tal falar baixo?

Eu sorrio.

— Posso tentar.

— O que você vai fazer hoje?

Olho meu relógio e digo:

— Vou dar um seminário em meia hora. Quer vir?

— Não.

— Então te vejo no almoço.

Estou na metade da minha apresentação de cinquenta minutos sobre inflamações no nervo ótico quando a porta de trás do auditório se abre com um chiado, como sempre acontece quando alguém que não está acostumado a ela entra pelo lado errado. Cabeças se viram e meu peito sofre com um soluço estranho e dolorido quando Millie entra. Vestida com jeans preto e um suéter verde intenso, ela anda pelo corredor na ponta dos pés, segurando uma sacola de papel na mão e assumindo uma expressão dramaticamente apologética pela interrupção que sua entrada causou. Millie nunca veio a um dos meus seminários;

considerando que sou de Neurociências e ela de Criminologia, ela não teria motivo para isso. Como ela sabia onde me encontrar? Talvez queira falar comigo depois do que aconteceu? Esse pensamento me deixa desconfortável.

A noite passada foi boa, não foi? Quero dizer, para mim foi incrível. Fizemos sexo duas vezes. Conversamos durante uma hora entre uma transa e outra sobre tudo o que queríamos falar: os últimos desastres laboratoriais do Ed, a palestra da Millie em Princeton, que ocorreria em breve, se Alex vai ou não ser efetivado ainda este ano. Nada muito pessoal, nada profundo. A conversa acabou se transformando em toques, que se transformaram em mim escalando sobre ela e as palavras se esvaindo. Antes de ontem, eu não poderia imaginar os sons quietos e rítmicos que ela produz, e hoje não consigo tirá-los da cabeça.

Consigo me encontrar ao olhar para o slide exibido na tela grande. Como o único especialista em retina do departamento, tento deixar minhas apresentações incisivas, interessantes e acessíveis. Millie conhece minha maior queixa: a de que o restante do departamento de Neurociências gosta de se esquecer do fato de que a retina faz parte do cérebro, e a pego sorrindo quando surge uma imagem do sistema nervoso central com a retina marcada bem na frente. Aquele sorriso desata o nó de tensão dentro de mim.

É a Millie, ela é inabalável. É claro que estamos bem.

Aliás, ela me encontra no meio do corredor enquanto todos saem do auditório e tira uma caixa de doces da sacola passando-a para mim. Dentro dela há um cupcake com um unicórnio esculpido em glacê.

— Para que é isto? — Olho para ela. — A gente comemorou a efetivação ontem à noite, e ainda falta um mês para o meu aniversário.

Millie sorri.

— É o cupcake do dia seguinte. — Quando não consigo pensar numa resposta rápida, ela acrescenta, num sussurro: — É um cupcake de *bom trabalho com os orgasmos*. — Ela pausa e olha para as minhas mãos. — Também é um cupcake de: *Está tudo bem entre nós?*

Essa rara demonstração de vulnerabilidade me desestabiliza, então fecho a tampa da caixa e toco no nariz dela com o dedo indicador, como ela sempre faz com a gente.

— Você sabe que estamos bem.

— Então vem ao Cajé comigo. — Ela puxa minha mão. — Preciso de cafeína.

— Eu já tomei café... com o Chris...

Mas ela já se virou para sair andando. Eu deveria ter dado a explicação mais convincente do *Preciso ir ao laboratório*, porque, para Millie, o trabalho sempre vem em primeiro lugar, mas não existe isso de café demais.

O Cajé é uma cafeteria perto do campus que costuma ser frequentado pela parcela mais desleixada do nosso corpo discente. Imagino que haja tantas pessoas brancas com dreadlocks do lado de fora, no pátio, quanto baristas do lado de dentro. E, embora eu saiba que a Millie seja capaz de se mesclar a qualquer um deles nos finais de semana, agora, com o jeans justo, salto alto e suéter de caxemira, ela se destaca de todos como um ramo de flores num campo de grama seca.

Sem se preocupar em perguntar o que eu quero — ela já sabe mesmo —, ela se inclina no balcão e pede dois cafés americanos médios, extraquentes, e, num turbilhão apressado, aponta para uma mesa miraculosamente vazia para eu pegar.

Limpo a mesa com alguns guardanapos, tentando acalmar a ansiedade nada familiar que sinto logo antes de uma conversa com a Millie.

Minha melhor amiga, Millie, que aplica máscaras faciais hidratantes em mim enquanto vemos nossos filmes de gângster favoritos dos anos 1990, que generosamente come todo o melão das minhas saladas de frutas.

Com dois copos fumegantes nas mãos, ela anda até a mesa, em direção a mim, e eu tenho que fazer um esforço consciente para parecer normal.

Isto é muito esquisito.

Digo, é impossível ignorar a maneira como o jeans se curva sobre seus quadris, e então sou levado a me perguntar se deveria ter reparado nisso ontem à noite.

Sentada aqui, sem dizer uma palavra, ela sorri, tocando sua bochecha, e esse movimento chama minha atenção enquanto ela arruma algumas mechas rebeldes do cabelo atrás da orelha. Há uma nova, crua honestidade aqui, uma consciência tácita capturada pelo contato visual que grita: *Nós transamos!* Meu olhar desce até seu pescoço e tropeça em algo ali. Não acho que eu normalmente veria a pequena marca vermelha em sua garganta se não a tivesse infligido.

Ela percebe que eu percebi e cobre a mancha com a ponta do dedo.

— Vou cobrir com maquiagem antes do almoço.

É verdade. Hoje é quarta, um dos dois dias da semana em que todos nos encontramos para almoçar no Summit Café, perto da biblioteca.

— Está tudo bem, é uma marca pequena — digo. — Quero dizer… Desculpa.

— Ah, não se desculpe.

O sexo agora está na linha de frente. Millie me encara diretamente e é intimidador receber sua atenção exclusiva desse jeito; sempre é. Só que agora, em vez de aproveitar, minha mente alterna entre a certeza tranquilizante de sua expressão e a memória de seus olhos se fechando de alívio quando ela montou em mim e sentiu aquele momento inicial de prazer.

— Tem certeza de que você está bem? — pergunto.

Ela acena decisivamente.

— Cem por cento. E você?

— Também. — Pergunto-me se ela também está tendo esses lapsos disruptivos de lembranças. Não sei exatamente como nos livrar desse assunto, mas deixar as palavras "Foi muito bom, por sinal" saírem da minha boca certamente não é a melhor maneira de fazê-lo.

Ela poderia tornar a situação constrangedora, e isso é o que eu espero dela, porque nos deixar desconfortáveis é o passatempo favorito da Millie. No entanto, parece que ela está bem generosa.

— É claro que foi. Nós dois somos excelentes na cama. Mas… ainda estamos de acordo, certo? Sobre… sermos só amigos?

— Estamos de acordo.

E estamos mesmo. Por melhor que ontem tenha sido, não quero estar com a Millie desse jeito de novo. Pelo menos, acho que não. E definitivamente não devo fazer isso. Somos bons demais como amigos espertalhões para podermos ser bons amantes. De qualquer modo, não consigo ver a Millie dessa maneira.

Ela estica o braço e aperta minha mão.

— Você é meu melhor amigo, Reid.

— Você vai me fazer chorar.

Com uma risada, ela empurra minha mão.

— Mas é sério, eu não quero namorar um colega de novo. Isso se chama desastre.

— Parece justo — digo, grato por essa *normalidade* —, mas o nome dele é *Dustin*.

Ela rapidamente toma um gole de café para contestar meu argumento.

— Algumas pessoas poderiam achar que *Reid* é um nome pretensioso.

Levando uma mão ao peito, finjo que estou ofendido.

— *Ninguém* acha isso.

Millie se estica de novo e agarra o braço de um aluno que está passando por ali.

— Oi, perdão, uma pergunta rápida: você acha que "Reid" é nome de babaca?

O cara não hesita, nem se dá ao trabalho de olhar para mim.

— Total.

Millie o solta com um sorriso de satisfação e leva sua caneca aos lábios.

Eu copio o movimento com a minha caneca.

— Ele só disse isso porque se sentiu intimidado pelo óbvio: professora gata o agarrando aleatoriamente.

— Fique à vontade — ela diz, indicando a multidão com uma mão generosa. — Pergunte você mesmo a alguém.

— Com licença — digo, parando uma aluna com o dedo levantado —, você diria que o nome "Reid" é pretensioso?

Ela é muito bonita, pele morena macia, um halo de cabelos cacheados, e, quando nossos olhos se encontram, ela enrubesce.

— Esse é o seu nome?

— Isso é irrelevante — digo, suavizando a afirmação com o que Millie chama de meu Olhar Sedutor.

— Quer dizer… — a garota diz —, *eu* não acho esse nome pretensioso.

Eu agradeço, e ela desaparece dali enquanto me viro para Millie.

— Viu?

— A resposta dela soou como um jeito gentil de dizer: "Diz o consenso que esse nome é de babaca".

Eu rio.

— Não, ela claramente respondeu que não.

— Se foi um não, é porque ela quer te foder.

A palavra *foder*, saindo de sua boca, faz coisas estranhas com meu batimento cardíaco. Ela diz isso o tempo todo, mas ontem à noite a sussurrou no meu ouvido pouco antes de me dizer que estava quase lá.

De novo.

Tento fazer minha voz soar o mais magoada possível.

— Não fazia ideia de que você achava que eu tenho nome de babaca.

Millie não está caindo nessa, ela ri com a boca na caneca.

— Eu não acho.

Caímos num silêncio acolhedor e tento não pensar muito na Millie Sexual ou estudar muito meticulosamente a Millie Amiga. Ela se recompôs completamente. A Millie é, de fato, tão constitucionalmente séria quanto parece ser.

E, puta merda, ela é tão divertida na cama quanto eu poderia imaginar.

— Então… — ela diz, quebrando o silêncio. — Tendo em mente o interesse de voltarmos a ser Melhores Amigos, acho que deveríamos encontrar outros acompanhantes para o banquete.

— Parece que sim.

CAPÍTULO TRÊS
Millie

— Oi, Taylor! — digo. — Aqui é a Millie. Millie Morris. Não sei se você se lembra de mim. Nós vimos *A Garota no Trem* juntos no cinema no verão passado. Você ficou insistindo que a esposa nova não podia ser a assassina porque ela era mãe, e eu argumentei que 42% das crianças que são mortas por um dos pais são mortas pela mãe, sozinha ou acompanhada de um cúmplice. É, então... Vou ter um evento em junho e queria saber se você gostaria de ser meu acompanhante. É *black tie* e eu tenho que responder ao RSVP, então, se você puder me ligar assim que possível... Ah, e eu prometo não falar de mães que matam os próprios filhos, haha...

A ligação cai. *Que coisa estranha*, penso, mas de qualquer forma marco um *OK* na coluna do "talvez" ao lado do nome de Taylor Baldwin.

Dou um pulo com o som da voz do Reid tão próxima ao meu ouvido. Calor irradia da sua pele enquanto ele tenta ler por cima do meu ombro. O cabelo dele está encharcado no ponto em que roça na minha bochecha; ele acabou de tomar banho, e está tão perto de mim que, mesmo durante o almoço tumultuado na cafeteria do campus, sinto o cheiro do sabonete de capim-limão que ele sempre guarda na bolsa da academia. Já se passaram três dias desde a nossa aventura sexual, e eu juro que minha pressão arterial ainda não se recuperou por completo.

Uma cotovelada na barriga o manda de volta ao seu lugar, e ainda tem a vantagem de me permitir tirar meu caderno de encontros de perto dele.

— Seus pés por acaso tocam o chão quando você anda? Não te ouvi chegar.

Ele se inclina sobre a cadeira ao lado da minha, atraindo meu olhar.

— É sério que você estava citando estatísticas de assassinatos enquanto chamava alguém para sair? Acho que tenho uma ideia do porquê de você estar encalhada desde o feto barista do Cajé.

— Hum, dá licença, senhor. Eu estava *contextualizando*, já que não sei se ele se lembraria de mim só pelo nome. Talvez o cara veja muitos filmes. — Apago meu *OK* com uma esfregada agressiva e varro restos de borracha para o colo do Reid.

Uma risada suprimida curva os cantos da sua boca, e meus olhos são levados até lá, meus pensamentos vagueando entre bocas e lábios e línguas e todas as coisas que essas partes do corpo dele fizeram com muita competência. Quero esfregar sabonete antisséptico no meu cérebro. Tentar manter a calma depois de trepar com meu melhor amigo é muito mais difícil do que eu achei que seria.

— Eu só estava fornecendo uns detalhes para refrescar a memória dele.

— Eu tenho alguns adjetivos em mente para te descrever — ele diz, depois põe a bandeja ao lado da minha e se senta. — *Esquecível* não é um deles.

Uma pequena bolha de calor estoura em meu cérebro fazendo-me querer perguntar: *Até na cama, você quer dizer?*, mas, em vez disso, faço questão de mostrar que estou examinando meu caderno, ignorando o rubor envergonhado que sinto esquentar minha nuca.

— Obrigada. Eu acho.

Ele desembrulha um conjunto de utensílios de plástico aglomerados num guardanapo de papel.

— Você está ligando para homens no meio desta correria do almoço?

— O barulho de fundo é a minha camuflagem! Não dá para fazer isso no meu escritório. E se o Dustin passasse por ali e me ouvisse chamando alguém para sair numa mensagem de voz? Eu teria que aguentar aquela cara arrogante dele por um mês.

Reid me encara durante mais algumas respirações, e então parece que deixou o assunto para lá. Ou que *me* deixou para lá. Ele enfia o garfo na salada com uma mão e folheia uma revista científica com a outra. Apesar do meu curto-circuito de alguns minutos atrás, as coisas entre nós estão… bem. Normais. *Confortáveis*. Será que conseguimos escapar da bizarrice que costuma acompanhar a dormida-com-seu-melhor-só-amigo? Eu não posso ser assim tão sortuda.

Eu abaixo a cabeça, brincando com a minha salada.

— E aí, você vai ligar para quem? — Reid pergunta, acenando para o meu celular.

Enfio o garfo num pedaço de pepino.

— Se você tivesse começado a bancar o enxerido alguns minutos antes, já saberia que o nome dele é Taylor.

Reid ingere mais um pouco de comida e mastiga enquanto exercita a memória.

— Taylor. Por que esse nome não soa familiar?

Dou de ombros, separando os tomates e empurrando-o para o canto do prato. Não me surpreende que Reid não se lembre dele. Para início de conversa, Taylor e eu só saímos uma vez, há quase um ano, e não sou muito de ficar falando sobre minha vida amorosa. Reid e os outros podem tagarelar infinitamente sobre seus encontros — ou a falta deles —, mas eu nunca tive esse hábito.

— Você já ligou para quantos? — ele pergunta.

— Três. — Eu liguei para sete, na realidade. — Você vai ficar me enchendo agora?

Ele põe a mão para cima, defensivo.

— Só estou conversando.

— Sabe, pelo menos eu estou *tentando*. E *você*, Reid, já ligou para quantas?

Ele leva uma garfada de alface até a boca e dá um grunhido evasivo para a própria salada.

Eu relaxo.

— É, foi o que eu pensei.

Ele engole e, em seguida, pega sua garrafa d'água.

— Eu tinha uma palestra sobre neurite ótica para preparar, e temos que entregar alguns resumos de artigos para a reunião da Sociedade de Neurociências. Além do mais, alguém precisa folhear a revista *Pinball Enthusiast* para escolhermos o próximo presente de aniversário do Ed. — Ele para por tempo suficiente para ver minha cara de *Eu sabia* e acená-la para longe dali. — Eu estive ocupado, está bem? Vou chegar lá.

Eu ergo minhas sobrancelhas.

— *Todos nós* estamos ocupados.

O pessoal da jardinagem está trabalhando do lado de fora, e, quando a porta se abre novamente, ela carrega consigo uma brisa de ar com cheiro de grama recém-cortada. Chris também entra no recinto, claramente agitado enquanto anda até a nossa mesa.

— Vocês têm alguma ideia da quantidade de mulheres disponíveis e razoavelmente atraentes com mais de 25 anos de idade com quem eu interajo todos os dias? — ele pergunta em vez de nos cumprimentar.

Eu pisco.

— Oi, Chris.

Ele pousa a caneca com isolante térmico sobre a mesa e puxa uma cadeira ao lado do Reid.

— Eu vou dizer: *duas*. Uma é a senhora que mora no andar acima do meu e passeia com os gatos, e a outra é você.

Eu grudo um pedaço de alface nos dentes da frente e dou o sorriso mais brega que consigo esbanjar.

— Então você está dizendo... Quer dizer que eu tenho uma chance.

Reid e Chris me encaram fixamente por alguns segundos e se viram um para o outro.

— Só faz alguns dias... — Reid diz a ele. — Acho que você está estressado demais com isso.

— Mas é isso que o Chris faz — eu observo, tirando a alface dos dentes. — Ele leva as coisas muito a sério e faz tudo melhor do que cada um de nós.

Ed surge por detrás da cadeira do Chris, pega o último lugar da mesa e pergunta:

— Você e a Rebecca Fielding não treparam no banheiro na festa de Natal dos funcionários? Chama ela, já que vocês já saíram.

Chris suspira, mas quem responde é Reid.

— Fazer sexo não é o mesmo que sair.

— De qualquer maneira — Chris acrescenta —, eu não tenho ninguém para ir comigo ao tal do banquete.

— Nenhum de nós tem — eu digo. — Mas ainda temos tempo de sobra para arranjar.

— E a gente precisa mesmo de acompanhantes? — Reid pergunta.

— Espera — Ed aponta para mim e Reid —, vocês não iam juntos?

Reid dá mais uma garfada na salada.

— Decidimos não ir mais.

— Por quê? — Ed parece confuso, o que é compreensível.

Eu devo estar lançando um olhar metade assustado e metade ameaçador ao Reid, mas ele não se abala.

— Porque a Millie é independente e pode muito bem arranjar um acompanhante por conta própria. Foi babaquice da minha parte ficar dizendo "eu primeiro!" como se ela fosse um brinquedo novo.

Agora direciono um sorriso arrogante de *É isso mesmo, seu machista* ao Reid, e ele me chuta debaixo da mesa.

Ed emite um som gutural de desprezo.

— Mas é a Millie. Não é como se ela fosse ficar ofendida.

Abro a boca para rebater, mas percebo que ele tem razão.

— Bem, talvez eu devesse mesmo ter ficado mais ofendida. Mas só sinto uma emoção, que é a fome.

Chris, que está visivelmente quieto, olha para nós por cima da caneca.

— Eu estive pensando… E quanto a um site de namoro? — Ele dá essa sugestão com cuidado, como se estivesse tentando acertar uma bola de basquete numa cesta minúscula e muito distante.

Site de namoro? Eu franzo meu nariz.

— Eca!

Ed obviamente concorda comigo, porque é o primeiro a reclamar. Mandou bem, Ed!

— Você quer que *eles* usem um site de namoro? — ele pergunta, apontando o polegar para mim e para o Reid.

Chris assiste, tão confuso quanto eu.

— Foi assim que a minha irmã conheceu a Ashley.

— O Reid e a Mills são os trintões mais velhos que eu conheço.

Nossa! O Ed é um panaca.

— Eu tenho 29 — pontuo.

— É, e você vê *Assassinato por Escrito* todo dia, sozinha, na cama.

Eu fecho a cara e jogo um tomate-cereja num tufo de cabelo dele.

— Sim, porque é um bom programa e a minha cama é confortável à beça.

— E você ainda diz "à beça".

— Ed… — fala Reid. — Você está fazendo de novo.

— Fazendo o quê?

— Sendo um babaca. Tem uns quarenta milhões de pessoas que usam sites de namoro. Não pode ser tão difícil.

Ed se vira para nós com um sorriso que equivale àquela batidinha arrogante na cabeça.

— Como é que você sabe dessa estatística? E não, não é particularmente difícil. Tem mais a ver com a nuance. Existe toda uma linguagem envolvida nessas coisas.

— Só entre nós quatro tem seis diplomas. — Reid volta o olhar para seu almoço. — Acho que a gente dá conta.

Chris se inclina em direção ao Ed.

— Que tipo de linguagem?

— Por que eu sinto que isto vai ser como ensinar a minha mãe a mexer no DVD? — Ed passa a mão no rosto. — Está bem, aqui vai um exemplo: "sensualizar" significa postar fotos propositalmente sensuais para chamar atenção.

Eu balanço a cabeça.

— Não é para isso que serve uma foto? Para chamar atenção?

— Sim, mas isso seria como dizer: "Olha meu relógio novo", só que mostrar o relógio é só uma desculpa para darem zoom nos seus peitos.

Chris pega meu caderno e um lápis, abre uma página nova e manda o Ed continuar, pronto para tomar notas.

— Entendi. O que mais?

— Nerds — eu digo. — Nós somos nerds. E velhos. Ed, você tem razão. Meu Deus, a gente é jovem demais para ser tão velho!

Todo mundo me ignora. Ed descansa em sua cadeira, olhos fixos no teto enquanto pensa:

— Vamos ver: "Sumir" é quando alguém que estava conversando com você na internet para de responder do nada. Sem nenhum motivo. É diferente de "esfriar", que é quando a pessoa vai falando cada vez menos.

Chris está anotando tudo à risca.

— "Jogar para escanteio" é autoexplicativo. A pessoa gosta de você, mas te joga para escanteio enquanto vai atrás de gente nova. "DR" é discutir relação. "Vamos CV" é "vamos se ver". Ah, e se vocês se encontrarem mesmo, uma "seminoitada" é quando vocês transam, mas um dos dois vai embora assim que o sexo acaba.

Alguma coisa dentro de mim é interrompida e faço muito esforço para não olhar para o Reid. Quando olho para cima, ele imediatamente desvia o olhar do meu.

Ninguém diz nada. Chris está terminando as anotações, Reid e eu estamos calculadamente evitando que um olhe para o outro, Ed está se aproximando, agora mais animado.

— Vocês querem mesmo fazer isso? — ele pergunta. — Tipo… Time do Aplicativo de Namoro?

— Hum… — eu digo. — Não? Se bem que… talvez. — Olho para o Reid. — Se for necessário.

— Legal. Bom, se vocês toparem, o Tinder é ótimo — Ed declara.

Tinder? Onde ele arranja tempo para isso? Ed está sempre no laboratório ou brincando com um de seus vários jogos de arcade. Tento imaginar um cenário no qual alguém espera ter um encontro picante, aí abre a porta e flagra o Ed de pé jogando. Como eu já mencionei, Ed tem uma boa aparência à sua própria maneira, mas ele é tão… *Ed*.

Acho que a vida dele anda mais agitada do que eu pensava, e esta percepção me traz de volta à consciência com um tapa na cara: Ed se dá bem porque ele tem *jogo de cintura*.

— *Você* usa o Tinder? — pergunto.

Ele se debruça sobre a mesa, pega um tomate rejeitado da minha salada e o coloca na boca.

— Às vezes.

— *E...?* — De repente, me vejo morrendo de curiosidade para saber o resumo das transas que o Ed consegue pelo Tinder.

— Não! — Chris protesta. — Nada de Tinder ou Grindr ou qualquer outro aplicativo de encontros. Precisamos de *acompanhantes*, não de sexo.

Percebo imediatamente o modo como o olhar do Reid se dirige a mim.

Ed pega o celular e estuda os aplicativos. Em seguida, ele vira a tela para nós.

— A gente usa para conseguir "matches". Aí nos encontramos com eles, ficamos, nos divertimos... Tanto faz. *Depois* perguntamos se querem ir ao jantar.

— Que ótimo o sexo vir antes do evento... — Reid acrescenta com frieza.

Ed acena sabiamente com a cabeça.

— Sexo é só o bônus.

O queixo do Chris pousa sobre sua mão, ele parece entretido.

— Cara, em que planeta fazer sexo com você é um bônus?

— Meu QI é de 148. — Ed argumenta. — Agora você liga os pontos.

— Na verdade, ser inteligente significa que você provavelmente faz *menos* sexo — Reid aponta. — Um estudo de 2007 demonstrou que a inteligência é negativamente associada à frequência do sexo.

— Menos, Reid — eu digo.

Ele ri.

— Certo, acho que quero dizer que talvez o Chris e o Ed tenham razão. A irmã do Chris está feliz. Eu conheço algumas pessoas que encontraram sua alma gêmea na internet. Ora, conheço várias pessoas que conheceram seus melhores amigos na internet. Talvez um site de encontros não seja uma ideia assim *tão* má.

Pego o meu caderno de volta e mostro minhas colunas muito bem alinhadas.

— Eu tenho vários "talvez" na minha lista. Não preciso que outra pessoa arranje um acompanhante para mim.

Reid toma o caderno com delicadeza.

— Acho que você está sendo muito otimista com esses seus "talvez".

— E se a gente não tiver "matches"? — Chris pergunta. — E aí?

— Quem não conseguir uma acompanhante leva a Millie — Ed sugere.

Minha voz irrompe num urro jocoso:

— Por que vocês estão partindo do princípio de que eu *também* não vou conseguir um acompanhante?

Por cima do ombro de Reid, vejo Avery Henderson esperando no balcão pelo seu café e abafo um gemido. Avery, que agora é professora no Departamento de Inglês da UCSB, foi colega de quarto da minha irmã mais nova na Universidade de Washington, e, francamente, ela sempre teve mais proximidade com Elly do que eu. Avery também se deu conta disso há uns nove meses, quando descobriu que eu não estava sabendo que minha irmã estava grávida de gêmeos, e, desde então, ela joga isso na minha cara com o maior prazer quando nos esbarramos nas aulas de pilates aos sábados. Mas aqui, almoçando com meus amigos, não estou preparada para o ataque, então tento me esconder atrás do ombro de Reid, torcendo para ela não me ver.

Para minha infelicidade, quando o barista lhe entrega o café, Avery nota minha presença. Eu cheiro a camisa de Reid para dar a impressão de que era só isso que estava fazendo.

— Licença, posso ajudar? — Reid resmunga.

— Eu só estava… Deixa para lá, só disfarça. *Disfarça.*

— Meu Deus! Millie, é você! — Avery vem até nós a passos largos. — Eu ia te ligar nesta semana para ver como você estava.

Eu sorrio para ela com o máximo de tranquilidade que consigo forjar.

— Estou bem. Como vão você e o Doug?

Avery gesticula com a mão, o que eu imaginei que poderia acontecer, indicando que ela e Doug deveriam ser a menor das minhas preocupações. A voz dela assume um tom mais grave:

— Não, eu quis dizer… com o seu pai.

Ergo meu queixo, suando sob os olhares fixos de Reid, Chris e Ed, que me encaram com expressões interrogativas.

— Estou bem. Estamos *todos* ótimos.

Avery hesita.

— Mas a Elly disse…

Eu me levanto abruptamente e dou um abraço desajeitado nela.

— Obrigada pela preocupação — digo. — Vou dizer à Elly que você mandou um "oi".

— Por favor, diz mesmo! — Felizmente ela checa seu relógio de pulso. — Caramba… Eu adoraria ficar aqui e continuar batendo papo, mas tenho aula às duas. Você me liga para dar notícias?

— Claro!

Ela dá uma corridinha com o café na mão, e eu demoro o máximo possível para me sentar, pegar meu guardanapo, sacudi-lo e colocá-lo de novo no meu colo.

— Então… — Dou uma olhada pela mesa silenciosa. — Onde estávamos? Nada de Tinder, mas outro aplicativo… Quem sabe?

Reid balança a cabeça.

— O que foi aquilo? Aconteceu alguma coisa com o seu pai?

Eu mudo de posição sob o escrutínio do olhar dele.

— Não é nada de tão mau. — Não mesmo, é terrível. — É só que...
meus pais estão envelhecendo.

É só que meu pai foi diagnosticado com Mal de Parkinson.

Abro minha garrafa d'água e tomo um gole longo, tentando afastar a preocupação e a tristeza para um lugar de onde elas não possam emergir facilmente.

Ed pega um sanduíche que ele tinha guardado em algum lugar e dá uma mordida.

— Minha mãe tirou a vesícula na semana passada, depois ficou reclamando comigo no telefone durante uma hora porque ela não pode mais comer McDonald's.

Eu estremeço em sinal de empatia, secretamente aliviada diante da possibilidade de escapar do interrogatório

— Credo!

Porém, como de costume, Reid está determinado.

— Espera, Mills... Ele está doente?

Agora estou sem saída.

Não falo muito sobre minha família, em parte porque não a vejo muito, mas também porque minha mãe morreu quando eu tinha doze anos, o que foi horrível e me fez odiar falar sobre coisas horríveis.

Acontece que eu não minto, especialmente para os meus amigos. Pisando em ovos, digo simplesmente:

— Ele não está nos seus melhores dias, mas vai ficar bem. — Espero que meu tom de voz faça as antenas do Reid se recolherem.

Parece que funcionou. Ele fica brincando com a salada no prato do jeito que sempre faz quando está satisfeito, mas se sente culpado por desperdiçar comida.

Mas não, eu me enganei.

— Você sabe que pode conversar com a gente se estiver com algum problema — ele diz.

Aqui eu sinto a pressão, a ênfase em *a gente*, quando, na verdade, o que ele quer dizer é: "Você pode conversar comigo, seu suposto melhor amigo".

Por sorte, Chris e Ed parecem ter nos esquecido, então eu me viro para Reid e digo, em voz baixa:

— Se tivesse algo para dizer eu diria — eu lhe asseguro. — A Avery é muito dramática. Ela gosta de fazer tempestade em copo d'água.

— Mas você não faz tempestade *por nada*, inclusive assuntos sérios — ele argumenta.

— Está tudo bem. — Dou-lhe um tapinha no queixo.

— Você é péssima para compartilhar assuntos pessoais. Você sabe disso, né?

— É, já me falaram isso — respondo. Não é a primeira vez que ele reclama disso, mas não sei exatamente como melhorar, e não há muito a dizer agora. Meu pai já foi diagnosticado, está tomando os remédios, e nós estamos lidando com a situação. Ou melhor, minha irmã está lidando com a situação e eu estou tentando descobrir o melhor jeito de apoiá-la a distância. Falar sobre isso com meus amigos, sendo que nenhum de nós tem qualquer controle sobre as circunstâncias, só me deixaria mais estressada e com sensação de impotência.

Ed verifica seu celular.

— Tenho algumas células para classificar, então é melhor eu voltar ao trabalho. Vamos prosseguir com o aplicativo de encontros? Estamos todos dentro?

Três pares de olhos se voltam a mim, e eu respondo com um grunhido.

— Nós podemos dar uma olhada em alguns aplicativos — Chris sugere. — Vamos avaliar qual é o melhor e te dar o máximo ou o mínimo de informações a respeito e você decide.

— E você pode cair fora a qualquer momento — Reid acrescenta num tom vagamente esperançoso.

Tenho certeza de que não estou pronta para isso, mas também não quero ser a estraga-prazeres.

— Está bem — eu digo —, mas a primeira foto de pau que eu receber vai virar o fundo de tela do celular de cada um de vocês durante uma semana.

Ed dá de ombros.

— Posso viver com isso.

COMUNICADOR INTERNO DA UNIVERSIDADE DE SANTA BÁRBARA

CHRISTOPHER HILL
Bem, parece que tem mais ou menos UM MILHÃO desses sites de namoro.

REID CAMPBELL
Achei um para homens ocidentais q querem se relacionar com mulheres russas. Se for do interesse de alguém...

MILLIE MORRIS
Kct tem um chamado Bernie Singles para quem gosta de Bernie Sanders. Q porra é essa...

STEPHEN (ED) D'ONOFRIO
Existe gente que quer namorar alguém parecido com o Bernie Sanders? FE-TI-CHE

MILLIE MORRIS:
Pode crer...

STEPHEN (ED) D'ONOFRIO
Calma aí... Não, deixa pra lá. Saquei.

REID CAMPBELL
Tem certeza de que o seu QI é 148 e não 48?

ALEX RAMIREZ
Ainda estou tentando entender o que estou fazendo aqui

MILLIE MORRIS
Isso é pra aprender a nunca mais perder um almoço com a gente

STEPHEN (ED) D'ONOFRIO
Cara... Solteiros Sem Glúten, Apaixonados Por Tainha, 420 Solteiras... Vou deixar esse marcado pra mais tarde.

MILLIE MORRIS
E os nomes? Solteiros Equestres, Casa Logo Comigo, Namore Meu Cachorro.

MILLIE MORRIS
Olha, Chris: Namoro De Galo

STEPHEN (ED) D'ONOFRIO
BOA, MILLS

CHRISTOPHER HIL
...

REID CAMPBELL
Crianças, vamos voltar ao trabalho?

STEPHEN (ED) D'ONOFRIO
Não querem mesmo usar o Tinder? Os usuários deslizam 1 bilhão de vezes por dia por um motivo.

MILLIE MORRIS
1 BILHÃO???

STEPHEN (ED) D'ONOFRIO
Em time que está ganhando...

REID CAMPBELL
Achei um aqui, que tal? IRL, In Real Life. É um nome inteligente. É site premium, então tem que pagar, mas podemos filtrar as preferências de busca, ver quando alguém entra no nosso perfil e ler e deletar mensagens. Os homens podem ler resumos dos perfis das mulheres e ler/responder mensagens de contatos, mas não podem ficar mandando mensagens nem fotos até elas serem aceitas.

CHRISTOPHER HILL
Parece interessante.

REID CAMPBELL
Legal, né, Mills? Nada de tarados e fotos de pinto gratuitas.

ALEX RAMIREZ
Por que ela pediria uma foto de pinto se tem nós três aqui?

MILLIE MORRIS
Estou olhando.

MILLIE MORRIS
Ai meu pau do Céu... É, devo admitir q não parece tão horrível assim.

MILLIE MORRIS
Porra, era *meu pai. Por que isso sempre acontece comigo

STEPHEN (ED) D'ONOFRIO
Porque você tem mãos de anãzinha?

MILLIE MORRIS
Ed, eu diria q você é um cafajeste, mas isso daria a entender que você tem algum contato com vaginas na vida...

STEPHEN (ED) D'ONOFRIO
Sua grossa.

REID CAMPBELL
Então estão todos de acordo?

MILLIE MORRIS
(Respirando fundo) É, acho q sim.

REID CAMPBELL
Siiiiiim. Todo mundo faz uma conta e a gente se encontra na casa da Millie mais tarde para dizer como foi. Bora lá, equipe

ALEX RAMIREZ
BATE AQUI

CHRISTOPHER HILL
BATE AQUI

MILLIE MORRIS
Não tô a fim

REID APARECE POR VOLTA DAS SEIS DA tarde, comida tailandesa debaixo de um braço, um notebook debaixo do outro. O vinho está claramente faltando. Ainda bem.

— Onde estão os outros? — Tomo a sacola dele e a levo para a cozinha.

— Ed teve um problema com umas amostras e precisou refazer tudo. O Alex pode ser que apareça mais tarde, mas, sendo bem honesto, o interesse dele em participar de mais um site de namoro está, na melhor das hipóteses, fraco.

— É porque o Tinder claramente já funciona para ele — concordo.

— Sim. E o Chris teve uma emergência do nada, o que até me caiu bem, porque assim pude encomendar aquele frango picante que ele detesta.

Reid me segue até a cozinha, pegando pratos e talheres enquanto eu abro as embalagens com a comida. Ele anda por ali com o mesmo conforto que sentiu na casa do Chris, pegando um copo para mim assim que eu estico o braço para alcançá-lo, e ficamos um perto do outro como fazemos todos os dias. O silêncio é agradável. Encho um copo com água da torneira para cada um, evitando por completo as latas de água com gás da geladeira, está muito cedo para isso, e levamos tudo para a sala de jantar.

Com a comida e os notebooks em posição, nós dois criamos contas no IRL, e, após confirmarmos nossos endereços de e-mail, temos de responder a um questionário bastante minucioso. A maioria das perguntas é simples: nome, idade, profissão, pessoas de que locais e idades estamos procurando, uma breve descrição da nossa aparência e se queremos ou não ter filhos.

No entanto, as outras são mais profundas, e quando finalmente chego à parte das minhas coisas favoritas, à seção "Sobre Mim" e o que quero da vida, já estou meio fora do ar. Sempre fui melhor coletando informações sobre outras pessoas do que examinando as minhas.

Reid, por outro lado, não parece estar tendo dificuldade, e seus dedos voam pelo teclado, as teclas fazendo um som de *clique* bastante audível sempre que são pressionadas.

— Acabou de me ocorrer — diz Reid, terminando de comer sua massa —, que esta é uma maneira excelente de conhecermos melhor uns aos outros.

Eu olho para ele por cima do meu copo.

— Você me conhece há mais de dois anos.

— É, mas sabe como a gente pode conversar com alguém quase todo dia e ainda assim não saber algumas das coisas mais mundanas a respeito dessa pessoa? — Ele fita sua tela. — Tipo o número quatro: seu lugar favorito. Qual *é* o seu lugar favorito? Se eu tivesse que chutar, diria que é o Cajé, mas só porque você toma café lá pelo menos duas vezes por dia.

Eu sussurro:

— Gosto mesmo de café.

— Sei que você gosta dele puro, embora, se eu tomasse aquele coquetel açucarado que você adora, teria no mínimo umas três cáries. Você lê qualquer coisa que aparece na sua frente, mas tem uma coleção de livros cheios de orelhas da Agatha Christie no criado-mudo, além de várias *fanfics* de Sherlock Holmes salvas no celular. Você sabe quase tudo sobre a minha cidade natal e a minha família, mas eu não sei quase nada sobre o lugar onde você cresceu, ou se você brigava muito com a sua irmã, ou onde deu seu primeiro beijo. — Ele inclina a cabeça e me observa de um jeito que não sei se é de adoração ou escrutínio. — Você é um mistério, Millie Morris.

— Eu cresci em Seattle, como você já sabe. Meu pai e minha irmã, Elly, ainda moram lá. Elly é casada, acabou de ter gêmeos e costumava me chamar de Anne de Green Gables, porque meu cabelo era bem mais ruivo naquela época.

— E sua mãe morreu quando você tinha doze anos.

Mantenho meus olhos fixados na tela do meu computador tentando suprimir a leve sensação de horror que me assola quando levantam esse assunto. Não é nada com Reid... É só que... eu estou bem. Sempre que alguém resolve conversar sobre isso, fica desapontado por eu não demonstrar mais emoções.

— É, câncer uterino.

Reid estica o braço e aperta minha mão com a dele.

— Deve ter sido muito difícil. Estou tentando imaginar a Millie daquela época. — Sinto que ele está esperando eu elaborar a história; ele não é insistente e faz isso da maneira cuidadosa e discreta de sempre.

Na casa do Reid há fotos emolduradas de seus pais e sua irmã, Rayme, além de fotos dele com várias idades. É claro que os pais dele também têm fotos de Reid e Rayme espalhadas pela casa, desde a infância até o presente. Ver o Reid em vários estágios da vida aumenta minha sensação de que eu realmente o conheço, sei que ele era um bebê gordinho, que estava sem os dentes da frente na segunda série, que era um pré-adolescente estranho e que, aos dezessete anos, estava ciente de sua própria esquisitice, mas não de sua beleza.

Compreendo o desejo dele de enxergar quem eu sou mais a fundo ao saber mais sobre o meu passado, entendo mesmo, mas acontece que eu nunca tive boas experiências ao revisitar minha infância. A ânsia de mudar de assunto parece um balão se enchendo, pressionando logo abaixo do meu esterno. De pé, vou até a pia, abro a torneira e espero a água esfriar para encher meu copo de novo.

— Mas o meu pai foi ótimo depois que a minha mãe morreu. Tivemos muita sorte. — Derramo um pouco de água no balcão, de tanto incômodo e desconforto que sinto ao dizer isso. Bem, não deixa de ser verdade, papai nunca foi abusivo, cruel ou ausente, mas meu pai não tinha como tomar o lugar da minha mãe. Embora esse tenha sido seu maior fracasso, não foi culpa dele.

— Sobre o meu lugar favorito — continuo, sentindo a tensão no meu peito se apaziguar diante da mudança de assunto —, hum... deve ter algum lugar melhor que o Cajé, apesar de o café deles ser ótimo.

— E quanto a lugares para visitar?

— Eu adoro os Artist Paint Pots, em Yellowstone — digo, estendendo o tema.

— São tipo águas termais?

— Quase, só que com lama. — Sento-me novamente em frente ao computador. — Você anda sobre umas passarelas suspensas alguns centímetros acima do chão, e de lá dá para ver umas poças borbulhantes de água e lama. A cor depende de quão sulfuroso está o solo, e acho que também muda a depender da época do ano e do clima, mas é fantástico. Parece uma coisa meio pré-histórica. A gente ia lá todo verão quando eu era pequena.

Por fora, Reid parece perfeitamente normal, ele está acenando com a cabeça e acompanhando o que digo, mas eu o conheço bem o bastante para saber que ele está catalogando essas informações no espaço vazio dentro de seus Arquivos Millie, onde a maior parte da minha história pré-Santa Bárbara ainda não foi preenchida.

— E o seu? — pergunto. — É o vinhedo dos seus pais?

Reid se inclina para trás na poltrona e coça o queixo, o questionário esquecido por enquanto. Eu amo isso nele: o modo como sua paixão por se conectar a outros o torna a melhor pessoa que conheço para conviver. Eu gostaria de ser mais como ele nesse quesito.

— Talvez — ele reflete. — Ou talvez seja a viagem de carro até San Gregório. É um caminho montanhoso cheio de sequoias. É lindo, especialmente se você estiver de bicicleta.

— Você foi até lá com quem?

— Amigos da faculdade na maior parte das vezes. Uma vez fomos eu e o Chris, e meu pai nos encontrou na praia com sanduíches e cerveja.

— Foi ali que o Chris e seu pai se apaixonaram? — Chris e James Campbell têm uma amizade célebre que deixam Ed e Alex mortos de ciúmes.

Reid ri.

— Provavelmente. — Então ele pisca e sorri para mim, como se percebesse minha tentativa de desviar do assunto em pauta.

— Próxima pergunta — ele diz, erguendo o queixo até mim. — Primeiro beijo.

— Hum… — Eu me levanto, pegando nossos pratos e levando-os de volta para a cozinha. Sinto o olhar de Reid sobre mim ao longo de todo o percurso e tenho vontade de esfregar o pescoço ou chamar a atenção dele quanto a essa secada intensa, mas isso poderia induzi-lo a perguntar por que essa situação me deixa desconfortável e o que eu poderia responder? *É que falar de mim mesma sempre me deixa desconfortável, porque minha vida sempre foi muito trágica ou entediante?* Ou, quem sabe: *é desconfortável falar de mim enquanto você me observa, porque aí eu me lembro de como você me olhou na cama, e não era mais para eu estar pensando nisso, certo?*

— Eu tinha catorze anos — digo —, estava com um receio estranho de os nossos narizes baterem um no outro, então só abri a boca e girei a língua algumas vezes. O nome dele era Tim Chen, e ele pareceu confuso quando acabou, mas não reclamou de nada. — Sorrio para ele por cima do ombro. — Posso te garantir que beijo muito melhor agora.

— Ah, eu sei — Reid confirma, com uma risada áspera, e então parece imediatamente se dar conta do que acabou de dizer, assim como eu. — Merda, agora ferrou, deixei o clima estranho.

Minha gargalhada ecoa como um latido no recinto.

— Pensando bem, foi esse barulho que deixou o clima estranho — ele diz, dando a volta pelo balcão e se plantando ao meu lado. — O que foi isso?

— Uma risada?

Ele põe o copo vazio sobre a bandeja, e, quando me viro para olhar, reparo em seus cílios e nas sombras plumosas que eles projetam sobre suas maçãs do rosto. Eu nunca tinha reparado em detalhes como os cílios do Reid antes, mas agora estou me lembrando de como eles são quando ele fecha os olhos, a cabeça para trás, os músculos de sua garganta esticados.

Fecho a torneira. Esta tensão é bem o tipo de coisa que os cupcakes do "Dia Seguinte/ Está Tudo Bem Entre Nós?" serviam para erradicar, era para eles nos fornecerem uma conclusão sexual. Componha-se, Millie.

— Nós sempre somos estranhos — digo, usando minha vassoura metafórica para juntar todos os meus pensamentos sensuais e varrê-los para debaixo do meu tapete metafórico. — O sexo deixou a gente só mais estranho.

— Você quer dizer nossa *seminoitada*? — ele pergunta, e seu sorriso é um misto adorável de doçura e autodepreciação.

Balanço minha cabeça, pois preciso resistir ao nerd bonitinho.

— Para. Não me venha agora com gírias de internet.

— Ah, qual é! — ele retruca, rindo. — Vocês sempre agem como se eu tivesse a idade do meu pai. Eu tenho trinta e um anos. Eu *sou* a internet.

Reid se aproxima mais de mim, agarrando a borda do balcão. Juro que meu pulso dá um salto mortal quando sinto o perfume de seu sabonete. Não sei se eu já pensei tanto assim em sexo, mesmo estando em relacionamentos de verdade com outras pessoas.

— Que bom que o clima entre a gente não está estranho *de verdade* — ele diz.

Consigo dar um sorrisinho em sinal de acordo.

Não.

Não está estranho.

Nem um pouco.

Ele dá de ombros casualmente.

— Está diferente, não estranho. Mas eu não pretendo tocar nesse assunto de novo.

Cutuco o nariz dele com o dedo indicador.

— Relaxa, quando eu fizer algum prato com berinjela vou falar algo ainda mais estranho.

— Você disse "berinjela", não "cenourinha baby", então não vou reclamar.

— Beleza. — Seco minhas mãos e volto para a sala de jantar. — Que tal a gente terminar de comer e encerrar a noite?

Leia-se: *Que tal você parar de gracinhas e me deixar a sós com o meu vibrador?* Reid está claramente satisfeito consigo mesmo.

— Fui longe demais? Que tal "pepino" então? Não? E "aspargo"?

Fecho o notebook de Reid e o entrego a ele.

— Boa noite, Reid. Obrigada pela comida. Se você não tivesse trazido o jantar, eu teria sido obrigada a mascar uma fatia de queijo velho.

— Você é a mulher mais patricinha que eu já conheci, tipo aquelas de fraternidades — ele diz.

— É manchego o queijo. Duvido você achar uma fraternidade que tenha manchego.

— Você sabe que eu te amo — ele acrescenta, seu sorriso se desfazendo à medida que chegamos mais perto da porta. Meu coração fica apertado com a sinceridade em sua voz. Reid é tão doce... Eu nunca poderia arriscar nossa amizade por algo tão trivial quanto sexo.

— Sim — respondo —, eu sei.

— Então você sabe que não tem problema fazermos piada com o que aconteceu. Talvez isso até aproxime a gente.

— Talvez. — Dou uma batida leve no computador dele. — Mas, já que o nosso objetivo é conhecer outras pessoas, você precisa terminar isso ainda hoje e me mandar amanhã de manhã para eu aprovar.

Ele me olha com um sorriso bobo. Cacete, Reid Campbell é uma graça.

— Sim, senhora.

Eu abro a porta e o empurro para fora.

— Diz para os outros fazerem o mesmo, mal posso esperar para julgar vocês.

— Como quiser — ele grita. Assim que ele desaparece do portão, eu fico livre para desaparecer no meu quarto.

CAPÍTULO QUATRO

Reid

MILLIE MORRIS
Cara…

CHRISTOPHER HILL
O quê?

REID CAMPBELL
Quê?

MILLIE MORRIS
Seus perfis estão um lixooooooo.

ALEX RAMIREZ
Tinha umas 600 perguntas!

MILLIE MORRIS
Eu sei. Também tive q preencher tudo. Estou falando especificamente da introdução/quem sou eu.

STEPHEN (ED) D'ONOFRIO
Eu demorei umas duas horas escrevendo aquilo!

MILLIE MORRIS
Jura, Ed? Duas horas?

STEPHEN (ED) D'ONOFRIO
Hum… mais ou menos…

MILLIE MORRIS
Vou colar o melhor de todos aqui, q foi o do Chris.

CHRISTOPHER HILL
Isso aí, molecada! Aprendam com o mestre.

CHRISTOPHER HILL
Tenho uma reunião agora, então depois eu vejo. Volto em 1 hora.

[Christopher Hill saiu da conversa.]

MILLIE MORRIS
Ele saiu antes de se dar conta de q o perfil dele também precisa ser reescrito.

REID CAMPBELL
Ei, o meu não está tão ruim.

MILLIE MORRIS
Está, sim, Reid. Está H O R R Í V E L. Você basicamente colou o resumo do seu último artigo ali. Mulheres não querem saber de neurite ótica até, sei lá, o quarto encontro. Ok, aqui vai o do Chris: *Sou divorciado, 29 anos, 1,92 m, professor de Química na UC Santa Bárbara. Gosto de correr, fazer cerveja artesanal e futebol americano.*

REID CAMPBELL
Ele esqueceu de falar que gosta de galos.

MILLIE MORRIS
Tipo, ele esqueceu de mencionar qualquer coisa interessante sobre si mesmo.

STEPHEN (ED) D'ONOFRIO
Pera, mas por que essa introdução está tão ruim assim? Não entendi

REID CAMPBELL
Ed, você não deveria estar ajudando a Shaylene a transfectar as células dela?

STEPHEN (ED) D'ONOFRIO
Merda.

ALEX RAMIREZ
Kkkk, esse é o lado ruim de falar no chat com seu chefe

MILLIE MORRIS
Chris adotou a abordagem do menos-é-mais. Alex, você usou a estratégia tudo-sobre-mim. Posso te garantir q a execução de cada uma é igualmente ofensiva, mas por motivos totalmente diferentes. Ed, o seu tem uns 700 erros de digitação.

STEPHEN (ED) D'ONOFRIO
Sinto muito por te dar esta notícia, mas 90% dos perfis do site também vão ter. A maioria das pessoas preenche essas coisas no celular

MILLIE MORRIS
Estou muito velha.

STEPHEN (ED) D'ONOFRIO
Você bem que podia escrever nossos perfis.

MILLIE MORRIS
Uh... COMO?

STEPHEN (ED) D'ONOFRIO
Você é boa com essas merdas e obviamente se importa se elas estão bem escritas.

REID CAMPBELL
Ed. As células. AGORA.

MILLIE MORRIS
Eu não vou fazer o papel de mulher organizada e eloquente no caos masculino de vocês.

[Stephen (Ed) D'Onofrio saiu da conversa.]

REID CAMPBELL
Não acredito que vou dizer isto, mas ele tem razão.

MILLIE MORRIS
CREDOOOOOOOOOOOOOOOOO

REID CAMPBELL
Por favor, Mills! Eu te pago o almoço.

MILLIE MORRIS
Você já me deve um almoço.

REID CAMPBELL
Te pago dois almoços então. E você pode ir com a sua calça de cintura elástica amanhã.

MILLIE MORRIS
Não

ALEX RAMIREZ
Por favor, Millie

MILLIE MORRIS
Não

ALEX RAMIREZ
Mas a ideia é boa, Millie

MILLIE MORRIS
NÃO

Sinto que a vitória está próxima, Millie está prestes a ceder, mas perco a oportunidade de pressioná-la quando meu telefone toca. Meu sorriso se esvai quando vejo a imagem da minha mãe na tela do celular. Nessa foto, ela está na varanda da casa onde morei durante a infância, vestindo sua saia jeans surrada e botas de borracha que vão até os joelhos de suas calças cáqui. Seus longos cabelos grisalhos estão presos com um laço. Nós sempre tivemos uma boa relação, meus pais, Rayme e eu. Entretanto, há três meses, no Natal, mamãe e eu fizemos uma longa caminhada pelos vinhedos da família, atrás da casa, e, não sei se foi porque ela estava com um humor esquisito ou se tomou uma decisão impulsiva baseada na premissa de que eu sou um adulto, logo também estou pronto para ser seu confidente, mas ela me contou sobre quase todas as suas angústias maritais. Não bastasse eu ter que escutar sobre sua frustração diante dos fatos de que meus pais mal têm feito sexo e de que meu pai não diz mais que ela é bonita, ainda tive que dissuadi-la de seu estado de pânico quando começou a especular que papai estava tendo um caso com a mulher do final da rua, uma artista quarentona chamada Marla que faz esculturas das únicas coisas que tem no seu jardim: galhos, folhas... roedores.

Nos dias atuais, infelizmente, uma ligação da minha mãe me provoca uma certa náusea.

— Oi, mãe.

Ela não parece estar a fim de conversa fiada.

— Que dia você chega para a festa?

Demoro alguns instantes para entender sobre o que ela está falando, enquanto olho fixamente para a tela do computador, onde a barra de rolagem não para de se mover sobre o chat. Então, finalmente, respondo:

— Quê?

— Seu aniversário — ela diz. — Não vamos comemorar aqui?

— Eu estava pensando em sair e tomar uns drinques com meus amigos, sei lá.

— Para você pode ser um aniversário só para "sair e tomar uns drinques com seus amigos", mas trinta e dois anos atrás — minha mãe continua, a voz trêmula de emoção —, eu fiz força para empurrar...

— Está bem, mãe.

– ... o bebezinho mais lindo...

— Sim, eu entendi.

— Foram vinte e sete horas de parto — ela me lembra. — Você tinha quatro quilos e meio. Tem noção de como você era grande? Nossa, você veio *rasgando*.

Massageio minhas têmporas.

— Obrigado por ter suportado essa dor.

— E você ainda pensa que vai comemorar esse dia em algum lugar que não seja comigo? — Ela faz uma pausa e, quando não respondo, ela diz, simplesmente: — Pois repense isso.

— Tudo bem, vou dar uma olhada na minha agenda. — Minimizo a janela do chat. Vislumbro rapidamente um GIF que a Millie enviou da Kristen Bell fingindo que seu dedo do meio é um tubo de batom, e volto minha atenção para o calendário. — Dois de abril é uma segunda-feira — digo.

— Vem no final de semana anterior, então. Traz o Chris. E a Millie.

Essas palavras arrancam de mim a última esperança que eu tinha de escapar do compromisso.

— Mas se eu levar o Chris e a Millie, tenho que levar também o Alex e o Ed. — Minha mãe tolera *levemente* o Alex, que, entre outras coisas, conseguiu a proeza de deixar metade das toalhas de rosto dela verdes, e o Ed, que minha mãe acidentalmente viu nu em três ocasiões distintas.

Mamãe suspira.

— Está bem. Só desta vez, mas nada de correrem pelados nos vinhedos!

Exalo com calma e entrego os pontos.

— Vou fazer o que estiver ao meu alcance, mas você sabe como eles são difíceis de controlar.

Penso que é só isso que terei de suportar por hoje, até que ela diz:

— Espero que seu pai tenha tomado vergonha na cara até lá.

Sem palavras, consigo apenas responder com um "Hum…".

— Comprei lingerie nova, mas ainda assim…

Minhas vísceras se embrulham umas nas outras e as palavras escapam da minha boca:

— Ah, mãe, que saco, estou atrasado para uma reunião!

Despreocupada com minha partida abrupta, ela me manda um beijo pelo telefone.

— Te amo, Reidey.

AQUILO NÃO FOI *EXATAMENTE* UMA MENTIRA. Tenho mesmo que ir a uma reunião… que começa quinze minutos depois de eu desligar. Isso me dá tempo suficiente para ir até o quiosque de café e passar no laboratório para recrutar o Ed.

Ele me encontra no corredor, ignorando deliberadamente meu olhar aguçado quando o pego atirando o jaleco em cima da cadeira mais próxima à porta.

— A Shaylene já está com tudo pronto? — pergunto.

Ele acena com a cabeça.

— Cacete, Reid, são só células HEK, e a Shaylene é superinteligente. Ela não precisou de muita ajuda.

Shaylene pode até ser "superinteligente", mas ela é uma aluna do primeiro ano da pós-graduação que habita meu laboratório com pouquíssima experiência prática no currículo. Na posição de alguém que alega querer seguir a carreira de pós-doutorando no laboratório, Ed assumiu a tarefa de orientar os novos alunos da pós. No entanto, volta e meia ele se esquece de que nem todos nascem sabendo biologia molecular.

— Além disso — ele diz —, tenho que trabalhar num ensaio para a Millie.

Demoro um pouco para captar o que ele quis dizer com isso.

— Você está se referindo ao *perfil do site de namoro*?

Perturbado, ele passa a mão sobre seus cachos rebeldes. Vejo de relance o suor se formar sobre seu couro cabeludo.

— Estou.

— Ed, acho que você está levando isso muito a sério.

Ele para no bebedouro e se inclina para tomar um gole d'água. Em seguida, enxuga a água que escorre pelo seu queixo.

— Cara, o Chris me deixou nervoso. E olha só para vocês! E se só eu não conseguir uma acompanhante? Estou lidando com Chris, o senhor Químico-da-Voz-Grossa, você, o senhor Neuronerd-com-Corpão-de-Salva--Vidas, e Alex, o amante latino gostosão que come mulheres naquela câmara escura todo santo dia. E aí tem eu, Seth Rogen, só que ainda mais seboso.

Começo a dizer que acho que ele se parece mais com Zach Galifianakis, mas penso duas vezes ao passarmos pela câmara escura em questão notando que o aviso "EM USO" está aceso do lado de fora.

— Espera aí, o que foi que você falou do Alex?

— Cara, todo mundo sabe que ele transa, tipo, a porra do tempo inteiro.

— Ed faz um sinal com as mãos para eu deixar o assunto de lado e me para na porta da sala de reuniões do Departamento. — E se eu concordar com essa história e todos vocês arranjarem acompanhantes para o jantar, e esses encontros se transformarem em algo a mais, como é que eu fico?

De repente me dou conta de que isso realmente importa para o Ed, e de que, no fundo, esse cientista nerd gordinho de fato quer conhecer alguém e construir um relacionamento duradouro. Porém, já que não acho que ele apreciaria muito o ar condescendente desse meu novo conhecimento, dou um tapinha amigável de consolo em seu ombro e assumo um tom bem-humorado:

— Você vai encontrar alguém. Se não, você sempre pode contar com salgadinhos e *Madden NFL 18*.

— Cara, vai se foder.

Felizmente, só surgiu uma pessoa para escutar a conversa. No entanto, para o meu infortúnio, é o chefe do Departamento de Neurobiologia, Scott Ilian. Ele olha para nós, e, vendo que se trata do Ed, volta a atenção para o artigo científico que está na sua frente.

— Cavalheiros...

As reuniões do corpo docente são tão tediosas que até eu, assumidamente viciado em trabalho, vejo-me com certa frequência desejando sangrar até a morte em algum ponto ao longo de sua duração. A cada semana os professores eméritos retornam, com o intuito de continuarem se sentindo valorizados, mas principalmente para se ouvirem falar, em geral sobre novas políticas do Departamento das quais eles não sabem nada e que não vão surtir qualquer efeito sobre suas vidas quando eles se aposentarem. Os novos membros querem ser vistos e ouvidos, de modo que defendem vigorosamente tecnologias que o Departamento já cogitou e descartou ou cuja compra ele não pode justificar, visto que seu uso ocorreria apenas em um ou dois laboratórios. Há um segmento de tomada de decisão que resulta em dez pessoas falando a mesma coisa, só que parafraseada de maneiras um pouco distintas uma da outra.

Aos quarenta e cinco minutos, imerso na Fase de Refrasear, respiro profundamente e olho ao meu redor.

Norm McMaster, o membro mais antigo do corpo docente, um homem com orelhas do tamanho de sapatos, está dormindo com o queixo encostado no peito. Annika Stark, a única neuroendocrinologista do Departamento, encara seu nêmesis/pau amigo, Isaac Helm, que está, neste momento, refraseando o argumento de Scott sobre a necessidade de adotarmos critérios de admissão mais rigorosos. Recentemente, Annika teve de expulsar um aluno de seu laboratório porque ele foi reprovado na matéria por dois semestres seguidos, e Isaac claramente a está provocando na esperança de iniciar uma briga que possa ou não terminar em sexo mais tarde.

Sentado em seu lugar costumeiro, no fundo da sala, Ed está sorrateiramente jogando *Clash of Clans* no celular.

Minha tela se ilumina com uma mensagem do Alex, enviada apenas para os homens do nosso grupo:

> Gente, vocês viram o que a Millie mandou?

Chris responde em seguida:

> Esses perfis estão ótimos.

Ponho meu telefone sobre a mesa, resistindo à tentação de verificar meu e-mail. Será que a Millie acabou mesmo reescrevendo nossos perfis? Se ela tiver reescrito o meu... Isso seria estranho? *Meu nome é Reid Campbell, tenho 31 anos, 1,92 m. Quando não ajo como um imbecil viciado em trabalho, gosto de correr, fazer churrasco e um sexo extraordinário com minha melhor amiga?*

Quando volto ao escritório, vejo que, na verdade, o perfil está muito, muito melhor do que isso.

De: Morris, Millie <morris.millie@ucsb.edu>
Para: Campbell, Reid <campbell.reid@neuro.ucsb.edu>
Assunto: TÁ BOM

Só escrevi isto porque o seu perfil surgiu na minha cabeça, e aí percebi que teria que escrever todos, porque sou uma facilitadora e gentil demais com vocês quatro. Se você não gostar, não me diga. Gastei uma hora trabalhando nisso.
- Mills

Fui criado em um vinhedo e moro perto da praia, mas não sei fazer vinho nem surfar. Por outro lado, eu adoro atividades ao ar livre: fazer trilha, velejar e até me encontrar com amigos na praia. A lista de viagens que desejo fazer deve ter um quilômetro de extensão. Em alguns fins de semana fico em casa vendo Netflix, em outros faço passeios de carro com meus amigos para encontrar novos bares ótimos de cerveja artesanal. Já corri algumas maratonas, mas nunca resisto a biscoitos ou churrasco. Acho que sou considerado antiquado quando se trata de namoro, para mim, o primeiro encontro inclui jantar, e não só drinques, mas isso é porque fui criado por uma mulher que diz que homens devem ir devagar e conquistar o respeito de uma mulher, eu concordo com isso. Amo meu trabalho, mas procuro alguém que me ajude a viver aventuras também em outros lugares. Se você acha que combina comigo, vou adorar receber uma mensagem sua.

Leio mais uma vez, e depois outra. É simples, mas... muito melhor do que qualquer coisa que eu pudesse criar.

Lembro-me do dia em que apareci na casa da Millie no verão passado com um desejo súbito de dirigir pela rodovia com as janelas do carro escancaradas e a música no último volume. Seguimos em direção a San Luis Obispo e nos deparamos lá com uma pequena cervejaria onde almoçamos hambúrgueres acompanhados de umas IPAs bem fortes. Depois voltamos para casa, mais quietos durante o retorno, com as barrigas cheias e os sons do ar e de Tom Petty no carro. Foi um dia perfeito com a companhia perfeita.

Também me lembro do dia em que nós cinco tentamos surfar, mas só o Chris conseguiu ficar de pé na prancha, ao passo que o resto de nós desistiu e o ficou observando da areia quente da praia. Millie estava do meu lado usando um biquíni azul. Ela não se deu ao trabalho de estender a toalha; sua barriga e suas pernas estavam cobertas pela areia áspera, seus olhos fechados, seu rosto inclinado para o céu. Éramos amigos havia pouco tempo; ela tinha terminado o relacionamento com Dustin algumas semanas antes e aquela foi a primeira vez em falamos desse assunto, mas só após muita insistência da minha parte: conversamos sobre como Dustin andava distraído, como era estranha a sensação de estar solteira, como ela estava aliviada por não conviver mais com alguém que tivesse um temperamento tão explosivo.

Consigo ver nossos momentos em cada linha do perfil, exceto uma: não faço ideia de como ela sabe que eu não me imagino indo a encontros apenas para tomar alguma coisa, que um encontro bebendo café, para mim, é esquisito. Pergunto-me se ela me enxerga mais a fundo, num nível que nem eu mesmo sou capaz de acessar, se sabe, melhor do que eu, da dor que sinto ao pensar que Millie também escreveu um perfil *para ela*, um perfil que outros homens vão ler.

O modo como isso me atinge me pega de surpresa. Essa linha de raciocínio me dá uma náusea que parece aquela que senti conversando com mamãe, a sensação de que algo está *muito errado*. Pressiono meus olhos com as palmas das mãos e abro a caixa de mensagens que contém a conversa com meus amigos.

REID CAMPBELL
Ok, o que a Millie fez no meu perfil ficou muito bom.

CHRISTOPHER HILL
Mostra pra gente…

REID CAMPBELL
Quero ver o seu também. Aqui vai o meu…

Colo o texto na mensagem e leio os perfis dos outros assim que eles surgem na tela.

CHRISTOPHER HILL
Meus amigos diriam que sou o membro mais calmo do grupo e, embora eu concorde com isso, às vezes sinto que tenho uma curiosidade ferrenha ardendo dentro de mim, e não sei se vou conseguir me livrar dela algum dia. Tenho uma labradora cinza, que se chama Maisie, e ela, no momento, é o amor da minha vida, mas com certeza tem espaço para mais alguém. Já fui casado, agora estou divorciado, com minha namorada do colégio, e o que aprendi com isso não foi que relacionamentos são traiçoeiros, mas que encontrar a pessoa certa não é fácil e que estamos sempre evoluindo com o mundo à nossa volta. Sou um fã devoto do futebol americano da Califórnia, galos de todos os tipos e formatos, ciclismo, e sou capaz de dirigir duzentos quilômetros para encontrar o donut mais saboroso.

CHRISTOPHER HILL
Não aguento mais essa história de galo, mas de resto está muito bom.

ALEX RAMIREZ
Amo a Millie por ter incluído os galos. Aqui está o meu: *Vejo muitas pessoas enfatizando como elas são tranquilas e descontraídas, e vou ser bem honesto: eu não sou nem um pouco assim, adoro sair por aí e fazer barulho. Cresci andando de bicicleta em Huntington Beach, e agora passo o máximo possível do meu tempo livre fazendo mountain biking nas colinas ao redor de Santa Bárbara. Adoro cozinhar, adoro comer, adoro me acabar de dançar em festas de casamento. Mas não se preocupe, não preciso encontrar alguém que ame as mesmas coisas que eu, quero encontrar uma mulher que saiba quem ela é, que fique satisfeita com quem eu sou e que esteja pronta para sair e se divertir.*

STEPHEN (ED) D'ONOFRIO
E por se divertir você quer dizer fazer sexo.

ALEX RAMIREZ
Totalmente

REID CAMPBELL
Ed, cadê o seu?

STEPHEN (ED) D'ONOFRIO
Eu moro em um dos locais mais animados da Califórnia, mas admito que sou meio caseiro. Não me entenda mal, adoro fazer coisas ao ar

livre, mas prefiro a versão mais silenciosa disso: ir à praia à noite, o litoral rústico, as colinas ao anoitecer... Posso nunca ser o primeiro a cruzar a linha de chegada, mas vou rir ao longo de toda a corrida, aconteça o que acontecer. Sinceramente, estou apenas buscando alguém que queira estar lá, rindo ao meu lado.

REID CAMPBELL
Uau. Estão muito bons.

CHRISTOPHER HILL
Alguém já viu o da Millie?

STEPHEN (ED) D'ONOFRIO
Não.

CHRISTOPHER HILL
Sei lá, se a gente tá postando os nossos agora, provavelmente o dela vai estar no ar em breve, não?

STEPHEN (ED) D'ONOFRIO
Mas não necessariamente conseguiremos ver, porque mesmo se ela postar o perfil on-line, homens não podem ver os perfis completos das mulheres, a não ser que elas permitam o acesso deles. Então você tem que curtir a foto dela e o perfil básico e torcer para ela te deixar acessar o perfil todo.

REID CAMPBELL
Mas ela não deixaria a gente acessar?

CHRISTOPHER HILL
Tipo, eu não estou planejando namorar a Mills, então, talvez não.

ALEX RAMIREZ
Por que você não pede pra ela te mandar o perfil, seu burro

REID CAMPBELL
Tá bom, vou pedir. Deixa eu adicionar ela aqui.

[Millie Morris entrou na conversa.]

MILLIE MORRIS
Qual foi, otários

REID CAMPBELL
Os perfis estão excelentes

MILLIE MORRIS
Eu sei! Sou muito boa nisso.

ALEX RAMIREZ
Agora vamos ver o seu

MILLIE MORRIS
Alex, por favor. Pelo menos me paga um jantar antes.

ALEX RAMIREZ
Mulher, eu te pago um jantar COM sobremesa, se é que você me entende.

MILLIE MORRIS
Nossa, isso foi de 0 a 100 bem rápido.

REID CAMPBELL
Na câmara escura, né, Alex?

ALEX RAMIREZ
Quê?

MILLIE MORRIS
Q?

REID CAMPBELL
Nada, não. Mills, mostra seu perfil.

MILLIE MORRIS
Tá, espera aí. Mas eu tenho que correr pra aula...

MILLIE MORRIS
Ai, meu pau, achei. Divirtam-se: *"É melhor acender uma vela do que amaldiçoar a escuridão." ~Eleanor Roosevelt. Eu sempre me senti atraída pelo excêntrico, pelo sombrio, pelo inacreditável. Sou uma amante de livros e praias, filmes e caos. Se você quiser saber mais, é só me perguntar!*

[Millie Morris saiu da conversa.]

CHRISTOPHER HILL
… uma citação de Eleanor Roosevelt? A Millie é lésbica?

REID CAMPBELL
Não que eu saiba, mas agora estou questionando tudo.

ALEX RAMIREZ
Hum… Acho que a última frase pode encher a caixa de entrada da Millie com mensagens bem interessantes.

REID CAMPBELL
Então eu não sou o único que ficou desapontado?

CHRISTOPHER HILL
Mas é de surpreender que o perfil não diga nada sobre ela?

STEPHEN (ED) D'ONOFRIO
Talvez ela tenha imaginado que vocês agiriam como porcos e compartilhado um trecho menor?

CHRISTOPHER HILL
Pode ser.

STEPHEN (ED) D'ONOFRIO
Alguém deveria dizer a ela que está uma droga. Eu NÃO

CHRISTOPHER HILL
Eu não

ALEX RAMIREZ
EU NÃO

REID CAMPBELL
U A U.

STEPHEN (ED) D'ONOFRIO
Que foi? Ela gosta mais de você mesmo

REID CAMPBELL
Quem não gosta?

REID CAMPBELL
Vamos postar então? Tenho que voltar ao trabalho.

STEPHEN (ED) D'ONOFRIO
O meu está pronto. Vou usar a foto que o Chris tirou no verão passado.

CHRISTOPHER HILL
Aquela de você vestido de Shake, aquele boneco roxo do McDonald's? Acho que é uma má escolha.

STEPHEN (ED) D'ONOFRIO
Não, aquela minha no deque, babaca.

CHRISTOPHER HILL
Melhorou um pouco.

ALEX RAMIREZ
Postando em 3... 2... 1...

REID CAMPBELL
Aqui vamos nós.

STEPHEN (ED) D'ONOFRIO
Ah, e tem o "pau". Vocês notaram que ela digitou pau de novo?

ALEX RAMIREZ
Típico da Millie.

REID CAMPBELL
Mantenham o foco.

CAPÍTULO CINCO
Millie

Meu telefone começa a tocar antes mesmo de o sol nascer.

Bem, *tocar* não é bem a palavra certa; ele buzina incessantemente de algum lugar embaixo de mim. Tento me virar na cama antes de perceber que estou enrolada nos lençóis, e que, portanto, sair dali parece muito trabalhoso, meus braços estão adormecidos, minha cabeça está confusa, e não estou pronta para sair deste sonho com Chris Hemsworth.

Meu "eu" do sonho pediu para ele ficar um pouco depois da aula, e ele tinha acabado de entrar no meu escritório e fechar a porta. Normalmente eu ficaria horrorizada com essa relação entre aluno e professora, mas já que meu "eu" do sonho estava vestida de Professora Gostosa, e o Chris Hemsworth do sonho de Thor (de cabelo curto, como em *Thor: Ragnarok*, sendo mais exata), estou disposta a ignorar esse detalhe.

Sinto pena do ser humano que tem a pachorra de me arrancar do meu escape da realidade às, olho para a tela de soslaio, *cinco e meia da manhã*, porque eu vou matá-lo.

Com as mãos desajeitadas, consigo atender, meus olhos ainda fechados quando resmungo um grogue "Alô?".

— Oi, Millie.

Minha irmã, que tem gêmeos de seis meses de idade e presume que todo mundo já esteja acordado ao amanhecer.

— Queria te pegar antes de você sair para a aula.

Após fazer um certo esforço, consigo me virar para o lado. Isso não melhora muito minha situação.

— Só tenho aula às nove, Elly. — Eu me ajeito e esfrego os olhos. — Não são nem seis horas ainda.

— Ops... — ela cantarola. No fundo, ouço o barulho da torneira aberta e o som de algo que imagino serem as louças tilintando na pia. Elly está sempre em movimento, sempre fazendo, no mínimo, duas coisas de cada vez, motivo pelo qual eu sei que ela não me ligou só para colocar a conversa em dia. Isso também não faz muito nosso estilo. — Desculpa. Queria saber se você já olhou sua agenda ou pensou melhor no que eu disse.

A culpa reacende em meu estômago.

Apesar do que eu disse a Reid, o Mal de Parkinson do papai está nos afetando profundamente. Há dias em que ele mal consegue se mexer pela manhã. Seu neurologista mencionou que é possível que ele venha a precisar de uma cirurgia para estimular determinadas áreas do cérebro. Com os dois bebês e uma vida corrida em Seattle, Elly precisa de ajuda. Ela quer que a única irmã faça aquilo que sabe que eu sou capaz de fazer: tirar férias no verão e ir para casa quando papai for operado a fim de aliviar um pouco o fardo para ela.

O problema é que a ideia de voltar para lá provoca uma sensação abafada de pânico em meu peito, como se eu não conseguisse respirar. Não quero ir para casa.

Sendo seis anos mais velha do que a Elly, eu sempre estive um pouco fora da margem de companheira para brincar com ela. Eu era a garotinha excêntrica da mamãe, em dias bons, pateta e brincalhona; em dias ruins, obstinada. Elly, por outro lado, era quieta e estudiosa, a irmã confiável. Eu queria ser apresentadora de uma nova versão de *Mistérios sem Solução* quando crescesse; Elly queria ser enfermeira.

Eu tinha doze anos quando minha mãe morreu, Elly apenas seis, e do nada me tornei a segunda pessoa mais velha da casa. Esses seis anos de diferença implicavam que eu era a babá, a cozinheira, a empregada doméstica, a irmã mais velha, aquela de cujo apoio papai necessitava. Se eu tivesse o temperamento da Elly, teria sido muito mais fácil, agora eu compreendo isso.

Acontece que eu também estava desesperada de dor. Eu me lembrava de cada detalhe sobre a mamãe: sua risada, seu sorriso, seus abraços apertados. Eu não sabia como tocar meu dia e minha vida sem uma mãe. Elly era quase jovem demais para enxergar as coisas com clareza, e parecia totalmente injusto eu ser obrigada a cuidar dela quando precisava tanto que cuidassem de mim. Eu mal conseguia resolver meus próprios sentimentos, muito menos ajudar outra criança com os sentimentos dela.

Elly fazia muitas perguntas sobre nossa mãe: o que tinha acontecido, se ela ia voltar, se ela tinha sentido dor, e papai mudava de assunto, então eu tentava responder tão bem quanto podia. Dizia que mamãe tinha ficado doente, que não voltaria, mas que eu estava ali. Dizia que não sentiu dor por muito tempo, que mamãe nos amava muito. Talvez papai achasse que estivesse nos protegendo da dura verdade: a morte dela tinha sido rápida e dolorosa, ou talvez a realidade fosse difícil demais para ele mesmo enfrentar. De qualquer modo, não havia oxigênio na casa sem nossa mãe por perto, e, ao longo dos anos seguintes, Elly parou de fazer perguntas e todos nós ficamos em silêncio. Era como se o papai só estivesse nos aguardando ter idade suficiente para sairmos de lá.

Não sei explicar bem a sensação de ser tão desapegada de qualquer pessoa. Eu costumava sonhar que estava no meio do oceano e que enxergava a quilômetros de distância em qualquer direção e não havia ninguém ao meu redor.

Quando fiz dezoito anos, praticamente saí correndo porta afora.

Elly ficou em Seattle durante a faculdade e se casou, transformando sua perda naquilo de que ela mais precisava: uma âncora e uma família.

Será que a relação da Elly com o papai foi diferente pelo fato de ele ter sido o tutor primário durante a maior parte da vida dela? Talvez. Mas agora, depois de ter cuidado de tudo pelos últimos doze anos, Elly, minha irmã dócil e paciente, está perdendo a paciência comigo.

— Não estou pedindo para você se mudar para cá — ela diz —, mas você podia pelo menos vir *mais vezes*. Ficar aqui por mais tempo do que um fim de semana. Acho que o verão seria ótimo para todos nós.

— Tenho que entregar meu manuscrito no final do verão — respondo —, e preciso de um tempo para trabalhar nele. — Isso é verdade, mas também é uma desculpa muito conveniente. A julgar pelo silêncio no outro lado da linha, nós duas percebemos isso. — Vou ver o quanto consigo adiantar e tentar achar uma maneira de fazer as coisas funcionarem.

— Obrigada, Millie.

Dá para perceber que minha irmã quer ficar feliz por mim, mas a decepção transparece em sua voz.

— Eu te dou notícias assim que me organizar. — Viro de costas de novo e olho para o teto, para a forma como a luz azul-acinzentada da janela se infiltra nas paredes. A cor suave combina com meu humor. — Como ele está?

— Ele está… — Elly desliga a torneira e o silêncio cresce enquanto ela formula uma resposta. Se eu já estou ansiosa para escutá-la, não posso imaginar como ela se sente convivendo com isso dia após dia. — Ele não está muito bem — ela completa. — Está mais devagar e menos independente. O equilíbrio dele está péssimo, então estou pensando em procurar uma casa nova, sem escadas.

Jared e Elly compraram sua casa logo após o casamento, as coisas devem estar piorando bastante para eles considerarem a hipótese de vendê-la.

— Posso ajudar com isso também — digo, engolindo por cima do nó em minha garganta. — Até lá já vou ter recebido parte do meu adiantamento, e esse dinheiro vai ser todo seu se você precisar.

Dois donuts de chocolate crocante já melhoraram drasticamente minha perspectiva das coisas quando chego à faculdade, mas a ligação de Elly perdura como uma película turva grudada na janela. Eu sei que fiz o melhor que pude quando era criança, mas não consigo afastar o sentimento de estar sendo uma babaca egoísta agora. Elly precisa de mim, meu pai precisa de mim. Ainda assim, honestamente, eu preferiria caminhar sobre uma praia de cacos de vidro a passar o verão na minha cidade natal.

O instinto me traz aqui: com um café em cada mão, uso meu pé para empurrar a porta do escritório de Reid. Ele está terminando uma ligação, o telefone preso entre o queixo e o ombro, a caneta rabiscando algo em sua mesa.

A postura mais educada seria a de esperar do lado de fora ou pedir que ele me encontre mais tarde, mas Reid e eu nunca fomos muito bons com limites, obviamente, então coloco o copo dele a sua frente e me sento enquanto ele acaba de resolver suas questões. Não estou a fim de conversar, mas me trancar no meu escritório só vai fazer eu me sentir pior.

Considerando a meticulosidade do cérebro de Reid, é surpreendente que sua mesa seja tão bagunçada. Há os detritos costumeiros de arquivos e livros e tarefas de casa para os alunos, mas Reid toma notas compulsivamente, então também há recados adesivos e pedaços de papel para todo lado, anotações coladas no monitor do computador, na janela, nas paredes. Um mural de cortiça se encontra bem ao alcance dos meus braços, e ele está tão cheio de comunicados e relatórios e rabiscos aleatórios que não sei como seu peso permite que ele continue pendurado.

Ao lado do computador, há o desenho de um cérebro, mas não um desenho qualquer, uma ilustração anatomicamente correta, com setas e palavras como *límbico* e *colículo superior*. É exatamente por isso que não jogamos mais *Imagem & Ação*: Reid leva a parte de desenhar muito a sério. O recado ao lado da figura mostra o nome *Lillie* e um número de telefone escrito numa letra adornada por coraçõezinhos.

Ele já mencionou alguma Lillie?

— Desculpa por isso. Você está bem?

Levo um susto, derrubando meu café na mesa dele. Nem o escutei desligando o telefone.

— Merda. Quê?

— Você está... fazendo beicinho — ele soa espantado.

Meus olhos se voltam ao número de telefone grudado no computador, e depois ao local onde estou passando meu único guardanapo para limpar parte da sujeira.

— É... Estava viajando.

Reid me fita com um sorriso curioso antes de me entregar alguns lenços de papel. Ele pega seu copo.

— Obrigado pelo café. Eu ia comprar alguma coisa antes de começar o expediente, mas recebi uma ligação.

— Por nada.

Ele toma um gole, abafando um suspiro quando se queima.

— Ah, está quente — eu digo, jogando os lenços na lixeira ao lado dos pés dele. — Você teve uma manhã longa?

— Pode-se dizer que sim. Vim dar nota a alguns trabalhos e fui emboscado por alunos pedindo extensões de prazo. *Mas* estou feliz por você ter vindo. — Ele me olha de novo e repete a pergunta: — Tem certeza de que você está bem?

— Estou, Reid.

— Você está com cara de... abatida.

— Nossa, assim você me seduz.

— Sério, o que aconteceu?

— Nada, eu juro.

Ele me encara com ceticismo durante um, dois, três segundos, e em seguida balança a cabeça.

— Está bem, como quiser... queria te mostrar uma coisa. — Ele pega o celular e desbloqueia a tela antes de mostrá-la a mim.

Eu me aproximo da tela.

— Meu Deus, Reid! Você tem noventa e oito atualizações para instalar? Qual é o seu problema?

— Foco, Millie. — Ele toca no ícone azul com um baláozinho vermelho de notificações. — É o IRL. Acordei com dezoito notificações.

— Notificações de...?

Ele claramente pensa que eu mesma vou descobrir a resposta, porque pausa durante uns longos segundos antes de desistir.

— Você não deu uma explorada no aplicativo depois de baixar?

Estendo minhas mãos, como se ele já devesse saber a resposta.

— Obviamente não.

Rindo, ele diz:

— Entendi. Bom, isso quer dizer que dezoito mulheres compartilharam os perfis delas comigo.

— Ah... — Mexo na minha bolsa atrás da cadeira e pego meu celular. Eu nem tinha pensado em olhar para aquilo. — Eu preenchi tudo no computador. — Mostro a tela para ele. — Ih, olha só... Eu nem baixei o aplicativo ainda.

— Segundo o Ed, você vai usar mais o celular agora. — Ele ergue o queixo. — Procura na loja de aplicativos.

— Ei, vai com calma com esse linguajar técnico. — Meus olhos se arregalam com ar de falsa confusão. — Escreve isso para mim, ô macho sabe-tudo.

— Meu Deus, Millie...

— Eu sei como um celular funciona, Reid.

Ele se recosta na cadeira com um suspiro e continua passando por suas mensagens.

— Uma delas fala francês e é professora de mergulho — Reid diz, com orgulho, os olhos se arregalando quando ele dá zoom em uma foto.

Quando o download termina, entro no aplicativo com o nome de usuário e a senha que registrei no computador.

— Como isto funciona exatamente? — pergunto. — É para ficar deslizando para a direita e para a esquerda? Isso soa tenebroso.

— Você estava na sala quando falamos sobre isso.

Sorrio para ele por cima do café.

— Eu provavelmente não estava ouvindo. Às vezes faço isso quando vocês estão falando.

— Como eu *já* tinha mencionado, homens só podem ver suas informações básicas e um resumo do seu perfil, além de uma miniatura da sua foto. Eles só podem ver seu perfil inteiro se você aprovar. Nesse caso, você deve ter alguns pedidos de pessoas querendo ver mais.

— Mas não dezoito pedidos.

Reid me ignora e, como previsto, surge um alerta sinalizando que tenho mensagens não lidas. Estou surpresa com o senso de urgência que o balãozinho vermelho carrega.

— Tenho doze pedidos pendentes.

Reid arqueia a sobrancelha, admirado.

— Nada mau, Mills. Ed tem quatro.

— Você está me comparando ao Ed? Espera, que foto de perfil ele escolheu? Foi aquela de roupão fazendo a pose daquele rótulo de rum: Captain Morgan?

Ed, que queria usar uma toga no dia da foto dos professores.

— Foi.

— E você está surpreso por eu ter mais pedidos do que ele? Reid… Fala sério.

— Estou dizendo que, com informações tão limitadas, e só uma miniatura do seu rosto lindo, doze pedidos não é ruim.

— E que foto de perfil *você* escolheu? — pergunto. — Você estava usando aquela camisa do IML? — Dou uma gargalhada breve. Nunca vou me esquecer de quando o Reid precisou pegar uma camisa emprestada do Alex, quando a dele desapareceu na praia, e o Alex tinha uma que dizia *"IML: Inspetor de Mulheres Lindas"*. Quando saímos para beber naquela noite, caramba, Reid foi muito zoado.

— Infelizmente o Ed derramou vinho tinto naquela camisa. Nunca mais vou poder usá-la.

— Bem, isso resolve o problema dos comentários futuros.

Ele se inclina para a frente, direcionando minha atenção à tela do meu celular.

— Essa porcentagem no baláozinho azul ali de cima mostra…

— Nossa compatibilidade, eu sei. Sério, como você acha que eu consigo me alimentar e tomar banho sozinha todo dia?

— Dá uma lida nos perfis e vê com quem você quer compartilhar o seu.

Com um misto de terror e ansiedade, abro a primeira mensagem, fazendo uma careta diante da foto. Não quero soar superficial, então não digo nada sobre o boné de trás para a frente ou o colar de concha e começo a ler.

— "Talvez eu seja o homem que você esteja buscando. Sou encanador à quinze anos, então sei algumas coisas sobre limpeza de canos. ;-) Gosto de passar meus fins de semana no lago ou na churrascaria, e procuro uma moça especial que fique do meu lado. Se você acha que está há altura, escreve aí. Às vezes eu mordo."

Meu revirar de olhos deve ser audível, porque Reid me lança um olhar inquisitivo.

— Nossa, é tanta coisa… — digo. — Por onde eu começo? "Limpeza de canos"?

— Virilidade é um sinal de saúde.

— Ele quer alguém que fique ao lado dele na churrascaria.

— Eu achei isso bonitinho… Ei, não me olha assim.

— Reid, ele escreveu "há altura", com "há" do verbo "haver".

— E você vive digitando "pau" em vez de "pai". Pode ter sido um acidente.

— E quanto a "sou encanador *à* quinze anos", um "a" *com* crase em vez do verbo?

— Está bem. — Ele desiste. — Vamos ver o próximo.

— "Meu nome é Greg e tenho 32 anos. Sou engenheiro estrutural, porque minha vida é descobrir as coisas. Dizem que viajar faz bem à alma, e eu creio firmemente nisso. Fiz faculdade no exterior e me considero sortudo por ter visto a Torre Eiffel, o Big Ben, o Coliseu, as Terras Altas da Escócia e o Partenon antes de me formar. Se você achar que pode vir a ser minha próxima aventura, vou adorar receber uma mensagem sua."

Isso soa bom demais para ser verdade, então clico na foto. Ele é... caramba, não é horrível. Loiro, bronzeado, apoiado numa prancha de surfe na areia. Mostro a tela para o Reid.

Ele se aproxima para ver melhor.

— Hum... Talvez ele... — Ele para; seus olhos se estreitam. — Aquilo é uma aliança?

— O quê? — Pego o telefone de volta e dou zoom. Definitivamente há algo ali. — Não pode ser uma sombra?

— Tipo... É de ouro.

Olho de novo, ele tem razão; há uma aliança dourada no dedo anelar do cara.

— Talvez seja uma foto antiga — Reid sugere. — Aí diz que ele é divorciado?

Num instante estou de volta ao perfil. No espaço referente a "status de relacionamento", está escrito "solteiro". No espaço referente a "já foi casado?", está escrito "nunca".

— Por favor, diz que um ser humano não pode ser assim tão estúpido — eu peço. — Ou nojento. Por que eu não espero que as pessoas sejam mentirosas com mais frequência? Pelo amor de Deus, eu estudo Criminologia.

Desapontado, Reid estende a mão.

— Deixa eu ver seu celular.

Passo o celular a ele pela mesa e deixo meu ceticismo quanto a essa empreitada tomar conta de mim.

— Não quero ser aquela que vai te dizer "eu avisei", mas...

Ele abre a próxima mensagem.

— Está bem, mas este cara... — Ele para no meio da frase com uma expressão de desgosto. — Deixa para lá.

— Que foi?

— É que... Ele falou de "pau" no perfil, mas não acho que seja um erro de digitação charmoso.

Franzo o nariz.

— Vamos continuar, não podem ser todos ruins. — Ele abre mais um perfil, depois outro, e a cada mensagem seu sorriso murcha mais um pouco.

— Acho que este pode ser o Dustin.

Dou um grunhido.

— Por favor, me diz que você está brincando.

— Estou brincando — ele diz, olhando para mim. Claramente ele não está brincando.

— Isso é deprimente. Quanta fé eu posso depositar num aplicativo que me faz dar "match" com meu ex? Ó, Senhor...

— Bom, talvez isso signifique que o aplicativo é bom, não? — Reid tenta ser otimista. — Em algum momento você e o Dustin... Meu. Deus. Este sujeito colocou o pênis dele na foto de perfil. O pênis dele. Quer dizer, espero que seja o dele.

— Reid, você é puro demais para este mundo. — Pego o celular de volta e dou uma olhada no resto. Uma mensagem diz, simplesmente, "Oi". Um homem me assegura de que o pau dele é enorme; outro quer uma foto de corpo inteiro antes de pedir acesso ao meu perfil; dois querem saber meu peso.

— É isso? — Mostro meu telefone. — Você achou uma mergulhadora que fala francês e eu só acho *isso*? *Esses* são meus "matches"?

Alguém bate rapidamente na porta e logo Ed a escancara e entra na sala.

— Aqui estão os dados mais recentes do Separador Celular Ativado por Fluorescência — ele diz, e coloca algumas páginas com gráficos de dispersão sobre a mesa de Reid. Há três pedaços de fita adesiva segurando rasgos no jaleco de Ed, mas eu não me dou ao trabalho de fazer perguntas.

Ele estuda a maneira como estou jogada na cadeira, de braços cruzados sobre o peito, e dá uma mordida na maçã que tira do bolso do jaleco. Eu não sou cientista, mas sei que isso é nojento.

— E aí, gatinha?

Dou um grunhido.

Ele acena a cabeça na direção de Reid.

— O garanhão está te mostrando os "matches" dele?

Desvio o olhar para Reid.

— Já mostrou.

Outra mordida barulhenta na maçã, e Ed puxa uma cadeira para se sentar ao meu lado. — E você? — Ele aponta para meu celular.

— Ela tem doze — Reid responde no meu lugar.

Os olhos de Ed se iluminam.

— É mesmo? Algum que preste?

Abro a boca e a fecho em seguida. Não há nenhum jeito agradável de responder a isso.

— Ela deu "match" com um bando de esquisitos — Reid explica.

Ed pega meu telefone e começa a fuçar.

— Talvez se você não tivesse mencionado que gosta de assassinos em série...

Acho que eu deveria me preocupar com o fato de ele saber minha senha sem me consultar, mas a autodefesa aqui assume uma prioridade maior.

— Em primeiro lugar, eu não falei nada do meu trabalho. Em segundo lugar, eu não gosto *de* assassinos em série.

— É, mas você disse que se sente atraída pelo excêntrico, pelo sombrio e pelo caos. Caos! É sério isso? E você usou uma citação de Eleanor Roosevelt, Mills. É claro que atraiu esquisitões.

— *Qual é a sua*, eu sou tão entediante que preciso mentir?

— Você fez uma dissertação de trezentas páginas sobre os assassinatos cometidos por "Jolly Jane" Toppan, mas é incapaz de escrever um mísero parágrafo interessante sobre si mesma. Seja mais criativa. Você não é entediante, mas seu perfil é. Isso é conselho de *amigo*. — Ele acrescenta, apontando para Reid.

Olho para os dois e decido que não estou nem aí.

— Obrigada pelo esclarecimento.

Reid se levanta e dá uma volta na mesa apoiando-se sobre a quina. Ele está usando a calça de que eu gosto, em sarja e afunilada. Eu já vi alunas olhando para a bunda dele nessa calça enquanto ele caminha pelo corredor. Só para constar, a parte da frente também não é nada má…

Decerto eu não deveria estar pensando nisso agora.

— Você sabe que eu te amo — ele diz, gentilmente. Eu arqueio uma sobrancelha. — Não me entenda mal, mas o Ed tem uma certa razão. Seu perfil não diz nada sobre você.

— Eu disse que gosto de praia.

Ed toma um gole do meu café.

— Quem não gosta de praia?

Colocando o dedo suavemente sob meu queixo, Reid direciona minha atenção a ele.

— Seja honesta, Mills. *Você* acha que seu perfil está interessante? Você escreveu biografias ótimas e únicas da gente que diziam *muito* com pouquíssimas palavras. Digo, você fez o Ed parecer charmoso e interessante. *Você* fez isso!

Ed acena vigorosamente, debochado.

— Mas o seu perfil ficou… Sei lá… *Blé*.

De volta ao meu escritório, encaro meu novo perfil na tela.

> "Algumas pessoas nunca enlouquecem.
> Que vida horrível elas devem levar."
> ~ Charles Bukowski.

Sabe aquele amigo que está sempre planejando alguma coisa e acaba se entusiasmando com isso? Acho que essa pessoa seria eu. Adoro festas de aniversário (por causa do bolo), qualquer desculpa para me fantasiar e filmes cujos finais eu não consigo prever. Estou à procura de alguém que ame rir, que busque a bagunça selvagem e caótica que acompanha o ato de se apaixonar, alguém que queira se sentar nos rochedos da praia Hendry e ouvir as ondas quebrando até o sol ser engolido pelo mar.

Nada mau.

Pode me chamar de derrotista, mas, em vez de atravessar o pântano de pênis que virou meu perfil antigo, decido fazer outro.

Até arranjo um nome novo: Catherine M. A perspectiva de me engajar num esquema de "catfishing" poderia ser preocupante, mas, além do nome (que é, na verdade, meu nome do meio combinado à inicial do meu último sobrenome), não há mentiras na minha biografia. Em segundo lugar, a foto que escolhi foi tirada pela lateral e é um pouco mais artística do que a maioria das fotos de perfil, mas definitivamente é minha. Terceiro: não tenho intenções nefastas. Para reforçar esse ponto, faço uma promessa solene ao universo de que, se quaisquer cavalheiros idosos e ricos se apaixonarem por mim, eu não vou respondê-los. Simples assim.

Isto consiste num estudo do comportamento humano, eu penso, verificando o restante das minhas informações. É uma pesquisa de mercado, só que aplicada a namoros, e não é muito diferente de quando restaurantes usam esquemas de cores vermelha ou amarela a fim de criar o ambiente perfeito que levaria um cliente a se sentar ali para comer. No meu caso, estou me utilizando de estímulos para obter respostas. Ainda sou eu, mas um "eu" *secreto*. Digito meu estado em vez de minha cidade. Digo que tenho "vinte e muitos anos" em vez de vinte e nove. Digo que sou *acadêmica* em vez de *criminologista*. Posso não ter sido tão precisa desta vez, mas fui autêntica.

Este método me parece bom. Sinto-me segura.

Sem pensar muito, clico em "enviar" e sigo para a aula.

Minha turma de Métodos de Pesquisa em Criminologia se reúne no fim do dia, e, por volta das quatro da tarde, os alunos já ficam inquietos. O curso pode ser fascinante, com seu foco em mapeamento e análise de crimes, mas também um pouco tedioso. Tirando o projeto de pesquisa, as aulas infindáveis e os inúmeros procedimentos e estatísticas a serem memorizados, os próprios estudantes podem ser seus piores inimigos.

Bem como a maioria dos professores universitários nos dias de hoje, estou sempre competindo com celulares, notebooks e todas as redes sociais pela atenção dos alunos durante minha aula. Reid já explicou que a habilidade de manter o foco depende inteiramente de dois processos neurais: o de direcionar nossa atenção a atividades relacionadas ao cumprimento de metas e o de bloquear distrações irrelevantes. Em termos mais simples, isso me parece significar: *O objetivo é se formar, então sai dessa droga de Instagram.* Parece bastante fácil, mas, aparentemente, há dias dos quais nem eu saio imune.

Com apenas cinco minutos faltando para o fim da aula, ouço um zumbido partir de dentro do leitoril. Todos estão majoritariamente trabalhando, silenciosamente passando anotações a limpo e tomando notas de linhas do tempo da apresentação que continua na tela atrás de mim. Quando o zumbido ecoa pela segunda vez, eu paro.

Estou levemente nervosa desde que criei meu novo perfil algumas horas atrás, ignorando a maioria das mensagens de grupo do chat e evitando o quiosque de café e os meus amigos por inteiro. Percebo que eles estavam certos, que meu perfil como Millie estava mesmo uma droga. Mas e se não for só o perfil? E se o problema for *comigo*, e, mesmo com uma versão mais genuína de mim rondando a internet, eu não conseguir bons "matches"? Será que eu conto para eles sobre a Catherine, que eu apelidei de Cat, que eu absolutamente planejo fazer parecer mais saudável no quesito emocional do que a Millie, que consegue discutir coisas como sentimentos e medos e objetivos a longo prazo com facilidade?

Certamente posso fazer isso, ainda que seja um perfil anônimo.

Para minha felicidade, ninguém permanece em sala depois da aula e eu fico livre para caminhar de volta ao escritório e à solidão. Demora um pouco para o aplicativo carregar, mas, quando ele enfim carrega, um balãozinho vermelho com o número seis surge na minha tela. Seis "matches", e alguns desses homens já pediram acesso ao meu perfil completo. Sem mais nem menos, uma mistura de adrenalina e pavor percorre minha corrente sanguínea. Vejo o primeiro: um aspirante a escritor de São Francisco.

Passo. Escritores são doidos.

O próximo é um pediatra que se mudou há pouco para Santa Bárbara. Sua biografia é engraçada, a foto é ótima, e não há aliança ou esposa aparecendo acidentalmente no fundo. Pressiono "sim" e compartilho meu perfil com ele.

Eu não chego a ver o resto.

Não estou preparada para a foto que surge em seguida na minha tela. Você tem um novo "match". *Gostaria de mostrar seu perfil a Reid C.?*

Levo um tempo para assimilar a informação. Eu dei "match" com o Reid? Bom, a *Catherine* deu "match" com o Reid, mas, já que o perfil dela é mais genuinamente *eu* do que o da Millie era...

Pergunto-me se devo ignorar a notificação, mas poxa, até que isto é bem engraçado. De acordo com o aplicativo, Reid e eu somos *98%* compatíveis, ele vai adorar isto.

Decisão tomada. Clico em "permitir" e digito uma mensagem curta antes que possa mudar de ideia. Acho que os outros vão acabar descobrindo sobre Catherine. Reid me entende como ninguém. Uma piada de Banco Imobiliário? Fala sério. Está muito óbvio.

CAPÍTULO SEIS
Reid

Acordo e me deparo com o bombardeio típico de mensagens noturnas de Ed e Alex, desta vez, a discussão trata dos melhores quadrinhos das últimas duas décadas. Ed está defendendo com afinco o *Gavião Arqueiro*, a *Garota Esquilo* e *Fence*. Alex acredita veementemente que a versão de *Gavião Arqueiro* de Thompson é tão boa quanto a de Fraction, e que Ed está sendo um porco machista. Millie manda os dois calarem a porra da boca por volta da uma da manhã, e o assunto se transforma numa torrente de GIFs cada vez mais sujos e culmina no vídeo de um homem fantasiado de cavalo fazendo sexo com uma mulher. Senhoras e senhores, esses são os meus amigos. Sem dar muita atenção a qualquer um dos clipes, respondo:

> Ainda bem que eu desmaiei às onze da noite.

Está cedo, meu alarme ainda nem tocou, e, do lado de fora, o céu está num tom roxo-azulado nebuloso. Estou prestes a cair no sono de novo quando me lembro que dei "match" com outra mulher no IRL ontem e a curiosidade acerca da possibilidade de eu ter recebido novas mensagens me provoca uma descarga de adrenalina estranha e antecipatória que me dá a sensação de que um rio de cafeína está percorrendo meu sangue.

Na verdade, eu tenho dois contatos novos. Duas mulheres, Catherine M. E Daisy D., oferecem-me acesso aos seus perfis.

Sinto um aperto no estômago quando vejo a foto de Daisy: ela tem vinte e três anos, é loira e absolutamente maravilhosa. Dá para ver que a foto do perfil foi tirada nas rochas íngremes na margem da praia de Ledbetter. A versão estendida da biografia me diz que ela é uma aluna de pós-graduação em Pedagogia e que veio do Texas. O algoritmo nos concede uma combinação de 82%, mas estou disposto a ignorar os 18% de incompatibilidade em prol do que estou vendo na foto do perfil.

A mensagem dela é simples: "Oi, Reid! Seu perfil é bem bacana. Esta é minha primeira vez aqui, então não sei bem como funciona, mas adoraria conversar mais com você".

Catherine também é professora, e, embora ela não especifique onde, não conheço ninguém com esse nome nos Departamentos de Biologia da UCSB, então nenhum alarme é acionado.

"Oi, Reid", a mensagem começa. "Aparentemente, temos uma compatibilidade de 98% (com um número desses, deveríamos pegar as carteiras e partir para Vegas ou jogar Banco Imobiliário. Sou boa nas duas coisas)."

Essa introdução breve e simples me faz rir, há algo tão genuinamente despreocupado nisso que me sinto imediatamente atraído. No entanto, é difícil ter uma resposta instintiva e física a ela: a foto do perfil só mostra seu ombro e seu pescoço; a cabeça está virada para o lado, permitindo apenas um vislumbre de seu maxilar. Já que é uma imagem em preto e branco, não sei nem de que cor é o seu cabelo.

Logo vem a resposta do Alex: "Só mulheres feias colocam fotos de perfil 'artísticas'".

Juro que ele está nos arruinando, um por um.

Passo o dia no laboratório com Ed vendo uma demo de um novo sistema de imagem, mas ele está claramente escondendo alguma coisa: assim que vamos almoçar, ele puxa o telefone e mostra a Millie a foto de uma mulher com quem ele deu "match" ontem à noite. Observo-o, ciente de que ele está de fato comprometido com tudo isso.

Com base na reação de Mill, a mulher é linda ou horrorosa, a surpresa dela pode indicar qualquer uma das duas alternativas.

Alex se senta ao lado de Millie e se aproxima para olhar.

— *Você* deu "match" com *ela*?

Ed faz uma pausa longa o bastante para fazer qualquer um, exceto Alex, repensar sua escolha de ênfase às palavras.

— Sim.

— E você postou uma foto *sua*? — Alex é imediatamente atingido pela bolinha de guardanapo de Ed.

Millie devolve o celular a Ed.

— Ela é bonita.

— "Bonita"? — Alex desembrulha seu sanduíche. — Ela tem cara de quem se abaixaria para comer a porra de uma *salada de pepino*, se é que você me entende.

— Do que vocês estão falando? — Chris se senta e cuidadosamente põe sua salada sobre a mesa à sua frente.

— Alex está agindo como um selvagem — Millie explica. — Aliás, acho que cabe a vocês saberem que eu recebi uma mensagem ontem à noite de um homem que eu pensava que seria um "match" interessante. — Ela sorri. — Ele me deu instruções específicas sobre como tirar leite das suas bolas.

— *Tirar leite* das suas bolas? — Peço um esclarecimento.

Alex abre a boca para responder, mas, antes que possa fazer isso, Chris murmura:

— Cara, não.

Prosseguindo sem hesitar, Alex diz:

— Esse aplicativo é uma droga. Ninguém me deu acesso ao perfil ainda.

— Porque você soa como o Animal, de *Os Muppets* — respondo.

Millie protesta:

— Ei! Eu escrevi aquele perfil. E é tudo verdade, para ser bem justa.

— E *é* verdade — Alex acrescenta. — Minha grandiosidade pode não transparecer na tela, mas é impossível de ser ignorada pessoalmente.

— E esse ego… — Chris provoca. Alex sorri para ele.

Brinco com meu macarrão.

— *Eu* dei um "match" ontem à noite.

— É mesmo? — Millie diz lentamente.

Olho para o sorriso malicioso dela.

— Você não acredita em mim.

Então ela ri.

— Ah, sim, eu acredito.

— Em duas. — Prossigo, e, estranhamente, seu sorriso bajulador começa a se desfazer nos cantos da boca. — Uma mulher chamada Daisy, e outra chamada Catherine.

Pego meu celular, abro o aplicativo e o entrego a Chris quando a foto de Daisy aparece. Ele assobia.

— Porra, cara!

Alex tira o telefone de mim e reage da mesma forma.

— E a Catherine, é gata? — Millie pergunta, tomando o celular após Ed dar uma olhada.

Balanço a cabeça.

— Não dá para saber pela foto. Mas esta é a Daisy, e puta merda, *ela*...

— Como assim não dá para saber pela foto?

Pego o celular de volta e olho para ela. Ela está fazendo aquela coisa esquisita e intensa de não piscar, como sempre faz quando está tentando resolver um mistério ou comer uma pimenta mais ardida do que o Chris sem que os olhos lacrimejem.

— A foto da Catherine é, tipo, do pescoço, ou algo assim — respondo, acenando com as mãos. — Não dá para ver o rosto.

Alex reage conforme o previsto:

— Então ela é feia.

— Alex, *por favor* — Millie protesta.

— Ah, sei lá... — digo. — Mas com certeza vou responder à mensagem da Daisy, e...

Millie me interrompe.

— Talvez, com a *Catherine*, seja uma questão sobre o que há por detrás das cortinas, e não as cortinas em si, entende?

— Se ela fosse gata — Alex argumenta —, mostraria sua cortina.

Ed faz uma bola com a embalagem do burrito e a joga em sua bandeja.

— Talvez ela seja bonita, mas, para ela, encontrar alguém compatível não se resuma à beleza.

Millie se senta, apontando para ele com uma mistura de entusiasmo e agressividade.

— Isso aí que o Ed falou. *É isso.* Por que sempre tem que ser um concurso de beleza?

— Por que isso te incomoda? — Alex pergunta. — *Você* é gata.

— O que quero dizer é que a *Catherine* não liga para isso — ela argumenta. — E obrigada, Alex, por ser esperto.

Chris fala entre mordidas em sua salada.

— Gente, vamos ser realistas. Reid é tipo o Zac Efron que mora na casa ao lado. Ele não vai querer uma mulher feia.

Isso me faz rir.

— Se algum de nós é o garoto da casa ao lado, Chris, é você.

— Reid, fala sério. Você acha que as pessoas pensam num cara negro quando dizem isso? — Ele engole e aponta para Millie com o garfo. — Em grande escala, a beleza importa. Se você escolhe não mostrar seu rosto, deve ter um motivo, certo?

Millie zomba:

— Tipo ser *discreta*? Já recebi umas dez perguntas aqui sobre o tamanho dos meus seios. Posso entender por que uma mulher não gostaria de compartilhar o rosto logo de cara.

— É... Esse não é um argumento ruim. — Olho para o Alex na esperança de que ele fique de boca fechada, e, quando parece que isso vai acontecer, volto minha atenção à Millie. — Você me ajuda a responder a ela, Mills?

— À Catherine? — ela pergunta.

— À Daisy — digo, depois complemento. — Bom, às duas, na verdade. Talvez eu possa copiar e colar o que disser para a Daisy na caixa de mensagens da Catherine, pelo menos por enquanto.

Millie me encara por um bom tempo e se levanta.

— Claro, Reid. Manda para mim as mensagens dela, eu te ajudo.

Todos ficamos imóveis.

— Tem certeza? — Aponto para os seus olhos semicerrados e sua postura rígida, nunca a tinha visto assim, exceto quando brincamos de tiro ao alvo na casa do Chris, e Millie (a indiscutível campeã reinante de tiro ao alvo) começou a perder para o Alex. — Você está com cara de quem vai me decapitar.

Ela ri, mas é uma risada esquisita, tipo de vilá de filme.

— Eu não vou te decapitar. — Millie joga a bolsa sobre o ombro, pegando a alça com o polegar.

— Não estou muito seguro disso — admito.

— Só acho que você está sendo muito superficial.

Aquele tom incomum de decepção na voz dela é cortante, e, além disso... Outro tipo de desconforto começa a me assolar. Tem mais alguma coisa acontecendo aqui? Com a Millie e o prospecto de eu namorar alguém?

— Por que você se importa em saber para quem eu respondo? — pergunto com o máximo de cautela. Estou meio desnorteado, porque... *Ela está brava?* E isso significa que eu não tenho certeza de como é a Millie brava?

— É uma questão de solidariedade feminina — ela responde. — Por que a gente sempre tem que mostrar fotos com decote na praia, mas vocês homens podem postar as fotos piegas de si mesmos com seus cachorros?

— Gostaria de lembrar — diz Ed — que este mesmo grupo também vive criticando as fotos que *eu* posto.

— Você está reclamando porque eu não queria que você se parecesse com um anúncio do McDonald's?

— Eu não ia usar aquela foto da porra da fantasia do Shake! — Ed grita, e umas catorze pessoas se viram para nos olhar.

Quando estou prestes a responder a Millie, a dizer que ela tem razão e que tenho de dar uma chance a Catherine, percebo que ela já foi embora.

CAPÍTULO SETE
Millie

Estou num mau humor dramático quando volto ao meu escritório. Sério. *Copiar e colar*? Que porra é essa, Reid?

Desleixada, me jogo na minha cadeira e pego o pacote de M&M's sabor manteiga de amendoim que guardo na gaveta de baixo. Não, esse não é o melhor meio de lidar com a situação, mas, como já terminei a garrafa de uísque que guardava ali, vou ter que me virar com os M&M's.

Superficial não era a palavra que eu usaria para descrever Reid antes de hoje. Manipulador? Talvez. Não somos todos um pouco manipuladores? Ou mesmo um pouco egocêntricos? Claro, eu também sou culpada disso. Mas *superficial*? Não. É por isso que esse assunto está rendendo tanto. Mais do que irritada pelo fato de Reid ter prontamente priorizado sua resposta a Daisy em relação a sua resposta a Catherine, sinto-me decepcionada.

Essa não é uma emoção que estou acostumada a ter quando se trata do Reid. Foi para ele que liguei quando meu pneu furou a caminho de Monterrey, ele é o amigo que traz um suco para cada um de nós na manhã seguinte a uma sessão de bebedeira, ele é aquele que se recusa a falar mal dos outros, especialmente pelas costas. Ele é inequivocamente atencioso.

Ter uma decepção com Reid é bem indigesto.

Abrindo o aplicativo de novo, nem vejo o perfil da Millie, mas fico logada no perfil da Catherine. Ela tem dois novos pedidos, um dos quais parece ser um homem razoavelmente normal, e outro que eu deleto de imediato.

Eric é um maquiador profissional de 26 anos de idade, e, de acordo com o aplicativo, somos 84% compatíveis. Não vou mentir: a ideia de namorar alguém que sabe fazer maquiagem melhor do que eu é bastante sedutora, então clico em "permitir" para que ele possa acessar o resto das minhas informações.

Em seguida, abro a página do perfil e clico na foto dela (digo, na *minha* foto). Minha irmã a tirou na última vez em que fui para casa, e eu a escolhi não apenas porque meu rosto não está identificável, mas também porque ninguém a viu antes. Eu estava observando a chuva formar um charco do lado de fora da janela, e pareço pensativa, quase serena. Não é nenhuma Daisy na praia com seu sorriso e seus peitos, mas não é uma foto *ruim*. Certamente não é uma que mereça uma resposta copiada e colada.

Ambas as mensagens recebidas por Reid de Catherine e Daisy são breves, e a diferença entre os graus de compatibilidade é bem grande: 98% contra 82%! Estou começando a achar que Reid é um falso cientista que não liga para números. Qualquer preferência que ele tenha por Daisy, neste momento, é puramente visual. Que babaca!

É tão maluco assim que eu, repentinamente, esteja determinada a fazer Catherine vencer a disputa? Só para ensinar uma lição a eles? Não se trata de vingar só a mim, mas também *a toda a população feminina*.

Se eu perguntasse aos meus amigos sobre o próximo passo que eu (ou melhor, *Catherine*) deveria dar, decerto eles me diriam para escolher outra foto de perfil. Infelizmente, não posso mostrar meu rosto, e um *close-up* da parte da frente da minha blusa também não causaria assim uma grande impressão, então terei de tornar Catherine mais interessante. Isso seria mais fácil se eu pudesse ser criativa e contar várias histórias, pegando trechos que ouvi das histórias de outras pessoas ou que vi em livros, transformando-os em detalhes que eu poderia compartilhar com Reid. No entanto, como a situação já está meio suspeita, não posso me dar ao luxo de mentir. As histórias de Catherine têm de ser as minhas histórias, o que significa que não posso contar a ele as coisas superficiais que já deixei que ele soubesse. Tenho que trabalhar duro nisto e me aprofundar mais no assunto.

Mas, primeiro, Reid precisa me responder.

Ele já me encaminhou as mensagens de Daisy e Catherine e levo só alguns minutos para escrever algo que ele possa colar em ambas as caixas de entrada. Estou literalmente escrevendo cartas para mim mesma, mas, porra, *por que não?*, então o chamo numa janela à parte.

MILLIE MORRIS
Já tenho as respostas. Quer receber por aqui ou por e-mail?

REID CAMPBELL
Você é uma deusa. Aqui está bom.

MILLIE MORRIS
SUSPIROS

MILLIE MORRIS
Para Daisy ⟶ 82% de compatibilidade? Nada mau, hein?! Você leu meu perfil, então sabe que eu cresci na Califórnia. Se não me engano, sua foto foi tirada na praia de Ledbetter, certo? Sou professor na UCSB, seguindo a estrada pela praia. Já fui a algumas festas no parque, perto da orla, e cheguei a tentar fazer umas aulas de surfe por ali, mas não me saí nada bem. Deixa só eu dizer que meu grande orgulho, meus shorts favoritos para usar nas aulas, ainda estão boiando em algum lugar do oceano. Também vejo, pela sua foto, que você tem uns peitões enormes, o que deve significar que sua fertilidade e sua qualidade de vida são maiores do que as das pessoas que te cercam.

REID CAMPBELL
Acho que eu tiraria essa última frase…

MILLIE MORRIS
Como quiser.

REID CAMPBELL
Millie, isso é muito legal da sua parte. OBRIGADO.

MILLIE MORRIS
Para Catherine ⟶ Presumo que uma compatibilidade de 98% deixe em questão apenas nossas preferências por Coca ou Pepsi (voto na Coca), nosso Chris favorito[2] (estou seguro o bastante de minha masculinidade para admitir que Chris Evans de barba merece um 10) e o debate sobre se os episódios I, II e III de Star Wars podem ser totalmente ignorados (a resposta correta é sempre "sim"). Só para ter certeza de que não somos a mesma pessoa: qual é seu filme de comédia preferido?

Reticências surgem na tela do chat enquanto Reid digita, mas imediatamente desaparecem.

[2.] Referência aos atores de Hollywood que são considerados atraentes pela maioria das mulheres e que têm o primeiro nome Chris: Chris Evans, Chris Pine, Chris Hemsworth e Chris Pratt.

MILLIE MORRIS
Alô?

REID CAMPBELL
Desculpa, tô aqui. A da Daisy parece mais... sla, mais séria do que a da Catherine...

MILLIE MORRIS
Ah, sim, entendi. Eu sei como você pode consertar isso.

REID CAMPBELL
Como?

MILLIE MORRIS
ESCREVENDO VOCÊ MESMO SUAS PRÓPRIAS MENSAGENS

REID CAMPBELL
Desculpa, Mills. Obrigado. Quem diria que eu sou tão charmoso?

MILLIE MORRIS
E modesto!

REID CAMPBELL
Sério, estão ótimas. Você quer meu login para mandar direto pra elas?

MILLIE MORRIS
Eu vou transar com uma delas no seu lugar também?

REID CAMPBELL
Se você quiser, fique à vontade...

MILLIE MORRIS
Não quero seu login. Também acho q você deve escrever suas próprias mensagens. Isso é estranho, até pra gente.

REID CAMPBELL
Mmmmiiiilllllliiiiieeeeeee. Você é bem melhor nisso do que eu. Essa é claramente a sua praia.

MILLIE MORRIS
Você vai pegar o jeito. Tenho q correr, tenho aula

[Millie saiu da conversa.]

São quase nove horas quando termino as tarefas do escritório e estaciono na minha garagem. Assim como ocorre todas as noites, a gata do vizinho está me esperando na varanda. Eu me abaixo e faço carinho atrás de suas orelhas, perguntando-me, pela centésima vez, se deveria arranjar um bicho de estimação. Adoro morar sozinha, mas imagino que seria legal ter alguém (ou algo) esperando por mim quando entro pela porta.

Por outro lado, nunca estou em casa, e certamente — a voz da Elly me lembra — nunca estou em Seattle.

Arrumo minhas coisas, peço o jantar, encho uma taça de vinho e ligo o notebook na tomada. Eu disse a ela que verificaria possíveis datas para uma visita, e vou fazer isso antes que outra coisa desvie minha atenção.

Que conveniente, então, é este e-mail do meu novo editor com sugestões de prazos e algumas perguntas sobre meu esboço! Mando uma mensagem para Elly com uma janela bastante vaga de datas em que eu talvez possa visitá-la, mas sei que só uma semana — seja em junho, julho ou agosto — não vai agradá-la.

O balãozinho vermelho na aba do IRL tira minha atenção da caixa de entrada do e-mail, e, com um grunhido irritado, clico nele, sabendo exatamente do que se trata.

Uma mensagem de mim mesma, que maravilha!

Porém, meu fogo competitivo reacende e digito uma resposta tão rápido quanto deveria estar escrevendo o livro que preciso terminar em dois meses.

De: Catherine M.
Enviado às 19:39 do dia 28 de março

Reid,
Não acredito que você mencionou os Chris tão cedo assim no nosso relacionamento virtual. Isso foi genial e corajoso ao mesmo tempo. Tive a sorte de ver o Chris Evans em uma Comic-Con alguns anos atrás, e você não vai acreditar, mas ele é ainda mais bonito ao vivo. Aprovo seu amor masculino pelo Capitão América barbado.

E concordo em pular os episódios I II e III de Star Wars, também conhecidos como *O Despertar Emo de Anakin Skywalker*. Mas os outros não são negociáveis. Apesar de tudo, estou um pouco chocada com nossa compatibilidade: tanto Pepsi quanto Coca têm gosto de açúcar e química. Quem fez isso com você, Reid? Se é para ingerir essa quantidade de calorias, é melhor tomar algo que pelo menos envolva álcool.

Quanto ao melhor filme de comédia... vejamos... Não sei se dá para escolher só um. Aqui estão alguns dos meus favoritos (em nenhuma ordem específica): *Mong e Loide*, *O Âncora: A Lenda de Ron Burgundy*, *Férias Frustradas*, *Superbad: É Hoje*, *Como Eliminar seu Chefe*, *Os Irmãos Cara de Pau*... Dá para fazer isso o dia todo. *A Vingança dos Nerds* merece uma menção honrosa, porque meus pais nos levaram para ver esse filme uma vez em um cine drive-in, durante uma sessão especial dos anos 80, e achavam que a gente ia só dormir no banco de trás. Ok, mãe. Os primeiros peitinhos que eu vi na vida foi naquele cine drive-in.

Agora vou parar, senão vou acabar falando demais. Sua vez: filme favorito e citação de filme favorita? Vou escolher uma citação de *Viagem das Garotas*: "Mulher, você não pode pegar uma infecção no seu furico. É um furico!".

Será que eu quebrei alguma regra de encontros on-line ao mencionar bunda na primeira mensagem? Prefiro achar que isso foi genial e corajoso ao mesmo tempo.

Tchau, Reid.

Cat

Quer dizer... Cacete! Se ele não entender que sou eu depois dessa referência a bunda/piada de sexo anal, não há esperança para esse rapaz. Eu o fiz ver esse filme comigo três vezes, e *no cinema!* Acorda, Reid!

Toca a campainha, e eu me levanto, apertando "enviar" antes de ir até a porta, carteira na mão e glândulas salivares se eriçando em antecipação à pizza.

Não é a pizza.

É o Reid, na minha varanda, e ele passa por mim antes que eu tenha a chance de pará-lo.

— Você tem comida? — ele pergunta, já a caminho da cozinha. — Estou morrendo de fome.

Ah, entendi. Ele está irritado e faminto.

Ele entra na cozinha, e puta merda, meu notebook está no balcão com o site de namoro aberto.

— Reid! — eu o chamo, e graças a Deus ele se vira para mim: ele está *em frente* ao perfil de Cat e sua foto "artística" em preto e branco está na tela.

— Que foi?

Só de meias, deslizo desajeitadamente pelo chão da cozinha e quase caio de bunda na transição entre o piso de madeira e os azulejos.

— Estou esperando uma pizza! — Passo voando por ele e fecho o computador.

Reid direciona sua atenção a mim devagar, um sorriso confuso em seu rosto.

— O que foi isso?

— Era pornografia.

Seus olhos brilham, escandalosos, e ele pega o notebook.

— Deixa eu ver.

Dou um tapa na mão dele.

— Não! É pornô doentio! — *Meu Deus*, Millie.

É claro que agora ele está *realmente* interessado.

— É coisa de trabalho. — Aceno com o que era para ser um sinal de indiferença. — Você sabe como é…

Reid não parece convencido.

— Espero que o FBI nunca tenha motivo para fuçar seu histórico de pesquisas. — Caramba, eu também. — Seu trabalho é bizarro, Mills.

— Ei, não sou eu que tenho que dissecar globos oculares de vacas…

Para meu imenso alívio, ele parece ter deixado o assunto de lado, e se senta no banco logo em frente ao meu notebook.

— Então… — murmura. — A gente tá bem?

Um novo desconforto me perturba.

— Sim, tudo bem. Olha, eu estava indo dormir.

— Você não disse que estava esperando uma pizza?

— É mesmo. — *Merda.* — Quer dizer, vou dormir logo depois da pizza. E do pornô. — Ofereço uma cutucada encorajadora em direção à porta. — Talvez a gente possa conversar amanhã.

— Mas se vai chegar uma pizza, eu quero. — Ele sorri. — Estou com fome, lembra?

— Então leva para viagem.

O músculo de seu maxilar se movimenta, e ele inclina um pouco a cabeça.

— Você tem certeza de que está tudo bem? Você estava bem irritada com a gente hoje.

— Eu… O quê? — Estou começando a registrar como Reid age naturalmente em situações como esta, quando amigos conversam sobre emoções e conflitos, e como, em contraste, eu fico toda espasmódica e monossilábica nas mesmas situações.

— Mills.

— Está bem, eu me irritei *um pouco* — admito.

Ele descansa o queixo sobre a mão, escutando atenciosamente. Essa foi uma grande confissão de minha parte, a de que estou sentindo algo negativo, e seus olhos azuis se enrugam com um sorriso encorajador.

— Mas eu já superei — digo, apontando para o balcão como se eu tivesse largado minhas emoções ali junto com as minhas chaves quando entrei em casa. — Quer dizer, é claro que já superei. Eu respondi as mensagens que você recebeu daquelas mulheres. Não faria isso se estivesse brava.

Isso... talvez seja mentira.

Reid se senta, e agora, ele está um pouco mais baixo do que eu. Esse ângulo me distrai por vários motivos, com ele sentado, e eu de pé. Ele poderia afastar os joelhos e me puxar para o meio de suas pernas; poderia se inclinar para a frente e beijar meu pescoço; eu poderia me esfregar no colo dele.

Cala a boca, mente pervertida.

— Bem, que bom que você superou — ele diz. — Mas, se não tivesse superado, seria justo. Eu fui um babaca e você chamou minha atenção pra isso. Obrigado.

Estou ouvindo as palavras dele e pensando em seu sabonete de capim-limão e no cheiro de seu pescoço e seu peito e sua barriga.

Limpo a garganta.

— Bom, você sabe que estou sempre disposta a contribuir com seu desenvolvimento moral.

— Aliás, eu mandei as mensagens que você escreveu — ele diz.

— É mesmo? — Afastando-me, dou uma respirada funda no ar livre-de-Reid e vou até a geladeira pegar uma cerveja para ele. Estou indecisa. Não sei se quero extrair mais informações ou se quero mudar completamente de assunto. Nada de bom pode vir da nossa conversa sobre meu perfil não-tão-falso-assim.

— É. Ainda não recebi respostas.

Dou uma pausa e olho de relance para ele sobre meu ombro.

— Hum...

Após aceitar a garrafa com um "obrigado" silencioso, Reid pega o celular e abre o aplicativo.

— É, eu... Opa... — Ele olha para mim, radiante. — Chegou uma resposta.

Tocam a campainha, e eu corro para atender a porta, jogando dinheiro para o entregador de pizza e carregando a caixa cozinha adentro. Preciso mudar de assunto. Quero saber se ele também percebeu o quanto Ed está *dedicado* a essa história toda, ou ouvi-lo tagarelar sobre ciência, ou fofocar sobre o fato de Dustin também estar num site de namoro e ver se nós concordamos com a hipótese de ele querer uma namorada principalmente para aumentar suas chances de se tornar reitor.

Em suma, preciso que Reid saia do meu espaço. Não que eu o *queira* fora do meu espaço, mas estou sentindo exatamente o mesmo que na noite que fizemos aquele festa de comemoração de sua efetivação: que não seria má ideia convidá-lo para minha cama, e estou pensando nessas coisas enquanto ele lê a mensagem de outra mulher.

Que na verdade sou eu...

Olá, dilemas do século XXI!

Por outro lado, pode ser que, depois de ler a última mensagem de Cat, ele descubra que ela sou eu, e nós acabemos rindo e parando de pensar nisso. O que consertaria tudo.

Não é?

Prendo a respiração enquanto o vejo ler o texto, seus olhos se iluminam, e ele mostra a tela para mim e começa a gargalhar.

— A Catherine... Cat... citou *Viagem das Garotas*. Mills, ela é sua *gêmea*!

Dou uma risada dissonante que o leva a repetir isso, mas aí não consigo pensar em nada para dizer que me faça soar menos com uma maníaca esganiçada.

Quando ele volta a ler a mensagem, pergunto, sem muita convicção:

— Então... Nada de incomum?

— Incomum? Não, ela é superengraçada. — Agora não sei se fico ofendida por ele não ter percebido que *eu* sou superengraçada ou se fico balançada por ele estar falando de mim sem sequer saber disso. Puta merda, isso é, ao mesmo tempo, incrivelmente doce e estúpido para caralho.

Abro minha boca para dizer "Sou eu, seu idiota!", mas ele me olha com um sorriso desengonçado e meu coração mergulha em meu peito. Ele parece genuinamente animado.

— O que eu devo responder? — ele pergunta.

Dou de ombros, porque, em teoria, não sei o que Cat disse, então ele lê a mensagem em voz alta. Nem preciso escutá-la, porque a reli umas sete vezes antes do envio; considerando que não sou boa em fazer cara de paisagem, me ocupo com a tarefa de colocar a pizza nos pratos.

— Nada mau, né? — ele pergunta ao terminar.

— Você tem razão, ela parece incrível.

Ele se levanta, finalmente, e pega um prato de pizza. Observo-o pegar um pedaço, dobrá-lo na metade e enfiar uns trinta centímetros de uma vez só na boca. Ele não estava brincando quando disse que estava com fome. Depois de engolir, ele diz:

— Estou muito feliz por termos feito isso, essa coisa de namoro. Parece bem promissor.

Aceno a cabeça enquanto mastigo, encorajando-o silenciosamente a continuar.

— Estava pensando no que você falou naquela noite... — Ele dá uma pausa, e depois acrescenta: — A caminho da sua casa...

Ah. Mais um aceno.

— Acho que talvez você esteja certa.

Pego minha pizza e a levo até a boca.

— Bom, você vai ter que ser mais específico. Eu estou sempre certa.

— Sobre como nós cinco somos coniventes um com o outro. Talvez a gente estivesse mesmo ficando muito na zona de conforto. Talvez a gente precisasse dar uma sacudida nas coisas.

Dou uma mordida e aceno de novo.

— O trabalho sempre foi minha prioridade, e, pela primeira vez na vida, estou vendo que preciso de algo a mais. Namorar alguém era um obstáculo do qual eu tinha que desviar. Isso significaria eu ter que explicar meus horários loucos e meu tempo longe, e nunca pareceu valer a pena.

— E agora?

Ele pega sua pizza e dá de ombros.

— Acho que, pela primeira vez na vida, sinto que algo está faltando. Quero as duas coisas.

— Não tem nada de errado nisso. Você pode estar crescendo, Peter Pan.

Reid sorri para mim do outro lado do balcão.

— E quanto a você?

— Eu?

— É. Eu sei que você não tem tido... a mesma experiência com o aplicativo. Mas...

— Não vamos colocar a carroça na frente dos bois.

— Estou falando sério.

Ajeito a coluna e limpo as mãos num guardanapo.

— Eu também. Pensei em adotar um gato hoje, o que é um grande passo no quesito comprometimento.

Reid pega mais um pedaço, e eu tomo um longo gole de vinho da minha taça. Comemos silenciosamente, e apenas os sons ocasionais dele comendo e do vinho sendo engolido preenchem esse silêncio. Finalmente, Reid apoia os dois cotovelos sobre o balcão.

— Odeio quando você fica chateada comigo. Mesmo que você não admita. Especialmente se vamos ficar presos juntos por um fim de semana inteiro na casa dos meus pais. Você ainda está de boa com isso?

Um fim de semana com Reid? SOCORRO.

— Em primeiro lugar, não estou chateada com você. Em segundo lugar, eu não perderia um fim de semana com a comida da sua mãe.

Ele ajeita uma mecha de cabelo que escapou do meu coque.

— Ou com o bolo de aniversário de certas pessoas.

— É aniversário da sua mãe?

Reid revira os olhos antes de se aproximar e beijar minha testa.

— Está bem, vou embora… — Ele ergue um terceiro pedaço de pizza, indicando que vai levá-lo consigo, e se dirige à porta, parando pouco antes de sair. — Sei que você está cansada do assunto, mas você chegou a mudar seu perfil?

Uma sensação de pânico dá um soco em meu estômago.

— Meu perfil?

Ele me dá alguns segundos antes de responder:

— É, no IRL.

Ah. A conta que ele já conhece, cheia de pedidos de fotos de peitos e decotes.

— Ah! O da Millie. Sei. Não — digo, abruptamente, uma sequência de palavras.

— Deveria — ele diz. — Está uma droga.

— Obrigada.

— Obrigado por me ouvir. Você é legal para caralho. — Ele se dirige à porta novamente. — Tenho inveja do homem que ficar com você.

Sinto que deveria responder a isso de algum modo, mas meu cérebro se transformou num bloco de isopor. Ainda que eu fosse emocionalmente madura o bastante para dar uma boa resposta, ele já está descendo os degraus da frente. Então, suponho que a única coisa a fazer é gritar "Idem!" bem alto enquanto ele se distancia.

O aceno de Reid por cima do ombro, ele nem sequer se vira para mim, me diz como essa resposta foi idiota.

Cinco minutos após sua partida, as palavras "Acho que você é o melhor homem do mundo e que merece ser feliz mais do que qualquer um de nós" inundam minha cabeça. Mas não sei o que fazer com elas, então me atiro no sofá e ligo a televisão, desejando que aquela gata fosse minha.

NO MEIO DA MINHA MARATONA INEXPLICÁVEL DE *Grey's Anatomy*, meu telefone apita na mesa de café, quase caio do sofá quando vou pegá-lo.

De: Reid C.
Enviado às 23:15 do dia 28 de março

Cat,

Quer dizer que Coca-Cola tem gosto de açúcar e química? E eu achei que poderíamos ser tão perfeitos juntos! Você me lembra muito minha melhor amiga. Ela odeia refrigerante, porque acha doce demais, mas pede os coquetéis mais açucarados que já vi quando estamos no bar.

Temos mais um ponto em comum quando se trata de filmes de comédia, ou talvez todas as pessoas inteligentes do mundo amem *Os Irmãos Cara de Pau*. Vou acrescentar também *Clube dos Pilantras* a essa lista, porque é hilário, mas também porque ele tem um fator nostálgico. Eu fui um "pilantra" durante alguns meses, quando tinha dezesseis anos, mas eu diria que meu tempo seguindo golfistas ricos foi bem menos divertido do que no filme. Que eu saiba, não tinha nenhuma escapada sexual envolvida e nenhum homem de negócios rico nunca me oferecia cerveja de uma torneira secreta escondida em sua bolsa de golfe altamente tecnológica. Até vi uma pessoa correndo pelada pelo campo de golfe um dia, mas foi uma coisa mais *Cocoon* e menos *Clube dos Cafajestes* do que o que você deve estar imaginando.

Não sei se cheguei a mencionar que estarei fora da cidade neste final de semana. Você sabe que cresci num vinhedo, e alguns dos meus amigos vão passar uns dias lá. Já estou imaginando as loucuras que vamos viver, especialmente com uma quantidade obscena de álcool nos cercando.

Não vou para casa com tanta frequência quanto deveria, e não tenho certeza do porquê disso. O vinhedo é ótimo, tudo floresce, e é um lugar bastante pacífico onde você pode se desligar do resto do mundo, mas sempre fico ansioso quando vou levar alguém lá. Meus pais são... bom, são pais. Acho que isso resume tudo. Ultimamente parece que minha mãe vive reclamando de uma artista que mora no fim da estrada, ou tentando me dizer alguma coisa que vá me traumatizar pelo resto da vida. Não tenho certeza do momento em que as mães começam a sentir que seus filhos estão velhos o bastante para virarem seus novos melhores amigos/confidentes, mas definitivamente já cheguei nessa fase. Seus pensamentos e suas orações durante tempos tão difíceis serão muito apreciados.

E nunca se preocupe em falar demais, esse é o objetivo de tudo isto, não é? Não sabia que ia gostar tanto disto, mas até que é legal conhecer alguém dessa maneira.

Citação de filme favorita... Só consigo pensar naquela do *Zoolander*: "O que é isto? Uma escola para formigas?".

Reid

De: Catherine M.
Enviado às 23:37 do dia 28 de março

Zoolander. Então, nunca vi esse filme, porque meu ex-namorado, que prometeu esperar até eu voltar de viagem para ver comigo, viu com os amiguinhos dele e me disse que era tãããão engraçado que ele nunca tinha rido tanto na vida. Meu Deus... Obviamente nunca vi POR UMA QUESTÃO DE PRINCÍPIO.

~Cat

De: Catherine M.
Enviado às 23:43 do dia 28 de março

Estou agora me dando conta de que a última mensagem soou meio vingativa, e eu deveria ter mais calma, considerando que acabamos de nos conhecer, mas neste momento estou muito satisfeita vivendo no meu Castelo da Mesquinhez no topo da montanha.

~ Cat

De: Reid C.
Enviado às 00:04 do dia 29 de março

Eu nunca vou julgá-la por seus rancores mesquinhos. Ainda estou furioso com meu técnico de corrida do ensino médio por ter colocado Tucker Ames, o maior babaca do time, como pivô no nosso revezamento 4 x 400 metros rasos contra o Colégio de Pacific Beach.

De: Catherine M.
Enviado às 00:21 do dia 29 de março

Por favor, diz que você o chamava de Fucker[3] Ames pelas costas dele por conta desse crime gravíssimo.

De: Reid C.
Enviado às 00:26 do dia 29 de março

Não chamava… Mas isso é porque, quando eu tinha 16 anos, eu tinha 1,89 m e pesava uns 32 quilos. Eu morria de medo até de imaginar algo ruim acontecendo com o Tucker, porque achava que ele saberia que a culpa tinha sido minha, e só o medo de ele me bater já quebrava minhas pernas como se elas fossem palitos de dente.

De: Catherine M.
Enviado às 00:29 do dia 29 de março

Meu pai nunca teve a conversa da cegonha comigo, mas ele me encostou na parede quando eu tinha treze anos e me mostrou como e onde dar um soco em alguém. Não precisei aplicar esse conhecimento até uma noite infeliz (que nunca mais vamos falar a respeito), quando bebi demais e soquei a garganta de um cara porque ele passou na minha frente em uma mesa de shuffleboard[4] de um bar. Isso foi na Taverna Goat Hill, em Costa Mesa, e agora estou banida de lá pelo resto dos meus dias.

[3.] Em inglês, "fucker" significa algo como "filho da puta".

[4.] Shuffleboard é um jogo individual no qual o jogador se utiliza de um taco para lançar discos. O jogo envolve precisão e estratégia.

De: Reid C.
Enviado às 00:36 do dia 29 de março

É difícil hoje em dia encontrar uma mulher que leva a sério os jogos de shuffleboard.

De: Catherine M.
Enviado às 00:43 do dia 29 de março

Estou cometendo muitos sincericídios hoje. Será que isso explica por que estou em um aplicativo de namoro? Talvez.

De: Reid C.
Enviado às 00:59 do dia 29 de março

Não, olha só... Quando eu estava na pós-graduação, tinha um milhão de solteiros da minha idade. Agora que estamos nos estabelecendo em nossas carreiras, nossos mundos estão ficando cada vez menores. Ao longo do dia, talvez eu me encontre só com uma meia dúzia daquelas pessoas, e, a não ser que faça algo como entrar neste aplicativo, ou participar de um time interno de futebol, ou começar a fazer aulas de navegação a vela, é extremamente improvável que eu conheça alguém novo. Aplicativos de namoro não nos tornam bobões, mas modernos e tecnológicos, certo?

De: Catherine M.
Enviado às 01:04 do dia 29 de março

Certo! E não foi isso que eu quis dizer. Mas acho que cabe acrescentar que eu tendo a ocupar meu tempo com... Como dizer? Atividades bastante mundanas: esperar minha vez de jogar shuffleboard, dar notas a uma pilha de trabalhos, encontrar meus amigos para tomar umas cervejas... Faço isso em vez de, digamos, exercitar meu lado emocional, coisa que eu sei que deveria fazer diariamente.

Às vezes me pergunto se estou solteira porque ainda não encontrei a pessoa certa ou se *eu* ainda não sou a pessoa certa. Na noite passada, tive um pensamento assustador: com quem eu combinaria? Tipo, eu honestamente não sei quem é esse homem. Alguém que gosta de ver filmes e séries de 2004 e tomar cerveja para ficarmos debochando um do outro? Sim, está bem. Mas será que é disso que os relacionamentos duradouros são feitos? Sinceramente, eu acho que não, mas não tenho nem um gato para quem pedir opiniões.

CAPÍTULO OITO

Reid

Há alguns avisos de praxe que preciso dar a Ed e Alex sempre que nos aproximamos da casa onde passei minha infância. Primeiro: não deem em cima da minha irmã mais nova. Segundo: a descarga do vaso sanitário do andar de baixo está disparando, então sempre puxem a alavanca depois de darem descarga. Terceiro: por favor, não perguntem ao meu pai se vocês podem experimentar o braço protético dele.

A primeira e a terceira situações aconteceram em cada uma das dezenas de vezes em que meus amigos foram comigo para casa. Papai perdeu o braço num acidente com uma máquina no vinhedo aos dezessete anos; por alguma razão, a prótese fascina Ed e Alex. Ela tem um gancho que abre e fecha dependendo do ângulo, e, em suas primeiras visitas, Ed e Alex passaram umas três horas se revezando para tentar pegar coisas aleatórias com a prótese pela casa. Sendo bem justo, papai meio que os leva a fazer isso, porque ele acha a história toda hilária, provavelmente porque isso enlouquece minha mãe.

E, embora Rayme seja minha irmã, estou ciente de que ela é linda, é impossível *não estar* ciente disso. Aos 25 anos, ela tem 1,83m e poderia muito bem competir com a Mulher-Maravilha, tanto em termos de boa forma quanto de charme encantador. Todos os meus amigos, e uma boa parcela das amigas também, em algum momento, já teve uma queda por ela. Ed quer se casar com minha irmãzinha, Alex tem intenções bem menos honrosas, e até Millie já admitiu que, se fosse lésbica, com certeza daria em cima dela. Apenas Chris não parece se afetar pelos cabelos escuros e os olhos espantosamente dourados de Rayme, e tenho certeza de que isso está diretamente relacionado ao porquê de ela parecer tentar chamar a atenção dele com mais afinco do que a dos outros.

Há ainda o aviso de não correr pelado, mas, honestamente, acho razoável presumir que, a esta altura, isso já deveria estar implícito.

Chegamos à estrada de terra, e Millie acorda repentinamente ao meu lado. Esfregando o antebraço na boca, ela resmunga:

— Eu estava roncando?

— Estava. — Dou uma olhada rápida em sua cara de "acabei de acordar". Seus olhos piscam, lentos e pesados, para mim. Sua boca está um pouco inchada.

— E eu babei. — Ela se vira, olhando por cima do ombro para fora da janela, para os nossos outros três amigos que estão nos seguindo no carro do Chris. Como meu carro está na oficina, decidimos vir com o Mini Cooper da Millie, o que significa que Chris está dirigindo seu Acura, com a cara fechada, enquanto Alex e Ed parecem estar cantando a plenos pulmões, com as janelas escancaradas.

Posso senti-la olhando para mim e lhe dou um sorriso rápido antes de voltar minha atenção à estrada.

— Foi bom o cochilo?

Ela acena com a cabeça, espreguiçando-se.

— Não dormi bem esta semana.

Dou um grunhido compassivo, eu também não. Ao longo das últimas noites, fiquei acordado até uma ou duas horas da manhã escrevendo para a Catherine, e, com menos frequência, para a Daisy. Isso me proveu uma espécie de descarga de adrenalina viciante que eu não sentia há anos. É como ser adolescente de novo.

Millie ergue o queixo ao passarmos pela placa de Pine Grove Road, que indica que estamos a menos de três quilômetros da minha casa.

— Quase lá.

Ela passa a mão nos cabelos, que escorrem sobre seus ombros como o pôr do sol.

— Quer que eu ligue para o Chris?

Ela já conhece o esquema.

— Claro.

Chris atende de primeira pelo bluetooth do carro, e, alguns segundos mais tarde, ouço sua voz sobre o som de John Waite cantando "Missing You", acompanhado aos berros por Ed e Alex.

— Por favor, me tira deste inferno! — ele diz, cumprimentando Millie.

Ela limpa a garganta.

— Só estou ligando para lembrar vocês das regras.

— Rayme, "nem pensar"! — Alex grita.

— Braços protéticos não são brinquedos! — Ed complementa.

E então Chris termina:

— O banheiro do andar de baixo continua quebrado. Já sabemos!

Mamãe já está na varanda, andando de um lado para o outro enquanto nos aguarda, e corre até nós assim que estacionamos em meio à poeira na frente da grande e extensa casa de campo. Ao descer do banco do motorista, sei que não devo esperar por um abraço de imediato. Primeiro ela se dirige à Millie, depois ao Chris, depois a mim. Alex e Ed recebem os últimos abraços, naquele estilo de acolhimento "Oh, venham aqui, seus idiotas!" que imagino que a maioria das pessoas lhes ofereça.

Ed fica notoriamente esquisito em frente a todos os pais, mas Alex, dentro de uns três minutos, já terá encantado minha mãe o suficiente de modo que ela se esquecerá do porquê de ter ficado aborrecida com ele para início de conversa. E, dentro das próximas oito horas, tenho certeza de que ele fará algo para lembrá-la desse porquê.

— Estou fazendo costela — mamãe diz e sorri para Millie, que finge desmaiar. Algumas visitas atrás, ela também preparou costela, e Millie as devorou com tanto entusiasmo que ficou parecendo o Coringa quando terminou. Esse é o tipo de empenho culinário pelo qual minha mãe zela.

— Sharon, você está tentando me persuadir a me mudar para cá? — Millie pergunta.

— Não provoca. — Mamãe beija a lateral da cabeça de Millie e caminha a sua frente rumo a casa, chamando: — James! Eles chegaram!

Papai grita do andar de cima:

— E você acha que eu não ouvi aquele lixo de música tocando aos berros na entrada da casa?

Chris sorri para meu pai assim que ele desce para a sala.

— O Alex e o Ed que escolheram essa temática emo dos anos 1980 para a viagem.

— Quem estava dirigindo? — papai pergunta, rindo, mas não se dá ao trabalho de esperar pela resposta. — Você é bonzinho demais, Chris.

Eles dois desaparecem de imediato para fazer sabe-se-lá-o-quê. Provavelmente foram discutir o Almanaque de Meteorologia ou a bioquímica envolvida no processo de fermentação da uva. Alex e Ed olham a sua volta, na esperança de encontrarem Rayme, tenho certeza, e sorrio com orgulho quando Millie estica seus braços, um para cada lado, e dá um empurrão no ombro de cada um.

— Ela só vai chegar lá pelas cinco horas — ela diz.

Começo a concordar, e então me lembro de que eu não estava ciente dessa informação.

— Espera, como é?

— Ela me mandou uma mensagem — Millie diz, com seus olhos verdes inocentes e suas sardas sedutoras.

— A Rayme te mandou uma mensagem? — Ela não mandou nada *para mim*. Millie também não me contou sobre isso.

— Hum, *sim*. — Millie segue mamãe até a cozinha, deixando-me a sós com Ed, cujas mãos estão enfiadas em seus bolsos, o que é a postura adequada, porque assim ele não pode sair quebrando coisas, e Alex, que vagueia pela sala e se senta no sofá, apoiando os pés sobre a mesa de centro.

— Alex... — eu o repreendo, e ele tira os pés dali. — Vocês querem cerveja? — Diante do aceno deles, eu me viro e entro na cozinha. Mamãe e Millie estão olhando para dentro do forno e emitindo gemidos desejosos frente à visão e ao cheiro da carne assando.

— Nossa, isso deve estar uma delícia. — A voz rouca de Millie lança litros de sangue pelo meu corpo, em direção à minha virilha, até eu me lembrar de que ela está falando da comida da minha mãe.

Mamãe sai pela porta de trás para colher vegetais para a salada, e Millie se apoia sobre o balcão, sorrindo para mim. É um sorriso discreto, genuíno, no qual sua boca se curva para cima sem abrir e seus olhos estudam meu rosto, catalogando-o, quase como se ela estivesse lendo uma notícia de jornal para se manter atualizada.

— Ei, Reid... — ela diz.

Sinto como se o tempo congelasse após a festa de efetivação, o sexo espontâneo e esta última semana de adrenalina graças ao ciclo de trabalhar/usar o aplicativo de namoro/dormir/repetir, percebo que nós não somos *só nós* há dias. Isto não soa como grande coisa, mas Millie é a constância da minha vida. Quando não tenho tempo a sós com ela... é estranho.

— Ei, você...

— Quais são as novidades?

Dou de ombros.

— O trabalho está uma loucura. E as suas?

— Mesma coisa... — Millie tira um elástico do pulso e prende o cabelo acima da cabeça. — Já comecei o livro.

— Isso é ótimo! — Estico a mão para um "bate aqui". A mão dela dá um tapinha macio na minha. — E como estão indo as coisas no quesito namoro?

— Blé... — Ela olha para o chão. — Tenho conversado bastante com um cara.

— Que ótimo! Viu, eu disse que nem todos eram fracassados. — Ela dá de ombros, evasiva. — Ele é legal?

Ela faz que sim com a cabeça.

— E quanto a você?

A tensão sobe como vapor no recinto e parece calar todos os outros sons.

— É... iguais. Bom, na verdade ainda tem aquelas duas. Mas eu e Catherine temos trocado mensagens até tarde. É... legal.

Millie mordisca o lábio por alguns segundos, e não consigo interpretar sua reação. É ciúme?

— Catherine é aquela da foto de que você não gostou? — ela pergunta.

Eu resmungo:

— De novo essa história?

Ela sorri.

— Me conta sobre ela.

É um pouco irritante perceber como ela conseguiu direcionar a conversa a mim tão facilmente. Ela desvia antes que eu me dê conta disso.

— Bem... — Eu começo, apoiando-me no balcão e escolhendo as palavras com cautela. — Não sei de qual departamento ela é, mas parece que é professora na UCSB. Ela é engraçada, já te falei isso, e descontraída, mas conta umas histórias incríveis. Aparentemente, na faculdade, ela foi para a África durante um mês, entrou num carro com o motorista errado e foi parar, tipo, a uns trezentos quilômetros da cidade onde deveria estar. Aí ela entrou num ônibus e voltou.

Millie abre um leve sorriso.

— Nossa... Que legal!

— Assim como você, ela tem uma irmã e a mãe dela morreu quando as duas eram bem mais novas. — Faço uma pausa, olhando para ela de perto. — Aliás, eu acho que vocês se dariam muito bem. Se as coisas entre nós não derem certo, talvez eu tenha encontrado uma melhor amiga substituta para você quando eu estiver fora da cidade.

Millie morde o lábio inferior, olha para minha boca e respira profundamente, virando-se para a pia.

— Você já reparou que seus pais não te deram parabéns?

Solto uma respiração que acaba saindo como uma risada.

— Ainda não é meu aniversário.

Ela se vira de frente para mim.

— Mas não é por isso que estamos aqui?

— Mais ou menos — digo. — Mamãe só queria todo mundo aqui para se gabar dizendo que eu passei meu aniversário com ela.

Minha mãe tem três irmãs, e elas são notoriamente competitivas acerca de como seus filhos são ótimos. Algumas crianças são pressionadas a ir para uma universidade da Ivy League[5], outras a se tornarem médicas. Rayme e eu somos pressionados a fazer todas as coisas que os filhos da tia Janice, especificamente, não fazem, como visitar nossa mãe com frequência, enviar cartas e comemorar o Dia das Mães.

— Sabe no que eu estava pensando mais cedo?

Ela está olhando para seus pés ao dizer tais palavras, então não consigo ler sua expressão a fim de entender o porquê da mudança de tom.

— Não faço ideia — respondo.

— Que a gente transou há três semanas.

Às vezes isso acontece com a Millie: ela não é exatamente direta quanto a sua linha de raciocínio e a mudança repentina de assunto é tão desorientadora que, por um instante, penso que ouvi errado. Mas não, porque ela enrubesce.

— É mesmo — concordo, perguntando-me como ela chegou neste assunto depois de falar de aniversários.

Ela dá uma risada esquisita, ofegante.

— No que a gente estava *pensando*?

— Provavelmente que estávamos bêbados e que fazer sexo seria divertido?

— *Você* não estava bêbado — ela retruca.

— Não.

— Eu estava. — Ela reflete sobre isso. — Um pouco.

— Tem certeza de que não está bêbada agora? — Sorrio e vou até a geladeira, mais para acalmar toda a região frontal do meu corpo do que para pegar uma cerveja. Não falamos sobre isso desde a manhã seguinte, no Cajé, e é bem audacioso fazê-lo aqui, quando Alex e Ed estão logo ali, a um cômodo de distância. Também percebo que ela está usando o mesmo vestido que usou naquela noite. Foi isso que a fez se lembrar da ocasião?

Pergunto-me se ela também está usando a mesma lingerie por debaixo do vestido.

— Ainda não, infelizmente. O que quero dizer é que eu posso escrever uma carta de recomendação para uma das suas… amigas. Sabe, se você precisar…

Faço uma reverência bajuladora.

— Eu acho isso muito bom.

Saindo do balcão, ela anda até a geladeira, abrindo-a confortavelmente e puxando uma garrafa de vinho branco. Nem preciso dizer onde estão as

---

[5.] Ivy League, consiste em um conjunto de universidades antigas e tradicionais dos Estados Unidos consideradas as melhores do país. A lista inclui Brown, Columbia, Cornell, Dartmouth, Harvard, Princeton, Yale e Universidade da Pensilvânia.

taças; ela encontra uma no armário perto do fogão, enche-a sem o menor pudor, e devolve a garrafa para a geladeira.

Isso me traz uma memória antiga, uma sobre como Isla veio aqui comigo várias vezes, mas, mesmo em sua décima visita, ainda precisava da permissão ou do incentivo da minha mãe para fazer quase tudo.

Pode entrar. Fica à vontade

Você quer algo para beber? Água? Vinho? Aqui, querida, senta perto do Reid.

Vocês dois vão dormir no quarto no final do corredor. Sim, querida, você pode ficar com o Reid. Vocês são adultos.

Ela nunca se sentiu à vontade.

Millie não é assim. Não que ela seja presunçosa ou mal-educada, de maneira alguma. É só que ela captou a mensagem que recebeu desde a primeira visita, a comunicação silenciosa de mamãe e papai que dizia que os meus amigos devem sempre se sentir em casa (exceto no caso de saírem correndo pelados pelos vinhedos). E aqui está ela. Ela se estica, um braço sobre a cabeça, e em seguida segura a taça com a outra mão. Seu tronco se alonga, os seios se projetam para a frente. Porra, aqui está ela.

Agora ela me observa enquanto eu a observo e se apoia no balcão de novo para tomar o vinho.

— No que você está pensando?

Ela sabe no que estou pensando, sabe que estou pensando no sexo que fizemos.

— Só estou te observando. — Eu a conheço tão bem, e, no entanto, ela é tão misteriosa para mim... Embora o que aconteceu tenha sido delicioso, e extremamente sensual (a meu modesto ver), percebo que ainda não sei exatamente o que ela pensa sobre isso: se ela considera o que fizemos um momento divertido ou um erro que conseguimos varrer para debaixo do tapete. Tratando-se da Millie, de repente me ocorre que ela pode estar cheia de horror e remorso, mas eu nunca saberia, porque ela esconde muito bem seus sentimentos.

Por instinto, faço um pouco de cócegas nela, curioso:

— Você recebeu alguma mensagem nova hoje?

Millie balança a cabeça de um lado para o outro.

— Recebi uma do meu cara ontem à noite, mas ainda não respondi.

Meu cara. Essa referência faz meu estômago encolher pela metade e meu coração triplicar de tamanho até se transformar numa criatura invejosa retumbando em meu peito. É muito estranho não ter me ocorrido até este momento que, se a Millie encontrar alguém, eu não terei mais acesso livre e ilimitado a ela? Sem me dar conta disto, acabei me tornando o homem mais importante na vida dela... e eu *gosto* desse papel.

— Você está tenso — ela diz. — Como se um novo técnico de laboratório tivesse errado na coloração hematoxilina-eosina. — Ela sorri para mim. — Essa é a parte fácil, né? Viu como eu presto atenção?

Sorrio para ela, orgulhoso, mas minha mente está se revolvendo, distraída. Quão honesto eu devo ser aqui? Millie não é uma amiga muito sentimental, porém nós nunca estivemos *nesta situação*: não mais *apenas amigos*, mas também amigos que nunca irão muito além disso.

— Acabou de passar pela minha cabeça que um de nós pode entrar num relacionamento em breve.

Ela dá sua típica risada áspera.

— Isso *acabou* de passar pela sua cabeça?

— É. Eu sei o que falei naquela noite, mas acho que a situação ainda não parece real.

— Se a gente só estivesse fazendo isso tudo por conta do jantar, eu e você ainda iríamos juntos. Mas o Obama não gostaria disso. Obama *gostaria que a gente tivesse uma vida sexual*, Reid. — Eu rio, e ela continua: — Em algum momento, se continuássemos seguindo o mesmo caminho, acabaríamos jogando palavras cruzadas juntos no quintal do Chris aos setenta anos de idade.

— Bom, isso não soa tão horrível assim — digo.

— Fala sério! — ela responde, dando de ombros e tomando um gole de vinho. — Nós dois gostamos de sexo. — A metade inferior do meu corpo explode em calor quando ela fala isso. — Não estou exatamente otimista, mas acho que seria bom ter alguém que quisesse transar regularmente comigo. Talvez até ter filhos. E, tipo, uma vida juntos de aventuras.

— Sabe… — eu digo a ela —, se tivesse um jeito de você transpor sua sinceridade e sua franqueza para o seu perfil, você talvez se deparasse com mais homens interessados e menos fotos de pinto.

— Por que você tem que ser tão mala?

— Por que você tem que ser tão enigmática?

Ela distorce um pouco os lábios, fitando-me.

— Precisa cutucar a ferida?

Então ela sabe que é fechada. Interessante.

— Sério, Mills… — eu digo. — Você guarda tudo para si mesma. Você por acaso é uma espiã disfarçada?

Ela absorve isso com um sorriso.

— Agora você me pegou.

— Está bem, chega de piadas. — De repente, uma curiosidade sincera toma conta de mim: — Por quê? Por que você não me conta mais sobre você?

Ela abre a boca para dizer alguma coisa, e, por um momento, parece que uma revelação vai jorrar sobre mim. Algo sobre como foi perder a mãe tão cedo, ou sobre como ela deseja que sua relação com Elly fosse diferente. Algo cru e honesto sobre mim, ou sobre ela, ou, porra, até sobre Dustin. No entanto, ela pressiona os lábios fechados e só me dirige um sorriso.

— Olha aí! — eu digo, apontando para ela. — Bem aí! O que você ia dizer?

Alex entra na cozinha, tirando a cerveja da minha mão.

— Ela ia dizer que o Benedict Cumberbatch parece um pênis que não foi circuncidado.

— Vocês não iam pegar cerveja? — Ed olha aflito para mim, depois para Alex, depois para a geladeira.

— Merda. Esqueci.

Ed faz uma careta, como se eu genuinamente o tivesse decepcionado.

— Ed... — eu digo —, tem dois engradados na geladeira. Vai lá e pega uma garrafa.

Ele olha em volta como um adolescente culpado, como se estivesse garantindo que meus pais não vão pegá-lo roubando álcool, e, em seguida, faz uma manobra de abrir-pegar-fechar tão rápida que os potes de condimentos na porta da geladeira sacodem quando ele a fecha.

— O Chris ainda está com seu pai? — Alex pergunta.

— Está. — Pego outra cerveja para mim. — Eu juro que ele não vai largar minha mãe pela mulher mais jovem que mora no final da estrada; ele vai trocá-la pelo Chris.

— Acho que o Chris não curte homens — Ed responde, tentando ajudar.

— Era brincadeira, Eddie — Mills diz, com um leve soco no ombro dele.

Ed toma metade de sua cerveja e arrota.

— Obviamente não estou raciocinando direito, preciso de mais cerveja.

Alex vira a cabeça para o lado, indicando a sala.

— Ed acabou de receber uma mensagem da Selma.

— Aquela que é gata? — pergunto.

Ed faz que sim, tentando parecer calmo.

— Está indo muito bem. Perguntei se ela quer se encontrar comigo na semana que vem.

— Já? — Millie pergunta.

— Millie... — Alex responde, rindo. — As pessoas do Tinder se encontram no mesmo dia em que dão "match".

Millie dá de ombros.

— Eu sei, mas acho que o IRL parece enfatizar mais a abordagem de levar as coisas com calma. — Ela me olha rapidamente e desvia o olhar. — Eu gosto disso.

— Vou encontrar com ela quando ela quiser. — Ed dá de ombros e estuda a cerveja em sua mão. — Eu deveria diminuir minha cota para, sei lá, três garrafas por dia. Preciso emagrecer. Cansei de ser o gordinho da praia.

— Mas não é por isso que a gente entra em relacionamentos? — Millie pergunta. — Para poder comer e beber de novo?

Alex aponta sua garrafa para mim.

— E quanto a você, Reid? Como vai com as donzelas?

— Ainda gosto muito das duas.

— Precisamos pensar num desempate — Alex diz.

Millie dá um passo à frente, levemente corada ao olhar para ele com um escárnio genuíno.

— Já ocorreu a vocês que a Daisy e a Catherine provavelmente também estão falando com vários homens ao mesmo tempo?

Eu pisco. Como sou babaca! Dou-me conta disso assim que ela termina de falar.

— Vai parecer muito horrível se eu disser que não pensei nisso?

Ed e Alex respondem "Não" ao mesmo tempo em que Millie grita "Sim!"

Faço uma careta meio desconsolada.

— É que soa totalmente louca a possibilidade de a Cat estar interagindo assim com outras pessoas.

— Mas *você* não está? — Millie questiona, claramente irritada. — Com a Daisy?

— Quer dizer... Sim, mas eu converso com a Cat com mais frequência e mais abertamente. — Quando o silêncio se estende, acrescento: — Quando eu devo pedir para me encontrar com elas?

— Pede mais fotos primeiro! — Alex sugere.

Millie suspira.

— Não, isso é babaquice!

Caímos num silêncio contemplativo.

Millie costuma ser inabalável, e se mantém firme diante de nós de todas as maneiras possíveis. Será que ela está preocupada em me perder para outra mulher? Será que ela acha que nossa amizade vai sofrer com isso?

— Está bem — eu digo. — É a vez de outra pessoa falar. Eu não sou o único que está no aplicativo.

— O Chris deu "match" com uma ex-colega que também era professora assistente — Alex diz, e todos nos voltamos para ele, em estado de choque. — Eu estava enchendo o saco dele por conta disso, mas aí entrei no meu perfil e vi que tinha dado "match" com a minha *irmã*. — Nosso choque se transforma em horror, e Alex estremece violentamente.

— Agora estou sentindo como se ela tivesse me visto pelado. Acho que você é capaz de entender por que queremos que sua história acabe melhor que a nossa, Reid.

Refletimos em silêncio sobre isso durante mais um tempo, e então todos direcionam sua atenção otimista a mim novamente.

— Bom, eu gosto das duas — repito —, mas seria estranho para mim sair com as duas, porque eu não funciono dessa maneira.

— Então chama logo a Daisy para sair — Millie responde, ácida.

— Mas eu gosto muito da Catherine — continuo. — Ela é engraçada e a gente interage muito mais. É difícil encontrar mulheres engraçadas hoje em dia.

Millie me olha boquiaberta, ofendida.

— Dá licença! Eu sou *hilária*, ô praga sobre a humanidade!

— De hoje em diante, vou chamar meu irmão disso para sempre.

Toda a atenção se desvia em direção à porta que dá para a sala e o grupo se cala enquanto todos acompanhamos a chegada de Rayme em uníssono. Minha irmã caçula sempre gostou de usar roupas exóticas, mas agora ela está vestindo uma blusa folgada de paetês e... Não sei se a parte de baixo se qualifica como uma saia.

— Rayme, que diabos é isso? Está fazendo *quatro* graus lá fora — reclamo, provavelmente muito alto.

Minha irmã está tentando matar o Alex e o Ed. Ou ganhar o Chris.

— Uau... — Alex diz, o queixo no chão.

—Alex, fecha o olho! — mando. — Rayme, vai colocar uma roupa decente.

Penso que ela vai me abraçar, mas, em vez disso, ela se vira para Millie com um *"Como é que é?"* irritado por cima do ombro.

— Você está tentando matar meus amigos? — Aponto para a Coisa Babona 1 e para a Coisa Babona 2.

Ela abraça Ed a seguir, e o contato o transforma numa estátua toda vermelha, seus braços rígidos nos dois lados do corpo.

Millie me encara com um olhar de reprovação, mas não diz nada. Ambos sabemos que minha irmã sabe se defender.

— Eles já estão bem crescidinhos — Rayme diz. — Se não sabem lidar com uma saia, nem deveriam sair em público.

Em resposta, Alex abre os braços para recebê-la e esbanja seu sorriso no melhor estilo amante latino com suas covinhas. Rayme se aproxima dele apreensiva, e com razão.

— Onde que a mamãe se enfiou? — pergunto. *Ela* me apoiaria nestas circunstâncias.

Millie se contorce, olhando para fora da janela da cozinha em direção ao imenso quintal.

— Conversando com seu pai e Chris. Ela foi pegar uns tomates e deve ter esbarrado com eles na volta. — Dando uma olhada de soslaio, acrescenta: — Acho que eles estavam fumando *cachimbo*.

Senhoras e senhores, estes são meus pais: hippies que fumam cachimbo.

— Tipo narguilé? — Ed volta a participar.

— Tipo os de Sherlock Holmes — Rayme responde com uma risada, e ele fica paralisado diante da atenção dela.

Todos que estavam lá fora vêm para a cozinha, e, de fato, a brisa fresca que entra junto com eles carrega consigo o ar quente de tabaco de cachimbo. Sorridentes, sem interromperem a conversa, papai e Chris pegam uma cerveja cada um, andam em direção à sala e sequer nos dignam com um mísero olhar. Rayme faz beicinho, e os olhos de Millie encontram os meus. Tento me lembrar das interações da minha irmã com Chris de mais de um ano atrás, mas juro que, mesmo quando ela tinha dezenove, vinte ou 21 anos, eu não conseguia enxergar Rayme como um ser humano que sairia com alguém. Bem como, na minha cabeça, eu sempre terei vinte anos, ela sempre será a menina desengonçada de catorze, um potro cujo corpo ainda não está proporcional a seus membros.

Ela segue meu pai e Chris, Alex e Ed seguem Rayme, e Millie ajuda minha mãe a colocar o jantar sobre a mesa. Eu tento ajudar também, mas elas acabam me expulsando dali, porque, ao que parece, roubar pedaços da comida não é muito apropriado.

Meus pais têm uma mesa enorme que se estende pela maior parte do comprimento da sala de jantar. O cômodo, que é muito mais longo do que largo, tem uma janela grande cuja vista dá para as colinas do vinhedo da família, e essa é, decerto, a vista mais espetacular da casa, tirando aquela do quarto dos meus pais, que é praticamente a mesma, só que localizada mais acima. Hoje mamãe decorou a mesa com uma guirlanda de flores que serpenteia ao longo dela, arranjada entre velas brancas simples. Ed se senta em frente a seu prato como se estivesse na Casa Branca: os olhos arregalados, sem saber onde pôr as mãos.

— Ed... — diz Millie, que também reparou nisso —, qual é o problema? Parece que você nunca viu talheres na vida.

Ed pega um garfo de salada.

— Eu cresci num lugar onde a gente se sentia chique se colocasse os pratos em bandejas.

Felizmente minha mãe consegue engolir sua arfada compassiva, e diz:

— Só estamos comemorando o aniversário do Reid neste fim de semana, não temos nada muito chique. James, você quer dizer alguma coisa?

Nós nos voltamos para o meu pai, que a encara como se ela tivesse sugerido que ele se levantasse e fizesse um número de dança para nós.

— Claro. Hum... Parabéns, Reid. Trinta e um é... uma boa idade.

— Ele está fazendo 32 — Millie corrige com um sorriso.

Papai ergue sua taça de vinho a ela num gesto de agradecimento.

— Que também é uma boa idade. E… vamos torcer para chover mais, aí vamos conseguir elevar o nível de nitrogênio no solo até a primavera, certo? — Dito isso, papai volta sua atenção à travessa de costelas.

— Viu? Esse é o seu desejo de aniversário — minha irmã diz, inclinando a cabeça em tom de deboche.

Para ser justo, meu pai nunca foi um grande orador. Ele tem um desempenho muito melhor quando está induzindo milagres na terra.

— Agora me contem sobre essa história de aplicativo de namoro — minha mãe diz.

Rayme está nitidamente encantada.

— Aplicativo de namoro? Como é? Eu *preciso* escutar essa.

— Não é aquele tal de "Grind Up", né? Eu li sobre ele — mamãe acrescenta.

Meus olhos se arregalam enquanto fito as duas do outro lado da mesa.

— Em primeiro lugar, *Grindr* é para homens gays. Então, não, não é. E qual dos meus queridos amigos resolveu te contar sobre isso, para eu poder agradecer mais tarde?

Chris, Millie e Alex direcionam os olhares a Ed, e eu o socaria se ele não estivesse sentado tão longe de mim e com uma faca de manteiga na mão.

— Que foi? — ele diz, a boca cheia. Ele engole uma garfada de comida, e, pelo menos, tem a decência de parecer um pouco arrependido. — A sua mãe me perguntou se eu estava saindo com alguém. — Ele lança um sorriso a Rayme. — E eu não estou, caso mais alguém esteja se perguntando. Não sabia que o nosso plano de encontrar acompanhantes para o Jantar de Abertura era um segredo.

Ao meu lado, Millie toma metade do seu vinho, mas não vem me prestar socorro.

— É só por diversão. — Eu lhe asseguro com um pequeno aceno das mãos. — A Administração quer caprichar para a visita do Obama, e a gente achou que isso seria um bom motivo para sair atrás de encontros. Simples assim.

Minha mãe balança a cabeça negativamente.

— Isso não me soa nada simples. Na minha época, a gente *saía* e conhecia pessoas. Eram festas, encontros às cegas, saídas para beber… Pelo amor de Deus, você pode estar conversando com uma das assassinas em série da Millie pela internet!

— Na verdade, eu não conheço nenhuma assassina pessoalmente — Millie esclarece.

— O negócio é o seguinte… — Rayme acrescenta, desenhando um círculo no ar que engloba Chris, Ed, Alex e eu. — Eu entendo por que *eles* estão fazendo isso. É como um desfile de garotas que eles podem escolher enquanto jogam *videogame* ou batem uma punheta juntos ou sei-lá-mais-o--quê. Mas a Millie? Credo! Sites de namoro são, tipo, o segundo círculo do Inferno para mulheres.

Millie ergue a taça de novo.

— Não deixa de ser verdade.

— Não está tão ruim assim — Ed diz com um dar de ombros. — Eu dei um bom "match". O Reid também, ele está até conversando com *duas* mulheres.

Nossa, Ed *realmente* vai apanhar mais tarde.

— Reid... — mamãe continua, em tom de reprovação —, eu não quero você por aí iludindo ninguém.

Rayme surge ao lado dela.

— É, *Reid*.

— Não é isso — afirmo, pisando no pé da Rayme por debaixo da mesa. — A gente só está se conhecendo.

— Eu não entendo o que computadores têm a ver com sexo — meu pai diz. — Por que vocês não vão lá no bar da Rita? Sabe, aquele lugar perto da rodovia. Lembra, Reid? Todas as quintas têm a noite das garotas e cervejas por dois dólares. O lugar fica *lotado* de mulheres.

— Pai...

— Meu Deus, Jim! — mamãe interrompe, maravilhada. — Você se lembra de quando o Reid tinha dezessete anos e tentou entrar lá de penetra?

— E foi pego pelo xerife com uma identidade falsa! — Papai solta uma gargalhada e bate com o braço protético na mesa, de modo que os talheres e as taças saltam com o impacto. É claro que qualquer Campbell, além do Chris e da Millie, já estão acostumados com esse tipo de coisa, mas o Ed e o Alex ficam visivelmente alarmados.

— A questão é — papai continua —: você deveria tentar ir lá, já que está por aqui.

Depois de prometer a meu pai que vou dar uma chance ao Bar da Rita, o restante do jantar corre normalmente, pelo menos em grande parte. Papai e Chris continuam tagarelando sobre fosfatos e concentrações de cálcio na área. Rayme entra na discussão, e, pela primeira vez, vejo os olhos de Chris se iluminarem, quando ela menciona uma lavoura de cobertura que eles vão plantar para tentar elevar o pH do solo. Alex e Ed desistem de tentar puxar conversa com Rayme e acabam ouvindo as histórias que minha mãe conta quase aos berros sobre a mulher que mora no fim da estrada e faz umas obras de arte esquisitas, volta e meia olhando para o meu pai a fim de verificar sua reação quando ela enuncia o nome *Marla*. O assunto da minha vida amorosa, para minha sorte, é deixado de lado.

À minha direita, Millie me cutuca com o cotovelo.

— Já está satisfeito?

Faço que sim com a cabeça. Esta é a parte quase quieta da noite. Assim que o vinho realmente começar a fazer efeito, os portões do Inferno se abrirão aqui.

— Só estou aproveitando a calmaria antes que venha a tempestade. E por "tempestade" eu me refiro, é claro, a jogos de tabuleiro e nudez embriagada.

Ela se alonga, e, de forma muito não Millie, beija minha bochecha.

— Obrigada por sempre me convidar.

COMO ERA DE SE ESPERAR, A MERDA atinge o ventilador após o jantar e o bolo. Alex e Rayme pegam um baralho e se embrenham numa partida empolgante de Buraco. Mamãe também participa, e pelo menos três taças de vinho são derramadas, mas quatro garrafas são consumidas, então não sei se alguém se deu conta da perda.

Depois vem Twister, e só aí minha mãe, já bêbada, bate o pé e sugere que Rayme vista, no mínimo, um par de shorts. Após quase quebrar a perna tentando manter o pé direito no vermelho e minha mão direita no verde, os outros seis adultos ébrios se juntam ao redor da mesa de centro para jogar Duvido com seis baralhos melados, e eu vou à procura de Millie, que desapareceu há uma meia hora.

Encontro-a toda agasalhada no deque traseiro, vestindo agora um suéter e uma calça jeans, lendo algo no iPad. Ela está embrulhada no cobertor grosso de sua cama e pegou emprestado um dos gorros do papai para cobrir seus cabelos emaranhados. O clima está frio, mas não congelante, e, assim que a porta se fecha atrás de mim, o silêncio reina sobre nós no deque. Os vinhedos que se estendem a nossa frente são um mar invisível de sombras negras.

— Ei, você... — Eu me sento na poltrona à sua direita, meu rosto virado para o dela. — Você está perdendo o Ed contando para minha mãe sobre a vez em que ele quase foi atropelado pela ex-namorada, aquela cuspidora de fogo do parque.

Ela sorri para mim, brincalhona.

— Bom, depois de ouvir essa história centenas de vezes, ela se torna só mais uma história, entende?

— O que você está lendo?

Millie vira a tela do iPad para mim.

— *Eu Terei Sumido na Escuridão*, da Michelle McNamara.

— Aqui está minha adorável fanática por histórias de crimes reais.

Ela acena.

— É ótimo.

Quero falar um pouco com ela sobre a conversa que tivemos antes do jantar, mas sinto que é melhor deixá-la em paz com sua leitura. Ela volta a atenção ao iPad, e eu me espreguiço na poltrona, cruzando os pés sobre os tornozelos. Eu gosto muito daqui. É tudo quieto e revigorante... e relaxante. Millie é sempre tão calma que ficar perto dela é como se sentar em frente a uma lareira. Pego meu celular, verificando meus e-mails de trabalho antes de abrir o aplicativo do IRL para ver se tenho novas mensagens. E acontece que tenho duas: uma de Daisy e uma de Cat, a quem eu mencionei minha ambivalência quanto a passar um fim de semana na casa dos meus pais.

> De: Catherine M.
> Enviado às 23:43 do dia 31 de março
>
> Quando eu estava na quinta série, eu tinha uns trinta quilos de aparelho dentro da boca e não conseguia lidar com a língua presa que ele provocava. Quer dizer, era uma língua presa horrorosa, daquelas que a gente vê em desenhos.
>
> Tinha uma garota, a Tessa, que era uma grande babaca quanto a isso. Ela levantava a mão durante a aula para responder a uma pergunta e imitava meu jeito de falar. Todo mundo se acabava de rir. Finalmente, aquilo começou a me incomodar tanto que fui conversar com meu pai a respeito, e ele me ensinou umas "respostas" que eu poderia dar a ela quando ela fosse maldosa.
>
> Vou ser bem franca com você: as sugestões dele eram terríveis. Eram coisas do tipo: "Tessa, eu não gosto nem um pouco quando você debocha de mim dessa maneira", ou "Tessa, você pode achar engraçado zombar da minha língua presa, mas isso fere meus sentimentos". Assim, não só falar isso para ela *com a língua presa* a deixaria ainda mais histérica, mas, além disso, essas respostas não fariam nenhuma criança de dez anos se sentir culpada.
>
> Cheguei à conclusão de que meu pai era péssimo nisso e adicionei a questão à lista de coisas que "Minha Mãe Faria Muito Melhor". Aí, um dia, cheguei em casa chorando e fui direto para o quarto. Mais ou menos uma hora mais tarde, ouvi a voz dele vindo do andar de baixo e ficando cada vez mais alta, até que ele gritou: "Olha, não me interessa se você vai dar areia para ela comer ou fazer a garota dormir num

armário pequeno e escuro, mas vê se mantém essa vaca burra e escrota longe da minha filha de agora em diante, ou eu vou aí te dizer isso pessoalmente".

Nem preciso dizer isto, mas a Tessa nunca mais me incomodou.

Não sei bem o que quero dizer com isso tudo, mas às vezes nós achamos que nossos pais são bobos, e então eles nos surpreendem de repente com uma atitude maravilhosa. Espero que este fim de semana seja assim para você.

C.

Leio de novo, rindo, e digito uma resposta rapidamente:

De: Reid C.
Enviado às 00:02 do dia 1º de abril

Ok, acabei de rir alto lendo sua mensagem. Estamos até nos divertindo bastante aqui. Minha mãe fez costela assada e purê de batatas, e só mencionou A Mulher Que Mora No Final da Estrada umas setecentas vezes, mas acho que meu pai nem percebeu. Meus amigos a deixaram muito bêbada para ela não ficar brava quando eles saírem correndo pelados pelos vinhedos mais tarde. A casa está um caos, mas estou do lado de fora com minha melhor amiga, que sempre me deixa... mais calmo. Está tudo bem e quieto, e que bom que eu vim. Você estava certa.

Espero que não seja cedo demais para eu dizer que estou muito feliz por você ter me escrito hoje.

Mais notícias em breve.

R.

Abro a mensagem da Daisy.

De: Daisy D.
Enviado às 21:15 do dia 31 de março

"Oi, Reid!

MDS aposto que aí é mto lindo! Feliz aniversário! O meu é em julho. Sempre é ruim fazer aniversário no verão, pq está todo mundo viajando. Vamos combinar de nos encontrar quando vc voltar!

Divirta-se!

Daisy

Leio essa mensagem de novo também, tentando pensar em algo para responder. É verdade que eu tendo a analisar demais as coisas, mas conversar com a Daisy *on-line* é meio como jogar Candy Crush. Sei que algumas pessoas são melhores ao vivo, e, felizmente, sinto que esse é o caso dela. Digito um texto qualquer, mas em seguida o apago. Bem, eu poderia simplesmente não responder, não é?

Olho para Millie, cuja tela sugere que ela também está lendo uma mensagem no IRL, com um esboço de sorriso em seu rosto. Aquela maré estranha de ciúme está de volta, mas eu luto contra ela, forçando-a a baixar.

Finalmente, decido enviar uma mensagem simples para Daisy: "Obrigado! Tenha um ótimo final de semana!", pressiono "enviar", e, no mesmo instante, Millie se levanta e vem me rondar, o cobertor formando um casulo sobre seus ombros, o gorro caindo sobre sua cabeça.

— O que você está fazendo? — ela pergunta, quieta.

— Estava só respondendo à mensagem da Daisy.

Ela fica em silêncio, e olho para seu rosto. Ele está iluminado pela luz quente advinda das janelas atrás de nós, sua cabeça inclinada para o lado, e ela está franzindo um pouco a testa como sempre faz quando está maquinando alguma coisa.

— Você está bem? — pergunto. Sinto que fiz essa pergunta muitas vezes ao longo dos últimos dias, mas acho que é justamente por isso que não é aconselhável transar com sua melhor amiga linda-mas-fechada.

— Estou. — Ela se abaixa, pegando minha mão. — Quer ir lá para cima?

— Boa ideia, estou exausto.

— Não... — ela diz, ainda mais quieta. — Eu quis dizer *ir lá para cima*. — Seus dedos apertam significativamente os meus. Puta merda.

— Tipo, *lá para cima*? — pergunto, mantendo o tom da indireta.

— É.

Qualquer resquício de processo intelectual inteligente se esvai e me pego desprovido de qualquer reação, exceto a luxúria; em uma única noite ela conseguiu me transformar de amigo preocupado em amante sedento apenas com o tom de voz.

— Para fazer sexo?

Ela ri num tom grave e hesita por um momento antes de me responder um "É" trêmulo.

Eu me levanto, e estamos tão perto um do outro que consigo sentir o calor emanando do corpo dela. Sinto um desejo indomável de beijá-la, como se para confirmar que ela está falando sério. É um beijo curto, só um roçar dos meus lábios sobre os dela, mas ela o prolonga, seus olhos pesados. Qualquer um lá dentro teria somente que olhar pela janela para nos ver, então não é muito inteligente fazer isso aqui, mas estou muito atordoado para ser cauteloso.

A primeira vez tinha sido a última vez, ou, pelo menos, foi isso que pensei. No entanto, será que ela queria repetir a dose e só agora tomara coragem para me abordar? Esse comportamento não soa como algo que Millie faria. Ou será que isto é um impulso que vamos trancar dentro de nós mesmos amanhã e jogar a chave fora?

A essa altura do campeonato, não sei se faz alguma diferença.

CAPÍTULO NOVE
Millie

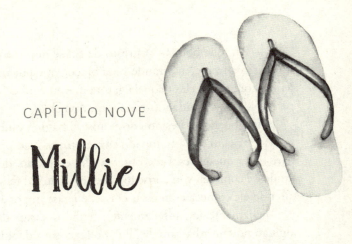

Após um breve roçar de lábios, Reid dá um passo atrás, deixando, entre nós, o que presumo ser uma distância platônica. Estou um pouco zonza, tanto por conta do vinho quanto por nossa proximidade, então vou atrás dele e só paro quando seus olhos se voltam para a janela, indicando a sala, onde o resto do grupo está reunido, barulhento, jogando cartas.

Certo. Testemunhas.

Reid pega meu iPad, virando-o em suas mãos. Rezo em silêncio para ter fechado o aplicativo antes de bloquear a tela. Por um segundo, tudo fica muito quieto; acho que ele vai me lembrar gentilmente de que não deveríamos repetir a dose.

De que definitivamente *não podemos* repetir a dose.

Entretanto, ele olha para mim e dá um meio-sorriso, os olhos escuros.

— Por que você não sobe primeiro?

Minha corrente sanguínea se enche de estática.

— Está bem. No meu quarto? — Ele fica no final do corredor, então faz mais sentido irmos para lá.

Concordando, ele diz:

— Vou subir em alguns minutos.

Pego o iPad e o cobertor e entro na casa antes que eu tenha a chance de dizer algo que faça um de nós (ou os dois) mudar de ideia. Só sei que as mensagens dele são doces, e me abrir um pouco com ele me fez bem. A família dele é incrível, e a casa é tão confortável, e gosto de passar mais tempo com Reid do que com qualquer outro ser humano do planeta. Ele gosta da Cat, e a Cat sou eu, e nós vamos para o andar de cima agora fazer sexo, vou deixar para me preocupar com o resto amanhã.

Uma barreira de som me atinge assim que abro a porta.

— Ah, que bom! — O rosto de Ed se ilumina quando me vê, e ele dá um passo à frente, agarrando meu braço e me puxando para a conversa. — Mills, conta para eles daquela garota que eu conheci no cruzeiro. Aquela da perna — diz, convidando-me a sentar no chão.

Suas bochechas estão cor-de-rosa, imagino que graças à cerveja, e um sorriso caricato está estampado em seu rosto. Não preciso olhar para o Reid para saber que ele está me observando, entretido, do lado de fora, perguntando-se como eu vou conseguir me livrar do Ed feliz e embriagado. Afinal, quando ele começa com essas coisas, é quase impossível escapar.

Felizmente (ou infelizmente), tenho que sair daqui rápido, antes que alguém note minha cara de "Eu vou fazer sexo daqui a pouco!".

Franzo minha testa.

— Na verdade, eu estava pensando em ir para a cama. — Esfrego a barriga. — Estou me sentindo meio... *pfff*.

Sharon se levanta, seu semblante preocupado é tão parecido com o de seu filho que, por um instante, perco o equilíbrio.

— Você está se sentindo mal, querida?

Indico com as mãos que não é nada demais, desejando ter sido mais discreta ao entrar na casa. Em retrospectiva, penso que pular a cerca e me esgueirar pela porta da frente teria sido bem mais fácil.

— Acho que só gostei *muito* das costelas.

Ed faz uma cara feia, e Rayme, com o lábio inferior protuberante, faz um beicinho adorável, que não passa despercebido por nenhum dos homens do recinto, com exceção de seu pai, incluindo Chris, eu reparo.

— Mas você nem está bêbada ainda! — ela diz.

Aponto para Ed.

— Ele está bêbado o suficiente por nós dois. Cuidado, fica bem de olho nesse sujeito!

Com isso, recebo permissão para sair dali.

Para meu infortúnio, contudo, a vitória dura pouco, porque, assim que chego ao quarto, o pânico me assola. O que me incomodou não foi só a gentileza de Reid, mas também o entendimento repentino de que, se ele e Daisy se derem bem, *ela* vai vê-lo pelado.

Não faço a menor ideia do que vou querer depois desta noite, mas certamente não quero que ninguém além de mim veja o Reid nu. E não há como negar a realidade de que ele concordou em fazer sexo comigo muito facilmente.

Será que ele já estava pensando em transarmos de novo, só à espera de eu tomar a iniciativa? Será que eu vou me enrolar num nó gigantesco de emoções confusas com meu melhor amigo?

Quase de imediato, distraio-me com outro pensamento urgente.

— Ai, meu Pai... — Eu não raspo as pernas desde... *caramba*.

Na tentativa de lidar com essa questão da aparência, e sabendo que não terei tempo suficiente de raspar o corpo inteiro antes que Reid chegue, mesmo que ele também seja interceptado pelo Ed Bêbado, desfaço meu coque, solto os cabelos e dou uma amaciada neles com as mãos, mas decido prendê-los de novo. Arranco minhas roupas e pego o pijama, porém começo a vestir as roupas de antes novamente a fim de não parecer tão... ansiosa? Consigo colocar a blusa e logo vislumbro meu reflexo no espelho da cômoda, reparando que meu delineador está borrado sob minhas pálpebras.

Puxo um lenço demaquilante do pacote e tento apagar a bagunça, mas Reid bate na porta, entra no quarto e fita os borrões de rímel que cobrem os arredores dos meus olhos.

— Nossa! E aí, Rocky[6]? — Seus olhos descem até minha blusa, que eu vesti do lado avesso, e minhas pernas nuas abaixo dela. — Você... está bem?

— Merda. — Esfrego os olhos. — Estou.

— Ah, Mills! Você está se arrumando para mim!

— Não estou, não.

— Você está nervosa. — Ele vem até mim por trás, olhando por cima do meu ombro e encontrando meus olhos no espelho. — Não está?

— Eu... Não. — Eu me viro para ele. — Não estou nervosa. Isto aqui não é a cara de alguém que esteja nervosa. É a cara de alguém que... — *Que acabou de perceber que é uma babaca mesquinha e ciumenta que quer muito transar, mas está preocupada com as consequências disso.*

— Que o quê?

Pisco os olhos.

— Espera aí... Como você chegou aqui tão rápido?

— Eu vi você sendo emboscada e resolvi entrar pela garagem. — Ele para enquanto seu olhar passeia pelo meu corpo mais uma vez, depois dá mais um passo à frente.

Não tenho palavras para expressar o quanto gosto deste Reid intenso e prestes a transar.

Agarrando meus quadris, ele brinca com o elástico da minha calcinha.

— Poxa, achei que eu ia poder tirar sua roupa.

Mesmo através do tecido das roupas dele, consigo sentir o calor de seu corpo pressionado em minha barriga, onde a parte frontal de suas coxas se esfregam na minha.

[6.] Referência a Rocky Balboa, personagem que luta boxe, e a seus olhos roxos após as lutas.

— Eu não raspei as pernas.

Estamos tão próximos um do outro que sinto sua risada silenciosa em vez de escutá-la.

— Você guarda absorventes no meu banheiro e já usou o lubrificante da minha cômoda para soltar um zíper que estava preso, acho que alguns pelos na perna não vão me assustar.

— Eu sei, é só que... Essa é uma das coisas que a gente faz quando planeja fazer sexo. Raspar as pernas, escovar os dentes, depilar a...

Ele ergue as sobrancelhas.

— Você deveria saber que não me importo com nada disso. — Ele passa o nariz pela curva entre meu pescoço e meu queixo e se endireita de novo. — Exceto pela parte de escovar os dentes, podemos continuar priorizando isso.

— Anotado — digo, meus olhos se fechando enquanto os dedos dele descem, percorrendo o osso do meu quadril. Sinto a mesma coisa quando ele sorri contra meu queixo e ao longo da coluna da minha garganta.

— Está todo mundo lá embaixo. — Boca aberta, respiração quente na minha pele. — Você acha que a gente deveria fazer outra coisa até eles irem dormir?

Minha cabeça recai sobre a parede, e eu identifico claramente a expressão *deu curto-circuito*. Prefiro achar que há, ainda, pelo menos um pensamento ricocheteando dentro do meu crânio, mas sou incapaz de recuperá-lo.

— Alguma outra coisa... — repito, minha voz oscilante. — Tipo jogar rouba-monte?

As mãos dele se movem para cima, tirando minha blusa pela minha cabeça e, em seguida, puxando minha calcinha para baixo dos quadris. Ele me toca como se cada pedaço de mim fosse algo de valor imensurável.

Sua voz se transformou num sussurro sobre meu ombro.

— Eu nunca transei na casa dos meus pais.

Isso chama minha atenção.

— *Nunca?*

Ele sorri de novo, movendo-se mais para baixo, beijando a área entre meus seios sobre o algodão do meu sutiã. Ele suga meu mamilo através do tecido, e eu arqueio em direção ao toque. Suas mãos grandes percorrem minhas costelas e seguem até minhas costas, livrando-me do sutiã por inteiro com um estalido.

Finalmente ele responde, balançando a cabeça.

— Nunca. A Isla sempre ficava nervosa, achando que alguém ouviria.

Meus dedos acariciam seus cabelos.

— Eu imagino que sexo na casa dos seus pais não seja muito diferente de sexo na sua casa. — Suspiro quando ele abre a boca, pressionada contra minha pele, sugando. — Só tem que ser um pouco mais silencioso.

Reid olha para mim com um sorriso diabólico e presunçoso.

— Não sei se consigo fazer de um jeito mais silencioso.

Juro que todos os meus neurônios estão pegando fogo.

— Ah…

Reid fica de pé, e eu tenho de inclinar a cabeça para cima a fim de encontrar seus olhos de novo. Estou completamente nua, o sutiã no chão, a calcinha abaixada… Mas Reid ainda está vestido.

— Quer ficar aqui? Talvez contra uma parede… — ele sugere, apoiando a mão perto da minha cabeça para me prender ali. Ele acena para trás, por cima do ombro. — A cama pode fazer barulho.

A ideia de o colchão fazer barulho, de poderem *escutar* o que estamos fazendo, faz o calor explodir em meu corpo.

Eu me estico para beijá-lo e pressiono seu peito a fim de forçá-lo a dar um passo para trás, e depois outro, e mais outro, conduzindo-o à pequena cama dupla debaixo da janela.

De repente, noto que há muitas peças de roupa nos separando. Puxo a camisa dele por seu torso, parando antes que ele perceba minhas intenções e se dispa sozinho. Eu já vi o corpo dele. Nós nadamos e malhamos juntos, isso sem mencionar que Reid sabe *muito bem* que é gostoso e fica andando por aí sem camisa o tempo todo. Acontece que, quando fizemos sexo, estava muito escuro e eu estava meio bêbada. Agora, as luzes estão acesas e eu estou majoritariamente sóbria. Pretendo olhar e tocar e me aproveitar de cada centímetro dele.

— Eu consigo ficar quieta — digo.

— Que bom — ele diz, entretido, enquanto eu tento tirar seu cinto. — Senão meu pai vai achar que tem algum problema no encanamento, e aí vamos ter pelo menos um espectador.

— Eca, não vem falar de pai agora.

Passo minha unha sobre seu mamilo, e ele inspira.

— Está bem, então a minha mãe. Ou o Alex. Ele seria bem capaz de pegar uma cadeira e me dar dicas…

— Juro por Deus que vou sair daqui…

Ele cala minha boca ao pressionar a mão contra minha nuca e seu sorriso contra o meu. Seus lábios estão tão macios quanto eu me lembrava, mas menos frenéticos, mais experimentais, e ele demora o máximo possível em cada movimento. Eu o empurro, de modo que ele se deita na cama virado para cima, monto em suas pernas e me esfrego nelas, e ele geme na minha boca.

— Meu Deus, você é uma delícia. — Ele busca meu lábio inferior, sugando-o um pouco antes de se afastar e fitar meu rosto. — Vamos mesmo fazer isto de novo?

O som de seu zíper se abrindo corta o silêncio, e eu acho que isso responde à pergunta. Nós dois rimos diante da insanidade disto tudo, um mandando o outro calar a boca, da maneira mais quieta possível, ao ouvirmos o som da voz do Ed vindo do andar de baixo.

— Essa não é bem a pessoa que eu queria ouvir agora — Reid grunhe, esfregando-se em mim devagar, as partes rígidas do seu corpo se moldando perfeitamente às partes macias do meu.

— Isto é tipo sexo de feriado, né? — eu digo, sem ar, enquanto seus dentes mordiscam minha orelha.

— Exatamente. — Ele se afasta por tempo suficiente para erguer os quadris e me ajudar a empurrar seus jeans para baixo, e em seguida retorna à minha boca. — Fazer sexo é como ingerir calorias.

Beija.

— Não conta em feriados.

Beija.

Sendo bem franca, acho que nós deveríamos conversar mais sobre o que estamos fazendo, mas as mãos de Reid parecem estar em todos os lugares ao mesmo tempo: nos meus seios e entre as minhas pernas e nos meus lábios e no meu pescoço e na minha cintura.

A lógica dele faz todo sentido.

Não sei se ela estava no bolso dele ou dentro de alguma gaveta, nem quero pensar de onde saiu isto, mas num instante ele está segurando uma camisinha, e no instante seguinte colocando-a no lugar, e ele me encara, esperando.

Eu me movimento muito devagar, com cuidado para não gritar o nome dele ou sacudir a cama; está meio difícil respirar, como se o ar estivesse sendo empurrado para fora do meu corpo a fim de ceder o lugar ao corpo dele.

Não quero pensar muito no fato de este ser o Reid e no fato de que fazer isto com ele, de certa forma, é tão fácil quanto fazermos qualquer outra coisa juntos. O modo como ele sorri para mim é o mesmo com o qual ele sempre me olha: é como se ele não quisesse estar em nenhum outro lugar do mundo. Não há nenhum clima estranho ou toques hesitantes, só nós dois.

As mãos dele mapeiam um circuito que segue do meu cabelo até meus braços, minhas coxas e todos os lugares que há no caminho. Observo seu rosto, reparando nos momentos em que as sensações se intensificam demais e ele precisa fechar os olhos e agarrar o edredom com força. Quero ver mais, quero vê-lo atordoado e exaurido.

— Você é... — ele diz, sem fôlego — a melhor...

Balanço minha cabeça, inclinando-me para frente para a beijá-lo. Estou suando, e meus músculos tremem. Estou tão rigidamente envolvida por ele que quase me sinto queimar. Movimento-me com sutileza, com o intuito de não balançar muito a cama, mas aí ele emite aquele som silencioso de alívio e não sei mais se me importo com o barulho. Estou muito perto de atingir esse clímax que pode transbordar e nos afogar.

As mãos de Reid vão dos meus seios aos meus quadris, e ele me agarra com vontade, movendo-se junto comigo. O suor acumula em suas clavículas e desce pelo centro do seu peito até o ponto onde nossos corpos se encontram, e eu quero gravar essa imagem em meus olhos, emoldurá-la e pendurá-la em todas as paredes da minha casa. Seu rosto está corado diante do esforço que ele está fazendo para segurar o orgasmo.

Vejo o momento exato em que ele explode em gozo. Sua boca se abre num suspiro, num som que ele não pode emitir, e seu corpo despenca, puxando o meu junto consigo.

EU ACORDO SOZINHA.

Não me lembro de quando Reid saiu daqui, mas, quando penso em tudo o que fizemos ontem à noite, não me surpreende o fato de ele ter precisado dormir em sua própria cama. Na segunda vez, nós estávamos… *animados*, para dizer o mínimo, e eu acabei exausta. Minha última memória é a de ter caído aos pedaços com Reid atrás de mim, e acho que devo ter desmaiado assim que voltei à órbita. Não sou nenhuma perita no assunto, mas acho que foi um sucesso.

Muito bem, Reid.

Preciso fazer um certo esforço para conseguir me sentar e colocar os pés sob meu corpo, e… É, está tudo dolorido. A cama não está com uma aparência muito melhor: a maior parte dos lençóis está embolada no chão, dois travesseiros estão perto da janela, e os lençóis mal conseguem se manter no lugar.

Não faço ideia de onde está minha calcinha.

Pelo menos minha calça jeans está onde eu a deixei, e, após uma breve parada no banheiro, tiro meu celular de um dos bolsos. Há bateria suficiente para dar tempo de ver que Cat tem mensagens não lidas.

Após arrumar os lençóis e juntar os travesseiros e os cobertores, sento-me na cama e abro o aplicativo. Honestamente, estou surpresa quando vejo que uma das mensagens é do Reid; levo um minuto para entender a que horas ela pode ter chegado. Não havia nada de novo quando subi ontem à noite, então ele deve tê-la escrito enquanto esperava no deque (antes de vir transar comigo), na cama, enquanto eu dormia (depois de ter transado comigo), ou em seu quarto (de novo, depois de ter transado comigo).

Meu dedo desliza sobre a mensagem. O que significa o fato de Reid ter escrito para Catherine depois de decidir fazer sexo (ou depois de fazer sexo de fato) comigo? O objetivo era fazê-lo gostar mais de Cat do que de Daisy, então eu deveria ficar feliz diante da possibilidade de ele ter escrito para meu alter ego enquanto meu "eu" real dormia, nu e embriagado de sexo, na mesma casa? Ou talvez até na mesma cama?

Será que ele também escreveu para Daisy?

Ajeitando-me, dou um fim a essa espiral. Reid não é manipulador. Nem um pouco. Mesmo assim, saber disso não faz eu me sentir melhor; ele dormiu comigo e saiu para mandar mensagem para outra mulher. O fato de eu estar chateada só contribui mais com a conclusão de que essa história de alter ego foi Um Grande Erro. Dormirmos juntos de novo foi Um Erro Maior Ainda, e isso provavelmente vai terminar numa catástrofe de proporções devastadoras.

Certo. Dito isso, nenhum desses pensamentos torna a notificação que recebi menos interessante, e como eu já estraguei tudo mesmo...

Olho para a tela do celular. Acabou a bateria.

PARA MINHA INFELICIDADE, MEU CARREGADOR ESTÁ na minha bolsa, e minha bolsa está na cozinha. Lá embaixo.

Respirando fundo e tomando coragem, visto o pijama que deveria ter usado ontem à noite, pego o telefone e saio do quarto na ponta dos pés.

O problema com casas antigas é que elas são barulhentas. O calor segue tinindo pelo encanamento, o ferro se expandindo e contraindo antes de ser silenciado pelo chiado do ar quente.

As janelas também emitem sons, protestando por estarem semiabertas. O piso range a cada passo, especialmente quando se tenta fazer silêncio.

Já passei fins de semana suficientes aqui para saber quais tábuas do assoalho rangem, quais movimentos evitar, mas Bailey, a Schnauzer da família Campbell, claramente não está a par do plano de se esgueirar pela casa. Consigo passar por uma fileira de portas fechadas na ponta dos pés e chego até o topo da escadaria antes de Bailey vir correndo até mim, quase derrubando a nós duas escada abaixo.

Acabamos descendo muito mais rápido e com muito mais alarde do que eu havia planejado, mas, quando paro para escutar à minha volta, não ouço nada. Não há passos nem vozes audíveis, apenas os sons vagos de roncos vindos do andar de cima.

Que bom.

Minha bolsa está onde eu a deixei, e, em vez de arriscar passar pela Bailey e pelos degraus rangentes de novo, puxo uma cadeira, conecto o telefone ao carregador e me acomodo na mesa da sala de jantar.

Leva alguns segundos para a tela voltar à vida, mas, quando ela volta, a notificação ainda está lá, à minha espera. Dou uma olhada ao meu redor, como se estivesse prestes a cometer um crime, e abro a mensagem do Reid.

De: Reid C.
Enviado às 03:14 do dia 1º de abril

Sei que está muito tarde agora (ou muito cedo) para eu estar lhe escrevendo, mas não consegui dormir e queria lhe agradecer pela mensagem adorável. Primeiramente, seu pai deve ser um homem incrível, e eu adoraria saber mais sobre ele. Espero que isto não me faça soar como um ser humano terrível, mas tomara que essa tal de Tessa esteja hoje trabalhando como garçonete numa parada de caminhões imunda em algum lugar.

Você tem razão sobre nossos pais nos surpreenderem. Quando meus pais eram recém-casados, não havia muitas casas por perto. Quando eles se mudaram para cá, essa foi a primeira vez em que minha mãe, tipicamente da cidade, morava em algum lugar que ela considerava interior, e ela ficou totalmente deslocada. Ela não é nem um pouco assim agora, mas papai gosta de contar histórias de como ela berrava ao ouvir um coiote ou saía correndo ao ver um guaxinim perto da lixeira. Ela também sabia que acidentes aconteciam o tempo todo em fazendas (meu pai perdeu o braço aqui quando era adolescente), então ela se preocupava por ter duas crianças em casa e por estarmos tão longe de um hospital. Quando minha irmã era bebê, mamãe fazia eu me preparar para emergências. O que eu faria se a Rayme fosse mordida por uma aranha? E se ela caísse da escada? O que eu faria se não soubesse onde mamãe estava? A resposta era óbvia: "Eu pegaria os doces que você esconde na dispensa e os comeria antes de você voltar", mas não era o que ela queria ouvir, então nós memorizamos juntos o número do celular do meu pai e treinamos ligar para a emergência.

Eu achava isso muito bobo, mas, um dia, encontrei a Rayme no chão e com os lábios roxos. Corri até minha mãe em pânico, com a voz mais calma que já tinha usado, ela me disse que estava tudo bem. Ela ligou para a emergência e virou a Rayme em seu colo, batendo com cuidado entre suas omoplatas e repetindo suavemente para ela respirar.

Descobrimos que a Rayme tinha engolido uma das minhas peças de Lego, e, só no momento em que ela cuspiu a peça e começou a chorar, mamãe se debulhou em lágrimas. Eu devia ter uns nove anos na época, mas nunca mais vi minha mãe da mesma forma.

Essa história acabou ficando bem mais longa do que eu pretendia, mas, estando aqui com meus pais e meus amigos, estou feliz por ter me lembrado disso. Acho que eu tenho sido muito duro com mamãe ultimamente, e talvez eu precisasse dessa memória de como ela foi durona quando eu era pequeno.

Aliás, falando nos meus amigos, nem sei expressar como é estar com eles aqui de novo. Acho que é fácil se tornar complacente e até se esquecer do quanto as pessoas são importantes para você. Não tenho certeza se já mencionei o nome da Millie, mas temos andado muito juntos e... ela é a pessoa mais incrível e mais enigmática que eu já conheci. Agora está tarde, mas talvez eu possa te contar mais sobre ela na próxima vez. Obrigado por me ouvir, C, e espero que o resto do seu fim de semana seja ótimo.

R.

Sento-me na cadeira. Não sei que nome dar ao que estou sentindo, é uma espécie de ternura misturada com raiva e mágoa. Isso não foi só uma mensagem rápida depois de ele ter dormido comigo, é uma *carta*.

Eu me inclinei para a frente, protegendo minha testa com as mãos. Quanta margem eu tenho para ficar brava com isso? Por um lado, nós acabamos de fazer sexo (duas vezes), e ele saiu para escrever para outra mulher. Por outro lado, *eu* sou essa mulher, e estou mentindo para ele toda vez em que finjo que não sou. Nenhum de nós é inocente na história, mas pelo menos *eu* só estou dormindo com Reid e escrevendo para ele. Ele está dormindo comigo e escrevendo para outras duas!

Eu leio o texto de novo, aumentando o tamanho da letra.

— Hum, o que você está fazendo?

Engulo um grito quando me viro e vejo Ed atrás de mim com uma costela de ontem na mão. Os olhos dele estão grudados na minha tela.

— Trabalhando! — Enfio o celular no meu bolso, torcendo para ele não reparar na maneira como o cabo está esticado ao máximo entre mim e a parede. Apoio, casualmente, um cotovelo sobre a mesa e brinco com uma mecha de cabelo, distraída. — Só precisava pegar meu notebook.

Ed faz sua cara de Seth Rogen decepcionado para mim.

— Então, onde está?

— Onde está o quê?

Franzindo a testa, acompanho-o com o olhar enquanto ele caminha até o local onde minha bolsa de notebook está pendurada na porta, e de volta até a mesa, onde ele a coloca. Droga.

Ed puxa a cadeira do meu lado e se senta. Ele dá uma mordida na costela, mastiga, engole e pensa.

— É engraçado, porque *parece* que você está fingindo ser a Catherine, e *parece* que você transou com o Reid ontem à noite.

Solto uma risada estridente que ecoa na cozinha vazia.

— *Quê*! Isso é loucura! Quanto você bebeu?

Eu me levanto para passar por ele, mas o cabo me impede de prosseguir e me dá um puxão para trás.

— Mills... — ele diz. — Eu estava dormindo no quarto ao lado do seu, e, caso você não tenha reparado, as paredes são bem finas. Eu ouvi tudo sobre o "lugar" que você queria que ele "continuasse chupando". Espero que vocês dois tenham tomado eletrólitos depois daquilo, porque... — Ele assobia. — *Uau.*

— Eu... — Meus olhos percorrem a cozinha, na esperança de que a resposta correta se materialize em um dos panfletos grudados na geladeira. — Está bem, tenho uma boa explicação para tudo isso.

Ed chega com a cadeira um pouco para trás, colocando os pés sobre a mesa.

— Pode começar, estou pronto.

A derrota e o pânico me enlouquecem. Sacudo Ed pelos ombros.

— Não conta para ele que eu sou a Catherine! — As palavras explodem da minha boca. — Se ele descobrir... Eu... — Balanço a cabeça e começo de novo. — Ele...

Em defesa do Ed, ele não parece satisfeito com meu semblante mortificado. Ele se senta e estende as mãos à sua frente.

— O que você tinha na cabeça? Não queria que ele gostasse da Daisy?

— Ahn... Sim?

— Mas você queria que ele gostasse da Catherine?

Afirmo enfaticamente com a cabeça. Sei bem a resposta para essa pergunta.

— Sim.

— Mas *não existe* nenhuma Catherine.

— Não. Quer dizer, existe. É meu nome do meio...

Ed revira os olhos.

— Ah, sim, então, nesse caso, tudo bem. E o que vai acontecer se ele gostar mesmo da Catherine? Ele não vai querer se encontrar com ela? Digo, com você? Já que *você* é a Catherine...

Dou uma olhada por cima de seus ombros e chio.

— Dá para você parar de ficar repetindo o nome "Catherine"?

Ele me encara.

— Você gosta dele?

— Do Reid? Quê? *Não*! — Reforço minha resposta, embora ela soe muito como uma mentira. — Não *desse* jeito.

— Estou adorando essa sua cara de ofendida, considerando o que eu tive que ouvir na noite passada. — Ele se levanta e vai até a geladeira, abrindo a porta e pegando uma cerveja. — Ainda não estou bêbado o bastante para isto.

— Ed, devem ser umas sete horas da manhã.

Ele se volta rapidamente para mim.

— Eu não vou aceitar ser julgado por você!

Erguendo as mãos em minha defesa, respondo, rindo:

— Está bem, desculpa. Foi mal.

Ele abre a garrafa e retorna à cadeira.

— Agora é sua vez, desembuche.

— Está bem. — Respiro fundo, tentando me acalmar. — Eu fiz essa conta porque vocês estavam me enchendo o saco, dizendo que a outra era entediante e que era por isso que eu estava dando "match" com um bando de babacas. Aí, do nada, o Reid deu "match" comigo, com a Cat. Achei que ele ia sacar tudo logo, porque até fiz uma referência idiota sobre Banco Imobiliário. E *Viagem das Garotas*. Mas ele *não sacou*!

Eu aguardo.

Ed pisca.

— Você não está culpando o Reid por ter sido burro demais e não ter percebido que estava falando com você, está?

Estou, sim.

— *Não* — resmungo, descansando a cabeça sobre meus braços na mesa. — Quando vocês começaram a falar sobre como a Catherine devia ser feia, acho que fiquei meio competitiva.

— Bom, pelo menos você soa como se essa fosse uma reação bastante proporcional. O que poderia dar errado, não é mesmo?

— Cala a boca. Eu sei.

— A gente estava junto nessa! — ele protesta. — Será que eu sou o único aqui que está levando o plano do namoro a sério?

Quando ergo a cabeça novamente, ele está me encarando com aquele olhar de Ed Triste, eu não consigo tolerar isso.

— Estou levando a sério também, eu juro. É só que... — Aqui eu tropeço. — Eu entrei na pele da Cat, e me senti... Sei lá. Ficou mais fácil me abrir, entende? Isso soa estranho?

— Na verdade, não — ele admite. — Acho que entendo por que você quis guardar isso para si mesma. Mas... é o Reid. Sabe? Você está mentindo para o *Reid*. Isso é tipo mentir para o seu pai, ou algo assim.

— Não, Ed, não tem nada a ver. Por favor, não põe o Reid e meu pai...

— Estou dizendo que é ruim, só isso.

— Eu sei que é ruim — reclamo, e a verdade escapa de mim sem aviso prévio —, mas também é meio que legal.

Ele inclina a cabeça para baixo, fitando-me sob suas sobrancelhas grossas.

— É "meio que legal"?

Sinto minhas bochechas esquentarem, pois minha explicação soa bastante fraca:

— Eu gosto de poder conversar com o Reid dessa maneira. Isso é tão horrível assim?

Ed me olha carinhosamente, com pena.

— Você é doida. Você sabe disso, não sabe?

Eu me sento.

— Você não vai contar para ele, vai?

Não posso nem imaginar o que faria se o Reid descobrisse. Será que fui longe demais? Quer dizer... isso não parece ser um trem desgovernado ainda, só parece que estamos nos conhecendo, entrando com doçura num... Num tipo diferente de relação. Mas a ideia de o Ed contar alguma coisa para o Reid antes que eu dê um jeito de consertar essa bagunça me provoca uma náusea tão intensa que qualquer resquício de mágoa/raiva que eu estivesse sentindo diante do fato de o Reid ter saído da minha cama para ir conversar com a Cat some. Eu sou, sem sombra de dúvida, a vilã da história.

Ed passa a mão no cabelo e olha a seu redor.

— Não vou falar nada. Mas é difícil guardar esse tipo de segredo, Mills.

CAPÍTULO DEZ
Reid

Millie tem que passar pelo meu quarto antes de chegar às escadas, e ouço-a andando por ali por volta das sete da manhã. Sei que é ela porque a escutei mandando Bailey calar a boca e porque ela está habilmente evitando pisar nas partes do corredor que fazem mais barulho, algo em que Ed e Alex jamais pensariam.

Está quente, minha mãe costuma superaquecer a casa, quente demais para usar as cobertas, quente demais até para eu habitar minha própria pele, a cacofonia de pensamentos derrapando pela minha cabeça após a noite passada com Millie.

Uma vez, podemos considerar um acidente divertido.

Duas vezes, já são dois pontos no nosso banco de dados, e meu cérebro dá voltas enquanto tenta encontrar o padrão que os conecta.

Nas duas vezes, estávamos com nossos amigos.

Nas duas vezes, havia álcool, embora nenhum de nós tenha chegado a ficar bêbado na noite passada.

Nas duas vezes, havia... O quê? Menções de encontros, de outras pessoas, ou talvez a falta de parceiros em nossas vidas?

Isso sem contar que o que houve ontem nem foi uma rapidinha, entrar e sair, voltar para nossos respectivos quartos. Passamos *a noite juntos*. Subimos por volta das onze da noite, e eu vim pro meu quarto por volta das três da manhã, bem depois de todos terem ido dormir, caminhando na ponta dos pés pelo corredor, deixando Millie nua e dramaticamente comatosa em sua cama, como se uma tempestade tivesse assolado o recinto.

Será que sair no meio da noite foi uma má ideia? Ou teria sido mais estranho acordarmos juntos na mesma cama? Especialmente se tivéssemos de explicar isso a alguém. Sinto-me levemente nauseado, como se tudo isso pudesse começar a ir mal muito rápido. Sei que conversas sobre relacionamentos e sentimentos não são o forte da Millie, mas, neste caso, acho que precisamos ter uma.

No andar de baixo, só Millie e Ed estão de pé. Ouço o murmúrio de suas vozes, mas quando desço eles já estão no pátio traseiro da casa, e, quando me junto a eles, gostaria de poder dizer que estou surpreso pelo fato de Ed estar com uma garrafa de cerveja na mão às sete da manhã, mas não estou. Millie está olhando os vinhedos. Ed está tão intensamente absorto no jornal matinal do meu pai que nem toma conhecimento da minha presença quando chego ali.

— Mills… — digo.

Ela se vira para me olhar com um sorriso irradiante.

— Bom dia, flor do dia!

Recuo reflexivamente, apreensivo. Esse cumprimento foi muito efusivo, muito exagerado. Especialmente considerando o fato de que o último som que ouvi da Millie foi um exalar longo e aliviado pouco antes de ela desmaiar de cara no colchão.

Os olhos dela piscam em direção a Ed, e, em seguida, em direção a mim.

— E aí?

— Quer dar uma volta? — pergunto, erguendo meu queixo para indicar as fileiras ordenadas de vinhedos, que parecem se estender eternamente. Ela abaixa a cabeça e analisa seus pés descalços, refletindo por alguns segundos, e se endireita novamente.

— Claro! — De novo, efusivo demais. — Só um minuto, vou calçar os sapatos.

Ed ainda não olhou para mim, e eu me inclino, curvo, tentando capturar seu olhar.

— Oi, Ed.

Com os olhos baixos e as sobrancelhas franzidas numa concentração profunda, ele grunhe um "Oi".

— Está com sede? — pergunto, acenando para sua cerveja. — O café não deu conta?

— Uhum. — Sério, ele vira a página, chegando à parte das palavras-cruzadas, dobrando o jornal como se estivesse prestes a preenchê-las.

— Não faz isso. — Ergo minha mão. — Meu pai te mataria. Ele espera a semana inteira para fazer as palavras-cruzadas de domingo.

Ed desdobra o jornal, e, em vez de puxar conversa, começa a ler um artigo sobre novos artistas que fazem grafite no Queens.

— Qual é o seu problema? — Sento-me na beirada da cadeira onde Millie estava antes de eu chegar. — Aliás, qual é o problema de vocês dois? Ela parece que virou a Senhorita Feliz, e você, o Senhor Monossilábico.

— Nada. — Ele me dá um vislumbre e desvia o olhar. — É sério. Só estou lendo o jornal. Relaxando. Tomando uma cerveja.

— Está bem então, Pauly Shore, continua aí relaxando e bebendo.

Millie aparece e sorri mais calmamente para mim desta vez, e me sinto aliviado por Ed estar agindo de maneira tão bizarra que nem se incomoda com o fato de nós não o termos chamado para passear conosco.

Deixo-a me conduzir pela varanda e através do jardim da mamãe, que se torna um vinhedo após uns nove metros, permitindo-nos desaparecer dentro na névoa e da folhagem. Embora não estejamos mais à vista de quem está na casa, o silêncio não se esvai de imediato.

Depois de quase um minuto ouvindo nossos próprios passos marchando sobre folhas secas e solo, digo:

— Então... Oi.

Ela começa a rir ao meu lado, ciente do clima estranho.

— É. Oi. — Ela me olha de relance. — Eu sinto muito, Reid.

Isso me provoca um desequilíbrio emocional; esforço-me para me manter caminhando.

— Você *sente muito*?

Ela para, sorrindo para mim com um ar de culpa.

— Eu não sei que bicho me morde às vezes.

Há uma piada bastante óbvia para fazer aqui, mas eu a ignoro, em parte porque logo fico aborrecido com seu tom leviano.

— Você não precisou exatamente me arrastar lá para cima ontem... Estava bem claro que eu também queria fazer o que você propôs.

— Mas será que a gente deveria ter feito aquilo? — ela pergunta, fazendo uma careta. — Quer dizer, você está conversando com várias mulheres e, em algum momento, isso vai virar algo a mais e vamos ter que parar de qualquer modo.

Volto um pouco em sua fala, enfatizando a escolha das palavras.

— "Várias mulheres"?

Ela dá de ombros, e posso jurar que há algo estranho nesse gesto, uma postura defensiva sob esse exterior indiferente.

— É.

— São *duas*.

— Bom, tanto a Daisy quanto a Catherine estão ficando meio sérias, não é? Ela está jogando verde?

— Como pode ser sério se nunca encontrei com nenhuma delas?

— Sei lá, você parece... *interessado*. Só estou dizendo que... Você não escreve para elas com frequência? Não escreveu recentemente?

Aceno cuidadosamente com a cabeça, e ela continua:

— Eu não quero estragar isso com a nossa... Essa coisa de amizade colorida.

Analiso seu rosto, enquanto ela olha de soslaio para o vinhedo, tentando ler nas entrelinhas. Um quê de culpa dá um nó no meu torso e estou imensuravelmente grato por ela não saber que eu escrevi para a Cat logo depois de deixar a sua cama ontem à noite. Se soubesse, tenho certeza de que uma explicação simples do tipo "Não consegui dormir" não colaria.

— Você... — Eu começo, incerto acerca do que desejo que ela responda. — Você quer que eu *pare* de falar com essas mulheres?

— Quer dizer... Só se *você* quiser parar.

— Mas sejamos justos aqui: você também tem uma pessoa que chama de "meu cara" — eu a lembro.

Ela não se move.

— É...

Eu rio, sentindo meu peito se apertar com uma decepção inesperada. Ontem à noite foi legal. Um sentimento novo e meio assustador está se expandindo em mim e está diretamente ligado à memória da Millie sobre mim, os olhos fechados, o pescoço arqueado. Se ela tivesse me pedido para ficar, eu teria ficado?

— Não faço ideia do que está acontecendo agora, Mills.

— Não está acontecendo nada — ela diz, com mais calma, retomando o controle sobre a situação. Ela redireciona o foco a mim e pousa uma mão quente sobre o meu braço. — É sério, Reid. Não comigo, pelo menos. Estou muito bem, obrigada.

Sem me perguntar nada, ela sai andando à minha frente, seu ritmo acelerando. Um bando de pardais voa acima de nossas cabeças e ela olha para o céu.

— Cara, é muito bonito aqui.

Com isso, a conversa sobre ontem à noite parece ter sido posta de lado e eu me sinto meio perdido, à deriva.

— É mesmo — digo, quieto.

Millie começa a falar sobre o clima, o que leva a uma história sobre uma vez em que ela estava fazendo trilha com uma amiga em Yosemite e a amiga quase morreu enquanto tentava tirar uma foto de uma placa que descrevia o risco de morte na trilha. Eu ouço atentamente, tentando emitir sons nos momentos apropriados para mostrar que ainda estou prestando atenção, mas, por dentro, estou... um pouco devastado. A verdade é que estou curioso: será que terei uma química melhor com a Daisy ao vivo do que por mensagens? Também estou interessado na possibilidade de ter uma química tão boa com a Catherine ao vivo quanto em nossas mensagens. No entanto, depois de ontem, acho que meu coração ultrapassou meu cérebro. Se o nó no meu peito servir como indicação de qualquer coisa, eu *acho* que queria que as coisas com a *Millie* se aprofundassem.

Observando a Millie em seu modo contador de histórias, tão superficial, começo a me perguntar, honestamente, se ela seria capaz de tanto. Como amiga, ela é divertida, leal, observadora e atenciosa. Sua profundidade silenciosa se traduz em humor e revela quão inacreditavelmente brilhante ela é. Ela é selvagem, no melhor sentido da palavra, ao passo que mantém sua vida livre de drama. Todas qualidades ótimas para uma amiga. Mas eu não quero uma amigona como amante, quero uma amante que vá mais a fundo do que a Millie parece disposta a ir, e a constatação de que isso nunca vai evoluir me deixa estranha e surpreendentemente triste. A parte estranha se deve ao fato de que, até esta manhã, eu sequer tinha o objetivo consciente de querer algo a mais.

Ela para, fitando as colinas, e resolvo lhe dar uma última chance.

— Me conta mais desse cara com quem você está falando.

Piscando os olhos para mim, ela me lança um sorriso adorável.

— Talvez tenha mais de um.

Ai, essa doeu.

— Está bem. Me conta mais daquele que você chama de "meu cara".

Millie respira profundamente, levando os ombros à altura das orelhas.

— Ele é ótimo. Sabe quando você sente um clima bom com alguém só a partir da escrita?

Aceno com a cabeça. Sei exatamente a que ela se refere. A foto em preto e branco da Cat inunda meus pensamentos.

— Ele é engraçado… e aberto comigo — ela diz, com cautela, e esse pedaço me atinge com uma rajada de dor, porque, honestamente, eu seria mais aberto com ela ao vivo se ela mordesse minha isca e tivesse esse tipo de diálogo comigo. É deprimente me dar conta de que a última vez em que falamos sobre algo profundo foi na praia, há quase dois anos, depois de ela ter terminado com o Dustin, quando me contou, em termos diretos e simples, como era difícil conviver com ele. Após alguns minutos, no entanto, ela ficou quieta e começou a tagarelar sobre como adora ver as ondas quebrando no litoral.

— Você vai se encontrar com ele? — pergunto.

— É estranho, porque é como se a gente já se conhecesse — ela diz, sem olhar para mim. — E se isso for verdade? E se a gente se conhecer de algum lugar? Isso seria estranho? Acho que sim. Então parte de mim está:

"É, vamos marcar um encontro!", mas a outra parte diz: "Hum, essa é a pior ideia do mundo".

— Mas você não o conhece *de verdade* — aponto. — Quer dizer, você saberia se conhecesse, não? Qual é o nome dele?

Ela sacode a mão.

— É… Guy.

— O nome dele é Guy? Tipo… "Cara" em inglês? — Eu a encaro, meu sorriso se alargando. — Você sai de um namoro com um Dustin para namorar um *Guy*? Seu "cara" se chama "Cara"?

— Talvez esse não seja o nome dele de verdade — ela diz, enrubescida. — Vai saber… Pode ser Douglas ou Alfred, e vai ver que Guy é só apelido.

— Você é esquisita — eu digo, beliscando sua bochecha.

Ela olha para mim, radiante, claramente aliviada.

— *Você* que é.

AO VOLTARMOS, VEMOS QUE MAMÃE FEZ SUAS famosas panquecas de limão com ricota, e Millie e eu nos sentamos à mesa com uma espécie de vigor faminto e desesperado, como se não comêssemos há dez anos. O café da manhã é um evento bastante animado, tem Mimosas, uma garrafa melada de xarope de bordo passeando pela mesa, para baixo e para cima, uma tigela gigante de frutas vermelhas com creme passando de mão em mão e uma bandeja imensa de bacon se esvaziando lentamente enquanto todos nós gememos, nossas mãos protegendo as barrigas estufadas.

Alex encara o sofá da sala como se estivesse desesperado para ele criar pernas e vir até aqui buscá-lo, mas, antes que ele possa acumular energia para ir até lá, papai se levanta, vai até o sofá e se atira sobre ele. Rayme cria coragem para se apoiar no ombro de Chris, e eu vejo isso acontecendo em câmera lenta, desde sua aparente decisão de se inclinar para sua esquerda, o movimento gradual, até seu corpo entrar em contato com o dele. Acho que Chris pode, finalmente, estar tomando conhecimento da existência dela: seus olhos se arregalam e ele fica totalmente parado, sem mover um músculo.

Ed, para minha surpresa, levanta-se da mesa e começa a levar os pratos de todos para lavar a louça na cozinha. Mamãe o observa com uma espécie de carinho. Ao que parece, ninguém saiu correndo pelado pelos vinhedos ontem à noite, e Ed descobriu como fazer para agradar a meus pais: mantendo as calças no lugar.

Sinto a pressão suave de um pé sobre o meu e olho através da mesa para Millie, cujos olhos estão fechados e cuja cabeça está inclinada para trás, relaxando após o que foi, sem exagero, o melhor café da manhã já feito. Primeiro esse gesto parece acidental, mas então ela descansa os pés ainda mais firmemente sobre os meus, como se quisesse se aquecer. Abrindo um olho, ela me dá uma espiada, abafando um sorriso, e finge dormir de novo.

Uma dor — um *desejo* — se mescla a uma onda de irritação. Eu não quero ser o amigo em quem ela pode tocar e com quem ela pode flertar em segurança, se, a cada vez que algo íntimo acontecer entre nós, ela erguer uma nova barreira. Não importa o que nenhum de nós tenha dito antes: estamos presos num limbo esquisito e precisamos sair desta porra o quanto antes, ou arriscaremos o que é, sem sombra de dúvida, uma das melhores amizades que já tive na vida.

Quebrando a regra da mamãe, puxo o celular do meu bolso e abro o aplicativo do IRL na mesa. Estou um pouco desapontado por Cat não ter me respondido. No entanto, pelo menos Daisy respondeu.

> De: Daisy D.
> Enviado às 10:29 do dia 1° de abril
>
> Oi, Reid,
> Espero que vc esteja se divertindo mto em casa! Meu fim de semana acabou sendo bem chato. Uma amiga que deveria estar na cidade furou comigo no último minuto, então eu basicamente passei todo o fim de semana de pijama, maratonando temporadas antigas de *Big Brother*.
> Não sei oq vc vai fazer esta semana, mas vc acha q gostaria de se encontrar comigo? Para jantar? Viu?! Eu lembrei q vc não marca nenhum primeiro encontro para tomar café ou beber. Eu meio q adoro isso em vc.
> Me diz então se está a fim.
> Nos falamos em breve,
> Daisy

Dou uma olhada rápida na Millie, que ainda está descansando com os olhos fechados. É hora de afastar esse desconforto e só... sair dessa zona esquisita de amigo/amante em que estou com a Mills.

Puxo meus pés delicadamente de baixo dos pés dela, sento-me mais ereto e abro nossa caixa de mensagens. Ela também se senta, parecendo grogue, enquanto digito uma nova mensagem para ela.

> Tá com sono?

Quando seu telefone vibra no bolso de trás, ela se inclina para o lado para pegá-lo. Observo-a ler minha mensagem e sorrio quando ela responde.

> Alguém me deixou acordada até tarde.

Limpo meu rosto com uma mão, já chega dessas mensagens ambíguas.

> Acabei de receber uma mensagem da Daisy.

> Ela quer sair comigo.

Observo Millie absorver a notícia, e nada muda em sua expressão, nenhum músculo se move.

> Vc vai sair com ela?

> Isso seria estranho?

> Pra mim ou pra vc?

> Pra você.

Seus olhos encontram os meus sobre a mesa e ela franze a testa antes de olhar para o telefone, digitando.

> Reid, já falei que estou bem.

Estou começando a odiar a expressão "estou bem".

> Legal.

Se a Millie está de boa com isso, tenho que aprender a ficar também.

Coloco o celular no bolso, seguindo Ed até a cozinha para ajudá-lo a limpar tudo. Ele franze a testa enquanto põe os pratos na pia para começar a esfregá-los, esse silêncio estranho está começando a me irritar.

— Qual é o seu problema?

Com um susto, ele me olha por cima do ombro.

— Nenhum. Só estou cheio.

— De cerveja e panqueca?

Finalmente ele me dá um sorriso genuíno.

— E de Mimosas, e de bacon.

Começamos a trabalhar juntos quando trago os pratos, que ele esfrega e coloca na lava-louças.

— Está tudo bem com você e a Mills? — ele pergunta.

— Sim, estamos bem. Só trocando informações sobre aquele experimento de namoro.

Ed olha para mim, interessado.

— É mesmo?

— Você sabia que o cara com quem ela está falando se chama Guy, tipo, "Cara"? — Eu rio. — Isso é um nome de verdade?

Sua expressão se fecha de um jeito esquisito.

— Hum… Não, eu não sabia disso.

— E quanto a você? — pergunto. — Como vai a Selma Sexy?

— Ela ainda não respondeu. — Ele puxa as mangas da camisa para cima e enfia as mãos na água com sabão. — Perguntei se ela queria me encontrar e ela nunca mais respondeu. Geralmente ela responde em algumas horas.

Um sentimento parecido com nuvens passando pelo céu me assola. Quero que esse experimento funcione para o Ed, e, se ele está conversando com uma pessoa desonesta, ou que desaparece sem explicação, vou ficar furioso.

— Talvez ela só esteja sobrecarregada com o trabalho — sugiro.

— Ela trabalha como bartender.

É, eu não sei o que dizer.

Olho para cima, aliviado ao ver Chris entrando, ele está carregando a travessa quase vazia de bacon.

— Acho que vou morrer de overdose de porco — ele diz.

— E quanto a você? — pergunto, então, oferecendo mais contexto. — Você não tem dito nada sobre suas aventuras no mundo do namoro virtual.

Ele posiciona a travessa sobre o balcão e se inclina para trás.

— Sei lá, cara. Eu sei que está dando certo para você, mas acho que essa não é minha praia.

— Você pode chamar a Rayme para sair — Ed diz, sem tirar a atenção da pia.

Uma cortina pesada de silêncio cai sobre nós, e os olhos de Chris encontram os meus. Em vez de desviar o olhar, ele me encara como se estivesse me decifrando. Quando conheci Chris, ele estava casado com uma mulher chamada Amália; eles se divorciaram alguns anos depois. Já o vi com outras mulheres desde então, mas ele nunca foi particularmente efusivo quando se tratava de compartilhar detalhes de sua vida amorosa. Por esse motivo, levo algum tempo para registrar que ele está lendo minha reação a fim de ver se estou horrorizado ou não pelo que Ed disse. Estranhamente, não estou.

— Você pode fazer isso se quiser... — digo, baixinho.

Chris fecha a cara, mas eu o conheço bem o bastante para saber que ele está fingindo.

— Cara, ela tinha quinze anos quando eu te conheci.

Dou de ombros.

— É... *Dez anos atrás.*

Ele abre a boca para responder, mas é interrompido pela aparição súbita de Rayme e minha mãe.

— O que aconteceu dez anos atrás? — Rayme pergunta.

— Nada — respondo rápido demais, soando extremamente suspeito.

Millie passa os olhos pela cozinha, pousando-os sobre mim em determinado momento.

— O que está acontecendo, seus doidos?

— Eles estão falando da gente — Rayme adivinha, num sussurro teatral, e as duas se viram e saem da cozinha.

Isso já é, oficialmente, demais para mim. É como se estivéssemos numa van, oscilando à beira de um penhasco. Se virarmos para um lado, estaremos seguros. Se virarmos para o outro, seremos catapultados de um cânion.

O problema é que não tenho ideia de qual direção nos levará de volta à estrada em segurança.

CAPÍTULO ONZE

Millie

Se você fosse uma assassina no século XIX, é provável que escolhesse veneno (especialmente arsênico) como arma. Utilizado para tudo, desde matar ratos até remover pelos e controlar a proliferação de insetos, o arsênico era barato, fácil de adquirir e mantido em abundância em casas vitorianas. Se você fosse uma mulher desesperada com um marido rico ou abusivo que gostaria de assassinar, o arsênico seria uma maneira relativamente fácil de fazê-lo.

Como você já deve ter adivinhado, a seção do manuscrito no qual estou trabalhando, e que deveria ter terminado horas atrás, é sobre veneno. Mais especificamente sobre mulheres que, no decorrer da história, foram a julgamento por usá-lo. Nannie Doss, também conhecida como "Vovó Risonha"[7], matou um marido após o outro, sempre com um sorriso estampado no rosto, mesmo depois de ter assumido a culpa pelo assassinato de quatro deles. Anna Marie Hahn atraía homens idosos ricos para suas mortes, mas não antes de lhes tirar tudo o que tinham. A vida de Blanche Taylor Moore foi um escândalo de família, maridos mortos e casos extraconjugais, e chegou a inspirar um filme feito para a televisão.[8]

Caos, homicídios premeditados e um número considerável de mortos, essa é minha praia. Normalmente eu estaria absorta, normalmente eu já teria terminado este capítulo e me adiantado no próximo antes sequer de precisar carregar meu notebook.

---

[7] Também apelidada pela mídia de Viúva Negra, Babá Risonha, Viúva Negra Alegre e Assassina de Corações Solitários.

[8] Os Crimes da Viúva Negra, de Alan Metzger (em inglês, Black Widow Murders: The Blanche Taylor Moore Story), de 1993.

Entretanto, hoje, aproximadamente uma semana depois de Reid e eu termos transado (de novo), meu nível de concentração se igualou ao de uma colher de chá. Não é necessário ser um gênio para entender o porquê disso.

E já que eu adoro me torturar, pego o meu telefone e releio minha troca de mensagens com Reid.

> Vamos jantar hoje? Estava pensando em comer uma pizza e fofocar sobre o Chris e a sua irmã.

Nada me dá mais prazer do que irritá-lo, mas ele não mordeu minha isca.

> ...

> Vc cai na pilha muito fácil.

> Que tal pepperoni? A gente completa com as duas garrafas de vinho que a sua mãe me deu.

> Correção: as duas garrafas que a minha mãe pegou o Ed colocando na sua bolsa.

> Isso é só um detalhe. Posso chamar o pessoal?

Já faz quinze minutos e Reid ainda não respondeu, mas, quando estou prestes a largar o celular, chega uma nova mensagem:

> Hoje não dá. Tenho um encontro.

Encontro?
Será que nós fizemos planos de que eu me esqueci?

E é aí que me lembro: Daisy.

Ele está se referindo ao encontro sobre o qual me falou enquanto eu mentia para ele até os dentes.

Então Reid tem um encontro, mas eu estou bem.

Não consigo pensar ou me concentrar por mais de dez minutos seguidos, mas está tudo bem.

Emoções são como fios sob tensão, e as minhas estão mortas. Se tudo for bem, eles podem fazer sexo hoje à noite. Definitivamente, não estou nada bem.

Juntando minhas coisas, afasto-me da mesa e carrego tudo para o lado de fora, precisando desesperadamente de ar.

Não tenho um quintal enorme, afinal de contas, nós estamos na Califórnia, mas ele é exuberante e sombreado durante o verão, e repleto de cores douradas no outono. Uma grande nogueira-do-japão cobre a maior parte do sol poente, deixando espículas suficientes de céu visíveis nos lugares onde, em breve, as estrelas brilharão. Seus galhos rangem acima da minha cabeça, e eu me sento sobre o balanço do pátio, empurrando-o suavemente com um pé no ritmo da brisa que nos refresca.

Está mais frio aqui do que eu pensei que estaria, mas o tempo nublado parece apropriado, considerando meu humor. Reid vai a um encontro, e eu estou aqui, bem como estou em todas as outras noites e continuarei a estar no futuro, posto que não estou fazendo nada para mudar minha situação atual. Em vez de verificar o meu perfil, eu só quero ver o de Catherine: o que isso diz a meu respeito? E quanto ao fato de que eu quero escrever para ele, inclusive agora, na vã esperança de que ele leia minha mensagem durante seu encontro e, possivelmente, pense em mim. Hum... Digo... Na Catherine.

O balanço faz um guincho, um meigo lembrete de quando Reid me ajudou a instalá-lo. Dustin e eu tínhamos acabado de terminar, e eu mencionei que precisava de ajuda. Reid ofereceu seus serviços antes sequer de eu pensar em lhe pedir que o fizesse. Ele ajudou a colocar as pavimentadoras que seguem até minha garagem e trocou o detector de fumaça após um incidente infeliz no Dia de Ação de Graças. E quando eu resolvi soltar uma lanterna de papel na véspera do Ano-Novo e, de algum modo, consegui a proeza de atear fogo nas franjas da minha echarpe durante o processo, ele também estava lá para apagar esse incêndio.

Porém, se tudo for bem com a Daisy... ele ainda estará lá?

Fuzilo meu notebook com os olhos e nem me dou ao trabalho de dar ouvidos à vozinha profissional ecoando em minha mente, que é ofuscada de imediato por sua versão possessiva, que me diz para ignorar o manuscrito no qual eu deveria estar trabalhando e abrir o aplicativo do IRL a fim de responder à última mensagem de Reid.

De: Catherine M.
Enviado às 18:48 do dia 6 de abril

Reid,

Uau, isto está virando um hábito recorrente. Isso quer dizer que agora somos oficialmente amigos por correspondência? Eu sempre quis um quando era criança, mas nunca tinha feito nada ou ido a lugar nenhum, então sobre o que eu poderia escrever?

Obrigada pela sua última mensagem, ela foi tão honesta e sincera, e eu queria lhe dizer o quanto significou para mim você ter compartilhado aquelas palavras comigo. Me faz um favor, dê um grande abraço na sua mãe na próxima vez em que a vir. Ela não vai entender o porquê disso, mas algo me diz que esse abraço vai fazê-la ganhar o dia. Estou de dedos cruzados aqui para ninguém ter corrido pelado pelos vinhedos tarde da noite.

Bem, acho que, enquanto amigos por correspondência, devemos ser honestos e contar um ao outro coisas que não diríamos normalmente, certo? Eu sei que o objetivo aqui é encontrar pessoas de quem gostemos. E eu gosto de você, Reid. Sei que isso implica que seria mais prudente da minha parte fazer um esforço para passar a melhor imagem possível de mim mesma, mas estou com um humor estranho e perdi todo o meu filtro. Além disso, não seria mais interessante ser brutalmente honesta? Sinto que conhecemos tantas pessoas ao longo da vida, e queremos tanto que elas gostem de nós, que acabamos encolhendo a barriga e fingindo que não peidamos, e dizemos um monte de coisas que achamos que elas querem saber. Se isso der certo, elas acabam se apaixonando por quem querem que sejamos, e não por quem de fato somos.

Bem, a fim de manter a honestidade brutal: meu pai está doente. Ele está doente, e eu não contei para ninguém, porque já estou triste o bastante sem precisar deixar todos à minha volta infelizes também. Eu tenho os amigos mais gentis e compreensivos do mundo, e todos eles fariam de tudo para me ajudar, e eu escondi isso deles porque não quero ser uma chata.

Isso me leva à minha próxima rajada de diarreia emocional (e, se você me escrever de volta, prometo nunca mais usar esse termo). Estou solitária. Estou solitária porque não digo às pessoas o que quero ou do que preciso, e aí me magoo quando elas não adivinham.

É possível ser um adulto funcional, com uma carreira bem-sucedida, amigos incríveis, uma família adorável, mas ainda assim ser uma Bagunça Nível Master? Talvez eu seja a prova viva de que sim.

E, já que não cabe chegar tão perto do final da mensagem deixando a expressão "diarreia emocional" pairando no ar (está bem, AGORA eu nunca mais vou usar esse termo), aqui está uma informação vergonhosa sobre mim para fechar com chave de ouro este lixo de resposta: quando eu tinha dezesseis anos, eu tinha uma queda por um cara chamado Leslie. Em vez de, sei lá, falar com ele, eu inventava desculpas elaboradas para passar pelo seu armário na escola no mínimo umas seis vezes por dia, e eu também aparecia discretamente, por mero acaso, em todos os lugares em que ele estava.

Durante um fim de semana em outubro, eu ouvi que alguns amigos dele iriam a um milharal ali por perto onde tinha uma casa-fantasma. Eu amo tudo que é assustador, mas, por alguma razão, não suporto a ideia de fantasmas. Ainda assim, meu desejo insaciável por aquele garoto obviamente atrapalhou minha capacidade de discernimento, porque eu arrumei uma fantasia e arrastei minha melhor amiga comigo.

Tudo estava bem no início. Eu consegui chegar até a metade da atração sem fazer xixi na calça ou passar vergonha de qualquer outra maneira, mas ainda não o tinha visto. Acontece que, infelizmente, minha amiga tinha e queria garantir que ele também me visse. O plano brilhante dela envolvia combinar com um dos funcionários da casa-fantasma para que ele me assustasse e me agarrasse por trás... Tenho certeza de que, na cabeça dela, eu gritaria de um jeito adorável, Leslie me veria, e nós sairíamos escondidos para nos beijar, e provavelmente acabaríamos noivando. Mas o que de fato aconteceu foi um pouco diferente.

O homem me agarrou, e sim, certamente eu gritei, mas, enquanto tentava fugir, esbarrei num cara vestido de assassino em série com uma motosserra de mentira e, de algum modo, consegui arranjar um corte imenso e profundo no meu ombro esquerdo. Foram SEIS PONTOS. O Leslie me viu, é verdade, coberta de sangue, e só quando eu já estava sendo carregada para fora numa maca.

O engraçado é que, alguns dias depois, ele foi me visitar em casa, e a gente ficou mesmo.

Ele beijava muito mal.
C.

MEU UBER ME DEIXA ALGUNS PRÉDIOS DEPOIS do Sandbar. Com um sorriso enorme estampado no rosto, caminho até onde Ed está me esperando.

Estranhamente, após ter enviado aquela mensagem insana para o Reid, estou me sentindo bem melhor. Talvez a melhor estratégia aqui seja afastá-lo da Catherine despejando sobre ele uma rajada de sincericídios e esperar que a Daisy seja um fracasso... Ah, sim, e também aprender a resolver minhas próprias merdas.

Tipo, este meu ciúme e esta sensação espasmódica em minha barriga seriam o que a maioria das pessoas normais descreveria como, o quê, amor? Ou será que isso é resultado da comida indiana que comi no almoço, que agora está me dando um leve golpe gastrointestinal?

— Que sorriso estranho! — Ed comenta quando chego até ele. — É como se você estivesse peidando.

— Estou tentando segurar.

Ele gosta da explicação. Adoro o Ed.

— Você quer se sentar no lado de dentro ou no de fora? — Ele aponta para minha barriga. — Talvez aqui fora a circulação seja melhor.

O centro de Santa Bárbara é bastante vivaz a esta hora da noite, com bares e restaurantes enchendo as calçadas, e pátios bem-iluminados com assentos que se esparramam pelas ruas.

Embora o interior do recinto pareça quentinho e acolhedor, com bancos de couro e um bar vasto e aberto, a varanda está mais silenciosa. Além disso, Ed não está errado quanto à circulação do ar. Não sei como chamar isto que estou sentindo no estômago.

— Três lugares no lado de fora — Ed diz à recepcionista.

Meu cérebro demora um instante para processar suas palavras.

— Espera. Três?

Como um belo Dementador[9] Latino, Alex se materializa do lado de Ed. Eu me viro para Ed.

— Você trouxe o Alex? Eu te disse que a gente precisava conversar.

Alex pega uma batata frita da bandeja de uma garçonete que está passando por ali e a coloca na boca, falando enquanto come.

[9.] Dementadores são criaturas das trevas, criadas por J.K. Rowling, para a coleção de livros de Harry Potter. Os Dementadores sugam a alegria e os sentimentos das pessoas, protegem a prisão de Azkaban, impedindo que os prisioneiros sintam vontade de fugir.

— E por que você quer conversar com o Ed?

Franzo minha testa para o Ed.

— Esquece. Não é nada.

Ed dá uma cutucada conspiratória no braço de Alex para lhe chamar a atenção.

— Porque ela é a Catherine — ele sussurra, e se inclina para ele, acrescentando: — Ah, sim, e ela e o Reid estão dormindo juntos.

Há um trovejo dentro do meu crânio.

— Meu Deus, Ed!

— Que foi? Você disse que eu não podia contar para o Reid — ele retruca. — Você não pode esperar que eu guarde um segredo desses, isso faz mal para a minha pele.

Os olhos de Alex se arregalam.

— Desculpa, que porra foi essa que você acabou de falar?

Uma garçonete bonita aparece para nos conduzir à varanda e me poupa o trabalho de responder a essa pergunta. Tanto Alex quanto eu estamos imóveis, então Ed dá um empurrão em cada um e nós a seguimos com certa relutância.

Ela nos leva a uma mesa redonda, com um fogo baixo e oscilante no centro, e nos entrega nossos cardápios antes de sair. Um silêncio constrangedor paira sobre nós. Alex provavelmente está tentando compreender o que acabou de ouvir, e eu vasculho os arquivos de meu vasto banco de conhecimento a fim de escolher o método mais eficiente para assassinar Ed. Arsênico parece ser uma boa opção.

— Então… — Ed diz, examinando seu cardápio casualmente. — Como vai todo mundo?

Alex encara o papel em sua mão, a cabeça em outro lugar.

— Nem sei por onde começar.

Concordo plenamente.

— É, somos dois.

— Eu ouvi tudo através de uma parede, então posso começar por aí se vocês quiserem — Ed responde. — Quem sabe uma encenação dramática?

Eu nunca teria achado que isto seria possível, mas os olhos do Alex se arregalam ainda mais e consigo ver o momento em que ele soma dois mais dois.

— Na casa dos pais dele?

Afundo em minha cadeira.

À minha frente, Alex chama a garçonete de volta e gesticula em direção a mim e a Ed.

— Oi, vamos precisar de umas bebidas.

SE VOCÊ QUISER FICAR O MAIS BÊBADO possível com um orçamento de vinte dólares, tomar um Blackout Beach constitui uma forma bem extravagante de fazê-lo.

Após explicar a situação por alto ao Alex, olho para ele sobre meu drinque gigantesco, uma mistura potente de vodca, rum, Curaçau Blue, licor de pêssego e uma dose de Bacardi 151, servida em um objeto que só posso chamar de aquário. Eu estaria disposta a apostar que ninguém jamais tomou uma decisão sensata enquanto segurava um coquetel desse tamanho.

— Então você é a garota feia — Alex diz, e me pergunto qual das duas alternativas faria eu me sentir melhor diante desse comentário: terminar o último terço do meu Blackout Beach ou derrubar tudo em cima dele.

— Aquela não é uma foto feia — eu protesto, e me contento com o ato de atirar um salgadinho nele. — O que você queria que eu fizesse? Não dava para mostrar meu rosto.

Alex indica vagamente a região dos meus seios.

— Você poderia mostrar os seus…

Ed o interrompe, tapando a boca de Alex.

— Até eu sei que é melhor você parar de falar.

Alex o empurra.

— Deixa eu ver se entendi: você escreve para ele como Catherine, mas transa com ele como Millie?

— É. Mas a gente não está transando — digo. — A gente só transou.

— Está bem, foi só uma vez então. Isso faz diferença…

— Bom… — respondo, sugando meu canudo devagar enquanto finjo que estou pensando. A bebida está com gosto de bala de gasolina. — Talvez duas vezes…

Alex se recosta em sua cadeira, os braços cruzados sobre o peito.

— Talvez?

Dou um suspiro.

— Está bem. Duas vezes.

— Por enquanto — Alex sugere, e Ed para de enfiar punhados de batatas fritas com cebolinha na boca para gargalhar.

Encaro os dois.

— Não existe "por enquanto". Foi um acidente inusitado e não vai acontecer de novo.

Agora Alex ri, e seus olhos estão brilhando maliciosamente sob a luz do fogo.

— Você sabe o que é um acidente, Mills? Entornar um copo d'água é um acidente. Cortar alguém no trânsito pode ser um acidente. Eu adoraria poder usar essa desculpa que você inventou, mas não sei como um ser humano poderia acidentalmente penetrar outro com o pênis.

— Bom, em teoria, dependendo das circunstâncias, do ângulo e da velocidade da queda... — Ed para e olha ao redor da mesa. — Continuem...

Alex limpa a garganta antes de voltar sua atenção para mim.

— Não vou nem entrar no mérito de você ter confidenciado isso ao Ed, e não a mim. O Chris sabe?

— Não! Nunca! Ele não sabe. E eu não confidenciei nada a ninguém. — Mexo minha bebida com o canudo, fitando Ed. — Eu tive que admitir para o Ed porque ele me pegou no flagra.

— Agora deixa eu te falar uma coisa — Ed diz, endireitando-se na cadeira. — Eu não acho que o isolamento acústico daquelas paredes esteja dando conta do recado. Era como se eu estivesse no mesmo quarto que eles baseado nas coisas que ouvi, quase precisei tomar um banho.

— Mas se você não planeja repetir a dose — Alex começa —, o que a gente está fazendo aqui? Por que você precisava falar com o Ed? Estou surpreso com esse lance da Catherine, mas não com o resto. Você e o Reid são... diferentes um com o outro. Francamente, estou surpreso por ter demorado tanto para vocês treparem. Achei que isso já tinha rolado há muito tempo.

Ed estreita os olhos e eu juro que quase consigo ver uma lâmpada de desenho animado acender sobre sua cabeça. Já estou de cara feia quando ele diz:

— Ele saiu com a Daisy hoje, não saiu?

Empurro minha bebida, sem saber se meu estômago é capaz de tolerar mais rum.

— Saiu. Mas o que eu queria te dizer é que não acho que a gente precise mais se preocupar com essa história de Catherine.

— Por que não? — Ed pergunta, mudando de posição quando a garçonete chega com nossa comida e mais uma rodada de bebidas.

Troco meu Blackout Beach por água com grande satisfação, e agradeço à moça antes que ela saia da nossa mesa.

— Fiz o melhor que pude para afastá-lo.

Alex está balançando a cabeça.

— Eu não acho que isso seja possível.

— Confia em mim — digo, e estico meu guardanapo sobre meu colo. — Se ele não me bloquear hoje mesmo, com certeza vai fazer isso amanhã. Eu estava inspirada e fiz um expurgo emocional na caixa de mensagens dele.

Ed fala com metade de um taco enfiado na boca:

— Isso eu gostaria de ver.

Alex também parece surpreso, e olho para cada um deles em resposta.

— Ver o quê?

Ed larga um pouco seu prato, inclinando-se para a frente com os cotovelos sobre a mesa.

— Fala sério, Mills… Todo mundo sabe que você guarda as coisas para si mesma. Não precisa ter vergonha disso, mas seria legal saber mais sobre o que você está pensando, entende? Posso estar errado, mas conheço o Reid há bastante tempo. Se o seu plano era afastá-lo ao permitir que ele te conhecesse melhor (ou a Catherine), é melhor começar a pensar num plano B. O Reid é um cara intuitivo no quesito emocional, ele gosta de sentimentos.

A questão é que eu sei disso, e essa é uma das características que eu amo nele. Ele é sensível e capaz de se expressar de um jeito que eu nunca consegui. O Reid superar a Cat seria a conclusão mais fácil para essa bagunça, mas esse é meio que o problema. Não posso negar quão bom foi desabafar daquele jeito hoje. Eu me senti bem ao contar mais a ele sobre o meu passado, sobre como estou solitária, e sobre como essa solidão é quase inteiramente minha culpa.

— Você está com cara de quem vai peidar de novo — Ed diz.

Alex torce o nariz.

— Millie, faz isso lá no outro lado da varanda.

— Eu não vou peidar, seu babaca! Estou pensando em quantas oportunidades já tive de contar a verdade ao Reid, e em como eu sou egoísta, por isso nunca conto.

— Não quero simplificar demais as coisas — Alex retruca —, mas todo mundo é meio egoísta. Eu, por exemplo, vou te deixar pagar meu jantar…

— O quê…

Ele ergue uma mão para mim antes que eu possa corrigi-lo.

— O Reid está falando com duas mulheres ao mesmo tempo, mas pensa que uma não sabe da outra. E ele ainda está transando com você. E ele está muito bem, obrigado. — Alex faz uma careta antes de chegar à próxima parte: — Mas, se rolar sexo com a Daisy hoje, acho que ele vai precisar repensar algumas coisas.

CAPÍTULO DOZE
Reid

Quando vejo Daisy no restaurante, todos os pensamentos coerentes se esvaem da minha cabeça. Suas fotos não mentem: mesmo do outro lado do recinto, há algo quase magnético nela. Ela está vestindo roupas num estilo praiano casual, uma blusa sem mangas e uma saia; parece que ela saiu direto das páginas de um catálogo. Mesmo assim, Daisy se encolhe um pouco frente à atenção dos vários homens que se viram para admirá-la enquanto ela procura por mim. Eu lhe disse que estaria com uma camisa xadrez azul, e fico aliviado quando seus olhos se iluminam ao me ver. Sinto um sabor ácido em minha boca, porque, à medida que ela se aproxima, sinto a sombra onipresente de Millie, e o sexo que fizemos no último final de semana, me assombrando, bem como a sombra de Cat e a autenticidade nas mensagens delas, que, honestamente, não vejo em nenhum outro lugar.

Não faço o tipo do malabarista (nunca fiz), mas a atração natural que sinto pela Millie e o modo como me divirto com ela parecem desmoronar sempre que tentamos falar sobre coisas mais sérias. Não dá para saber se Cat e eu teríamos essa química ao vivo, embora nossas conversas sejam infinitamente mais profundas.

E então tem a Daisy. Doce, *linda*... e está bem aqui.

Estico o braço para apertar a mão dela, mas em vez disso ela me puxa para um abraço forte. Sua respiração está quente no meu pescoço, seus cabelos loiros roçando em minha bochecha.

— Eu estava tão nervosa!

— Não tem motivo para ficar nervosa. — Sorrio para ela e dou um passo atrás.

— Eu sei. — Ela puxa sua cadeira. — Acho que só estou feliz por você ter dito a verdade e não ser, tipo, um velho gordo de oitenta anos.

Essas palavras ficam ricocheteando dentro do meu crânio e só posso responder uma coisa:

— É, não sou...

O garçom se aproxima. Daisy pede um vinho rosé, eu peço um uísque puro, e meu estômago sobe lentamente até a garganta enquanto aguardo minhas primeiras perguntas retornarem à minha mente. No entanto, meus únicos pensamentos são o da verborreia de Ed ao protestar sobre a gordofobia de Daisy, o de Alex lembrando a ele que ela tem belas pernas e o de Chris ignorando os dois. A versão mental de Millie sumiu; ela deve ter desaparecido assim que eu registrei o fato de que Daisy é realmente linda.

Começamos a falar simultaneamente:

— Espero que você não tenha pegado muito trânsito — digo.

Ao mesmo tempo, Daisy comenta:

— Ouvi dizer que este lugar é *muito* bom.

E fazemos isso de novo:

— É bom mesmo — digo.

Daisy, falando junto comigo, responde ao meu primeiro comentário:

— Não, o trânsito estava bom. Ah... — ela prossegue —, pode falar.

Limpo a garganta, desajeitado.

— Não, eu só estava dizendo que a comida daqui é boa mesmo.

Ela acena com a cabeça, sorrindo frente à decoração marítima.

— Legal. — Daisy desenrola seu guardanapo e o põe no colo. — Meu quarto era todo decorado com coisas de praia, como conchas e esse tipo de coisa.

— Ah, é? — Tomo um gole enorme de água, resfriando o percurso entre a língua e o estômago, e começa a me ocorrer que Daisy e eu não temos nenhuma química.

— É, tipo, quando eu era criança. Tinha redes de pesca, conchas... Cara, eu já disse isso. Meu Deus! E, tipo, ele era todo pintado de azul. Paredes azuis, cama azul... — Ela faz uma pausa, olhando para mim como se fosse a minha vez de falar. Não faço ideia do que dizer. Finalmente, ela acrescenta: — O armário era azul também. Eu queria ser uma sereia.

— Hum... — Faço que sim com a cabeça, sorrindo, enquanto luto para calar a parte do meu cérebro que está morrendo de vontade de apontar que uma sereia provavelmente não ficaria rodeada por redes de pesca e nem teria um armário. Digo, se sereias existissem. Limpo a garganta de novo. — Aposto que era... divertido. Eu tive o mesmo cobertor vermelho besta de quando

tinha sete anos de idade até… Bom, ele continua lá em casa, na sala de visitas.
— Tento aliviar a tensão com uma piada. — Talvez eu quisesse ser bombeiro.

Certo, não funcionou.

O silêncio se estende por quilômetros em todas as direções. A Millie Mental volta, erguendo seu coquetel para um brinde sarcástico e deixa escapar uma risada longa e gutural. Ela diz, atrevida: "Ah, eu conheço muito bem esse cobertor".

— Então… — tento, desesperado, não deixar a conversa morrer. — Você é aluna na UCSB?

— É, de Pedagogia Infantil — ela confirma, e agradece à garçonete quando chegam nossas bebidas. — Estou quase me formando, e vou começar a trabalhar na Academia Pré-Escolar Bellridge no outono.

Tenho perguntas a fazer sobre o que viria a ser uma "academia pré--escolar", mas deixo-as de lado por ora. Quero dizer, pelo menos ela parece focada, decidida sobre o que quer fazer.

— Você já tem um emprego te esperando?

Daisy confirma.

— Eu conheço a dona. Ela é ótima. Tem muitos papais gatos lá também — ela diz, rindo em seguida.

— Hum… Isso é… — Ergo meu copo de uísque e tomo um gole devagar. — Isso é bom.

Daisy toma alguns goles de seu vinho.

— Não sei por que falei isso. — Ela lança as mãos ao ar. — Estou num encontro com você falando sobre pais gatos.

Indico com a mão que está tudo bem.

— Quem nunca?

Daisy ri novamente e sacode o braço.

— Faz tempo que eu não vou a um primeiro encontro.

— Tudo bem…

— Não te contei isto antes, mas terminei com meu ex, Brandon, há umas seis semanas, e acho que ele deve estar saindo com todas as garotas que encontra, mas eu nunca fui assim. Acho que esse meu lado o deixava louco, porque ele pensava que eu era extremamente sociável, ou sei lá o quê — só porque a gente se conheceu numa festa? — mas, na verdade, eu não gosto de multidões, sei lá, e ele sempre queria sair. Estou de saco cheio disso, sei lá, isso soa tanto como coisa de universitário, entende o que estou falando? Mas a gente ficou junto por quatro anos, então… Sei lá.

Exploro minha mente em meio ao caos, buscando algo em que possa me ancorar a fim de elaborar uma resposta decente, mas Daisy prossegue antes que eu consiga fazê-lo:

— Enfim, resolvi experimentar esse tal de IRL, e, tipo, é muito fácil falar *on-line*, mas, sei lá, estou aqui agora, ao vivo, e você é, tipo... Ohhhh! — Ela faz uma expressão que imita surpresa, os olhos arregalados e a boca em formato arredondado. — Sei lá, você é tão *gato*... — Ela toma um gole enorme do vinho rosé e, após engolir rapidamente, prossegue: — Mas também é meio... quieto?

Em meio a este desastre, sinto como se um trem tivesse me atropelado e demoro alguns segundos para registrar que, desta vez, ela de fato está esperando que eu responda algo.

— Eu sou quieto?

— Sei lá, é? Tipo, você parece ser quieto.

— Não costumo ser. Eu só... — Deixo o pensamento se esvair. Estou sofrendo aqui. Nunca precisei aquietar uma pessoa de forma tão... *ativa*. Sinto vontade de dizer a ela que talvez devêssemos tentar nos encontrar de novo em outro momento.

— O Brandon era a parte falante do casal durante o nosso namoro — ela diz, seu rosto enrubescendo. — Quer dizer... Quando a gente estava sozinho, os dois falavam, e era legal. Não é que eu não goste de falar, eu gosto. Mas sou ruim nisso. — Ela ri de si mesma e olha, desamparada, por debaixo da mesa, como se talvez pudesse encontrar ali uma caixa de Frontal.

— Obviamente, né?

— Não, você não é ruim nisso. — Puta merda, eu não poderia ter soado mais desonesto nem se tentasse. Indicando nossos cardápios, pergunto: — Vamos escolher os pratos?

Daisy parece mortificada.

— Claro...

Os dois minutos que utilizamos para estudar os cardápios em silêncio são torturantes. Eles são, absolutamente, os dois minutos mais demorados e constrangedores da minha vida. Sinto a pressão se acumulando em Daisy, quase como se ela corresse o risco de explodir enquanto não estivesse conversando.

A garçonete chega para anotar os pedidos e, em seguida, Daisy pede licença para ir ao banheiro. Rezo para ela mandar mensagem para alguma amiga implorando que ela a ajude a escapar deste fiasco de encontro.

Pego meu celular e escrevo para Chris.

> Zero química.

> Quê?

> Com a Daisy. Quer dizer, ficou imediatamente óbvio o porquê de ela estar solteira.

> Nossa, isso parece péssimo.

> Assim… Ela está supernervosa, falando muito do ex.

> Jura, cara? Que droga.

> Ela é gata e tal, mas não rolou clima nenhum, e ela está tão nervosa que chega a ser constrangedor.

> OK, tenho que ir.

De início, imagino que ela vá voltar logo, então, espero alguns minutos, depois mais cinco. Nossa garçonete traz pão, e eu belisco uma fatia, a cabeça longe, ainda esperando.

Mais alguns minutos se passam, e não há sinal de Daisy.

Com os dedos nervosos, pego o telefone de novo. Além de uma última mensagem do Chris, um simples "Até mais", não há nada. Nada de e-mails. Nada de mensagens de voz. Meu polegar paira sobre o ícone do IRL.

Abro o aplicativo, atraído pelo "1" ao lado da minha caixa de entrada. A mensagem é longa e íntima, e um pouco verborrágica também, mas, assim que termino de ler, volto ao início e a leio de novo.

A mensagem é como um vômito de palavras, mas, apesar disso, é cativante para caralho. Será que estou assim tão carente de uma honestidade tão crua? Provavelmente sim, um pouco. Amo meus amigos, mas às vezes sinto que não aprofundamos muito nossa intimidade, e, sempre que leio uma mensagem da Catherine, é como se eu estivesse tomando uma garrafa d'água num gole só, ou enfiando um punhado de batatas fritas na boca. Eu devoro tudo.

— Reid?

Olho para cima e o sorrisinho bobo na minha cara se desfaz. Eu estava sentado aqui, lendo uma mensagem de outra mulher, sendo que tenho quase certeza de que está bastante visível que essa mensagem veio do mesmo aplicativo no qual eu conheci *esta* mulher, e não faço ideia de quanto tempo faz desde que ela está em pé aqui, ao lado da mesa.

Com a bolsa pendurada no ombro. Rapidamente eu também me levanto.

— Daisy... Você está bem?

Ela balança a cabeça.

— Não estou me sentindo muito bem. Acho que fiquei nervosa demais com este encontro.

Procuro por sinais de mentira, mas não vejo nenhum. De qualquer modo, se ela resolvesse mentir, provavelmente diria que sua amiga precisa de uma carona de emergência ou que seu cachorro teve uma convulsão.

— O que posso fazer para te ajudar a ficar menos ansiosa? — pergunto, e não sei dizer se a ânsia para a acalmar se dá pelo fato de que fui pego lendo uma mensagem de Catherine ou pelo fato de Daisy parecer tão genuinamente vulnerável. — Eu entendo, de verdade. Também estou fora da pista já há algum tempo. Mas eu sou o mesmo cara com quem você conversou *on-line*.

— Você é o mesmo cara que conversou com várias mulheres, pelo que me parece. — Ela acena para o celular, que está na minha mão.

— Não é o que todo mundo faz? — pergunto gentilmente. — Quer dizer, a gente entra nesses aplicativos de namoro... Enfim, desculpa. *Isso*, de olhar meu telefone enquanto você estava no banheiro, não foi muito legal da minha parte.

— Não, tudo bem. Eu demorei um pouco.

— Está tudo bem...

— Acho que não estou pronta. — Ela dá um passo em minha direção, como se fosse me abraçar de novo, e quase consigo enxergar sua linha de raciocínio: ela começou o encontro com um abraço, deu tudo errado muito rápido, então ela não quer me dar outro abraço. Daisy estica o braço para apertar minha mão.

— Bom, se você mudar de ideia, estarei aqui — digo, soltando sua mão.

Porém, assim que ela sai do restaurante, percebo que isso não é verdade.

Não me levanto para ir embora de imediato, em parte porque sinto que devo permanecer aqui mais um pouco caso ela esteja surtando em seu carro, e em parte porque estou faminto e o frango daqui parece ser delicioso. No final das contas, janto sozinho, ignorando os olhares inquisitivos dos outros clientes, já que há dois pratos na mesa. Quando termino de comer, peço para levar o linguine da Daisy para viagem.

Ao sair do carro, percebo que são só nove da noite e ainda não quero ir para casa. Qualquer esperança que eu tinha de hoje à noite trazer a resposta para meu conflito Catherine/Millie se esvaiu, porque a Daisy não combina em nada comigo. Eu gosto de transar com a Millie e adoro ficar perto dela. Sua lealdade, sua esperteza e a forma como ela sabe exatamente quando nós precisamos ser resgatados demonstram a profundidade de sua inteligência. No entanto, eu detesto o fato de ela viver numa bolha e não confiar em nenhum de nós para lidar com as *suas* verdades delicadas. E ainda mais deprimente é a constatação de que, no quesito emocional, ela não vai muito mais fundo do que eu já presenciei. Honestamente, não consigo acreditar nisso.

Não sei bem por que dirijo direto para a casa dela. Digo, antes de todo o sexo, teria sido natural ir até lá após o trabalho ou um encontro fracassado. Nós arrancaríamos nossos sapatos, colocaríamos os pés sobre a mesa de centro e veríamos um filme, ou tomaríamos cerveja e jogaríamos cartas. Eu não precisava de mais do que isso; era tudo perfeito.

Mas agora parece que há algo a mais, algo que eu não apenas quero, mas estou começando a sentir que preciso ter.

Pergunto-me se, depois da primeira vez em que transamos, caso algum de nós tivesse dito: "Eu gostaria de tentar um relacionamento com você", teria mudado o rumo das coisas e eu não estaria agora comparando tanto a disponibilidade sexual dela com sua intimidade emocional. O que acontece quando falo com mulheres pela internet e avalio minhas interações com elas? Por que isso faz uma lista surgir na minha cabeça, concedendo o mesmo grau de importância a todos esses fatores, fazendo-me esquecer que todos temos pontos fortes e fracos e que ninguém inicia um relacionamento com total segurança?

Não tenho um plano em mente. Estaciono, subo os degraus da varanda e bato na porta. Talvez eu possa transformar o Desastre de Daisy numa comédia ou pedir a Millie para remover essas questões existenciais de namoro comigo, mas algo no rosto dela ao abrir a porta me desarma. Demoro alguns segundos para registrar que ela está aliviada por eu estar aqui, por eu não ter ido para casa com Daisy.

Suas bochechas coram e percebo que ela está levemente embriagada, ela arruma o cabelo atrás da orelha, e eu viajo de volta no tempo tentando me lembrar de quando foi a primeira vez em que reparei nos pequenos detalhes, como a covinha que ela tem no canto da boca, e seu olho esquerdo, que é alguns tons mais escuro do que o direito, além do fato de ela respirar pela boca quando está nervosa.

Ficamos parados ali, um encarando o outro, até que ela ri, abre um sorriso enorme, e parece que o brilho do sol está saindo dele, o que me faz rir também.

— E aí, foi horrível? — ela pergunta, bem eufórica.

— Tenebroso.

Sua mão pousa sobre meu peito e se fecha, formando um punho ao redor da minha camisa, e é como se eu estivesse num filme antigo, sendo puxado pelo pescoço, a porta batendo atrás de mim.

— Sério?

Eu sorrio contra os lábios dela.

— Faz sentido eu dizer que, assim que olhei para ela, eu a enxerguei por inteiro, numa única olhada?

Ela me puxa de novo, agora mais ávida. Na primeira vez, nós fomos doces, carinhosos, falantes. A segunda vez teve mais a ver com calor e paixão, repletos de uma sensação de que estávamos nos livrando de algo em nossos sistemas. Hoje, porém, é tudo urgente e imediato: a boca de Millie cobre a minha no mesmo instante em que ela começa a levantar minha camisa. Acho que eu já desabotoei a camisa dela e joguei sua calça no chão antes mesmo de o motor do meu carro ter esfriado.

Estamos nus, tropeçando pelo corredor, até que pedimos arrego e nos apoiamos na parede, onde eu a levanto, abraçando-a com força, envolvendo-a num turbilhão ofegante de movimentos. Continuo até ela gozar, até ela se tornar um peso mole e desossado em meus braços trêmulos.

Ponho-a no chão com cuidado, beijando a cicatriz em formato de lua crescente em seu ombro.

— Você veio até aqui para isso? — ela pergunta, a fala arrastada e sonolenta.

— Eu vim até aqui por você.

Há tanta verdade incrustada em minhas palavras que fico surpreso quando ela ri, uma única risada sem fôlego. Não sei se isso significa alívio ou descrença.

— O que a gente está fazendo, Mills?

Ela ri de novo, beijando meu pescoço, sugando-o bem do jeito que eu gosto. Do jeito que ela *aprendeu* que eu gosto. Já fizemos isso três vezes, não é mais acidente.

— Sexo, Reid.

E é isso: as palavras arrogantes, sim, mas também o tom leviano que faz um gongo dissonante tocar em minha cabeça. A resposta dela é como um marshmallow: algo com forma, mas desprovido de volume. Eu queria uma resposta melhor, talvez até um "Eu não sei", pelo menos isso teria aberto margem a uma conversa, ou no mínimo demonstrado que ela está tão confusa e afetada por toda a situação quanto eu estou.

Dou um passo para trás, examinando seu peito corado, suas pernas fracas, seu sorriso de saciamento. Virando-me para o outro lado, vou até a sala, pegando minhas roupas para sair.

— Você pode ficar aqui — ela diz, atrás de mim. O alívio jorra quente em minha corrente sanguínea, até ela acrescentar: — Tenho que dar um pulo no escritório para pegar umas coisas, mas você é bem-vindo para esperar.

Diante disso, só posso rir.

— Não venha com essa carência para cima de mim, Mills.

— Ah, não precisa ter medo disso — ela responde, e a frase não soa como uma piada; ela parece estar sendo sincera. É como se ela realmente não entendesse por que seria estranho sair logo depois de termos transado, o que seria uma total falta de tato emocional, e esperasse que eu ficasse aqui aguardando sua chegada. Eu poderia ir com ela ao escritório para lhe fazer companhia ou até trabalhar um pouco no laboratório, mas ela não quer e nem *espera que* isso aconteça.

Estou me sentindo metade avoado e metade machista por ter presumido que sexo recorrente com a Millie, em algum momento, passaria a ter um significado que fosse além do sexual para ela, mas não sei se isso vai acontecer algum dia.

— Estou de boa, Mills. Vou para casa.

A PORTA DO CARRO FECHA COM FORÇA e deixo minha cabeça descansar sobre o encosto do banco. Pós-sexo, sinto-me como uma luva usada, um cobertor quente, uma almofada para o corpo: leve, aquecido e saciado. Mas por dentro, num lugar mais profundo, estou retorcido em um nó de angústia.

Eu *quero* a Millie. Acho que estou me apaixonando por ela, mas ela parece não me enxergar dessa maneira.

Mando uma mensagem para o Chris.

> Tá em casa?

Tô.

Posso dar um pulo aí?

Claro.

***

A sala dele está bem iluminada, e da rua consigo vê-lo de pé atrás do sofá, de frente para a televisão, mexendo em alguma coisa. Ele olha para cima quando ouve meus passos nas escadas e abre a porta.

Eu sequer permito que ele dê um pio:

— Vou te contar umas merdas, e você tem que prometer que não vai surtar.

Ele me fita, largando o controle remoto no sofá.

— Lá vem.

— É sobre a Millie. — Dou uma pausa, e ele aperta os olhos. — É sobre mim e a Millie — concluo.

— Millie… — ele diz — e você… Tipo… — Suas sobrancelhas se erguem. — Ah…

— Três vezes. — Eu paro de falar, limpando o rosto com a mão. — Não, foram seis vezes. Mas em três ocasiões diferentes…

— Espera aí. Você está me dizendo que vocês transaram mais de uma vez todas as vezes?

— É, bom, o fato de eu ter transado com a Millie é a parte que eu esperava que fosse chocante. — Dou uma pausa. — Mas, não, teve uma noite em que foram três vezes.

— O que é chocante é a porra da sua virilidade, meu caro.

Eu resmungo.

— Chris…

— O que eu estou querendo dizer é que a gente não tem mais vinte e poucos anos.

Pressiono as mãos sobre os cabelos, desejando poder enfiá-las na cabeça com a mesma facilidade e mexer em tudo ali dentro até as coisas fazerem sentido.

— Mas ela não gosta de mim desse jeito.

— Ela… — Ele franze o nariz e me lança um olhar suspeito. — É o quê?

— Não, não é isso! Quer dizer… Ela gostou do sexo, nós dois gostamos, mas ela não quer *mais* do que isso.

— Você tem certeza?

— Eu *sinto* isso.

Ele ri de novo.

— Ah, cara… Eu não acho que dá para presumir esse tipo de coisa, especialmente quando se trata da Millie.

— E de que jeito você acha que eu vou descobrir alguma coisa? — Caminho casa adentro, até a cozinha dele, e pego uma cerveja na geladeira. — A gente se diverte juntos, e o sexo é… Meu Deus, o sexo é inacreditável, mas quando eu tento imaginar um relacionamento de verdade… Tipo, a gente conversando sobre sentimentos, objetivos e medos…

Diante disso, Chris começa a gargalhar com vontade.

— Então você entende o que eu estou falando.

— É, cara, entendi o que você quer dizer.

— E aí tem a Catherine — prossigo, e Chris dá um assobio grave e longo. — Eu não a conheço pessoalmente, mas *on-line* é como se… A gente se encaixa, sabe? A gente fala sobre tudo: família, trabalho, vida… É *muito bom*. Sinto que a gente tem tudo a ver.

— Então chama ela para sair.

O tom dele diz: "Qual é o problema?".

— Hoje o encontro com a Daisy foi uma droga. Aí eu fui direto para a casa da Millie.

— Ah! Deixa eu adivinhar…

Faço que sim com a cabeça.

— É… — Dou uma coçada no queixo. — Eu quero ficar com a Millie.

— Então diz isso para ela.

— Mas se ela não quiser ficar comigo, isso vai deixar um clima esquisito entre a gente.

Chris dá de ombros.

— Esquisito como? Por acaso agora está tudo normal?

Dou um grunhido.

— Talvez você também queira ficar com a Cat depois de conhecê-la — ele sugere, cheio de esperança.

— Não consigo me imaginar querendo alguém tanto quanto eu quero a Millie. Eu só quero que ela seja mais…

Chris puxa uma cadeira do balcão e encara o piso por um tempo.

— Sei lá, cara. Essa história da Millie não me surpreende. Eu meio que presumi que vocês já tinham saído há algum tempo e tirado isso do seu sistema. Mas se você está gostando, eu não posso te dizer para desistir só porque a Millie não é exatamente a pessoa mais profunda do mundo no sentido emocional. Acho que talvez ela possa chegar lá com você.

— Então você *acha* que eu deveria dizer a ela como me sinto?

— Pois é, então… — ele sugere, erguendo uma mão. — Eu já vi sua cara logo depois de ler uma mensagem da Cat. Por que não explorar isso?

— Então você acha que eu devo chamar a Cat para sair?

Chris olha para mim.

— Você quer que eu desenhe um mapa? Não dá para calcular uma saída. Porra, Reid…

Lanço minhas mãos ao ar.

— Eu só não sei qual é a melhor decisão!

Ele se levanta e também pega uma cerveja.

— Quer saber o que eu acho? Chama a Cat para sair, vê como vão ser as coisas. Se for ruim, seja porque não tem química ou porque você sabe que quer a Millie, pelo menos você vai ter certeza. Aí você vai ter que contar para ela.

De: Reid C.
Enviado às 01:28 do dia 7 de abril

Não sei nem te dizer o quanto a sua última mensagem me fez sorrir, bom, pelo menos o final dela. Não que as coisas que você me contou sejam engraçadas, mas esse fluxo de consciência é revigorante.

Eu também estou solitário. Conheço bem esse sentimento, e a quantidade de energia de que precisamos para fazer algo a respeito às vezes me parece inatingível. Sério, eu me sinto tão sozinho… Não é que eu ache que sou necessariamente ruim em pedir por aquilo que quero, é só que não consigo encontrar isso em lugar nenhum. Mas parece que você tem um bom grupo de amigos, e eu, enquanto alguém que também tem bons amigos, posso lhe dizer que o fato de precisarem de você é uma parte muito importante para se conectar com as pessoas. Tenho certeza de que, se você pedisse mais deles, eles a ajudariam. Poderiam até te surpreender.

Sinto muito pelo que está havendo com seu pai. Não sei o que eu faria se alguma coisa acontecesse com os meus pais. Você já perdeu sua mãe, e agora seu pai está doente, é claro que você está se sentindo emocionalmente dispersa e sem filtro (embora eu nunca vá te perdoar pelo uso da expressão *diarreia emocional*). Pode divagar comigo sempre.

Dito isso, sua mensagem transformou minha noite num tumulto, e não sei o que posso fazer além de contar o que aconteceu. Você sempre foi honesta comigo, então vou continuar sendo honesto com você.

Hoje eu fui a um encontro com outra mulher. Você também deve estar falando com várias pessoas, então não sinto a necessidade de dar maiores explicações sobre isso, mas tenho certeza de que você vai entender que aquele não era o momento de ler uma mensagem do IRL (a sua). Essa mulher, que vamos chamar de D.D. (piadas à parte), foi ao banheiro e passou um bom tempo lá. Eu fiquei inquieto, comecei a ler sua mensagem, estava totalmente absorto na minha segunda leitura, e aí me dei conta de que ela estava parada ao meu lado, esperando eu olhar para cima para me dizer que estava indo embora.

Nem preciso dizer como isso foi constrangedor.

Depois do encontro, fui até a casa da minha amiga, já falei dela para você, é uma das minhas amigas mais próximas, e nós nos tornamos um pouco mais do que amigos nos últimos meses. De novo: estou apenas sendo honesto. Bem, nós fizemos sexo de novo, mas, em vez de me sentir ótimo em seguida, eu me senti muito mal. Acho que meus sentimentos por ela são mais profundos do que os dela por mim, e talvez eu tenha a esperança de que os sentimentos dela evoluam, mas nós dois sabemos que isso não vai acontecer.

Ela é maravilhosa, e eu sinto como se nós nos conhecêssemos de trás para a frente, mas aí ela fala alguma coisa aleatória e passa a impressão de que, na realidade, eu não a conheço tão bem assim. Quando tentei perguntar a ela, nesta noite, o que estava acontecendo entre nós, ela respondeu da maneira mais despreocupada possível: "estamos só fazendo sexo".

Espero que isto não esteja te chateando. Ou talvez eu espere que incomode um pouco, porque vai significar que você tem sentimentos por mim como eu acho que tenho por você. Apesar de querer que tudo dê certo com essa amiga, eu também fiquei com um pé atrás, porque não queria descartar a possibilidade de você ser mais compatível comigo do que ela. Mas o fato de não te conhecer pessoalmente, enquanto eu a conheço, torna mais fácil esperar que a minha situação com ela comece a se desenvolver, a ir a algum lugar. E se eu te encontrar, e a gente se divertir, mas a conexão que temos pelas mensagens se dissipe pessoalmente?

No final das contas (e, bem, chegamos mesmo ao final de um dia bastante longo), eu preciso saber. Adoraria te encontrar, jantar com você, e passar um tempo só conversando para ver se vale a pena iniciar alguma coisa. Isto não é um ultimato, nem um encontro feito apenas para descartar uma possibilidade. Eu só preciso saber se o motivo pelo qual as coisas ainda não se acertaram com a minha amiga é o fato de que a pessoa certa para mim ainda está por aí.

Me liga?

(805) 555-8213

— Reid.

CAPÍTULO TREZE

Millie

Encaro meu celular até a tela ficar preta por falta de atividade. Meu reflexo me encara de volta: as sobrancelhas arqueadas, os lábios com os cantos virados para baixo, minha expressão um misto de apavorada, perplexa e magoada. O e-mail do Reid é o equivalente a uma granada emocional explodindo na minha cara.

São só seis da manhã. Ainda não tomei café e minha cabeça está girando, nem sei por onde começar.

Reid se sentiu mal depois de termos feito sexo? Como alguém pode ler isso e não se sentir devastado? Devo admitir que o clima estava estranho entre nós, mas eu estava em casa havia cinco minutos, tendo chegado logo depois de desabafar tudo para Ed e Alex, e o encontrei na minha porta. Não deu tempo de processar nada. Eu nem sabia se ele tinha lido minha carta, a única coisa que eu sabia é que ele não estava com *ela*.

Eu não estava raciocinando quando o puxei porta adentro pelo corredor, só senti o momento, como nós ficávamos bem juntos, além de um alívio esmagador por ele estar comigo, e senti que eu não queria que ele fosse embora. Depois veio a pergunta: "O que a gente está fazendo, Mills?", e foi como se eu estivesse sendo interrogada de novo durante a defesa da minha dissertação, e, honestamente, eu não sabia o que responder. Entrei em pânico, fiquei esquisita, e ele saiu. Até a Millie Mutante Emocional está ciente de que a culpa é inteiramente minha.

"Você é péssima para compartilhar assuntos pessoais. Você sabe disso, né?"

"Por que você tem que ser tão enigmática?"

"Fala sério, Mills... Todo mundo sabe que você guarda as coisas para si mesma."

Eles não estão errados, nunca fui boa em me abrir. Eu tinha acabado de fazer doze anos quando mamãe levou Elly e eu para tomarmos sorvete e nos disse que estava doente. Ela se foi muito rápido depois disso. Parecia que, num dia, ela estava explicando cuidadosamente o que a palavra "câncer" significava, e, no outro, ela já estava conectada a todos os tipos imagináveis de tubos e fios. O cheiro forte de hospital e antisséptico substituiu o aroma constante de perfume que emanava dela todas as manhãs.

Mais perto do fim, papai nos manteve a uma distância segura.

— Não preocupem sua mãe — ele dizia. — Não vamos dar a ela mais um motivo de estresse.

E nós obedecemos: dissemos a ela que estava tudo ótimo na escola, que estávamos felizes, que a amávamos, que não precisávamos de nada. Eu guardei as coisas que queria muito contar à minha mãe para quando ela melhorasse, não a preocupei com os detalhes de uma briga que tive com a minha amiga Kiersten, ou com o fato de o senhor Donohue ser o professor mais cruel da escola; isso tudo ficaria para depois.

Mas aí ela morreu, e eu não tinha mais ninguém para contar nada daquilo. Apesar da dor da saudade, eu descobri que a vida continuava. Minhas verdades mais secretas não estavam implorando para serem reveladas; eu estava conformada por manter tudo dentro de mim.

Deixar meus sentimentos de lado e, em vez disso, ser uma boa ouvinte se tornou um hábito. Na faculdade, eu li em algum lugar que, se deixarmos alguém falar sobre si mesmo durante muito tempo, esse processo envia os mesmos sinais neurológicos de prazer ao cérebro do locutor que comida ou dinheiro enviariam. Naquela altura, eu já tinha involuntariamente explorado esse fenômeno durante vários anos.

Qualquer indivíduo que precisasse de algo mais pessoal de mim, desistia, e aqueles que se mantiveram próximos aprenderam a me deixar assumir a frente metafórica quando as conversas se aprofundavam muito. Eu sou perita em saber a hora perfeita para mudar de assunto ou contar uma piada.

Isso deve ter sido bastante conveniente para o Dustin. Eu era uma namorada tranquila, porque nunca queria analisar nada. Nós raramente brigávamos, posto que nenhum dos dois estava de todo interessado no relacionamento. Ele estava feliz por poder manter seu status e nunca me pediu para sair da minha zona de conforto.

Reid, por outro lado, sempre foi duro comigo. E, assim como minha irmã, ele basicamente já está de saco cheio. Isso é um verdadeiro testamento, à minha deformidade emocional, de que eu sou capaz de exaurir até as melhores pessoas.

Eu releio a mensagem dele para Cat, e dói mais do que deveria. Para ele, Catherine é outra mulher, não a Millie. Ele está falando de tudo aquilo com outra pessoa, não comigo. Eu não tenho nenhum direito sobre o Reid, nenhum direito de ficar chateada por ele se perguntar se outra mulher pode ser mais adequada do que eu. Então, por que me sinto como se alguém tivesse puxado o tapete sob meus pés? Ele disse a uma completa estranha que acha que não me conhece.

No entanto, eu posso culpá-lo por isso?

Penso em seu sorriso favorito, aquele sorriso paciente que diz que ele está exasperado, mas também encantado, e me ama de qualquer maneira. Comparo essa expressão àquela de ontem à noite, quando ele foi embora. Os olhos cansados e a decepção estampada em seu semblante, a carranca que fechou mais e mais, até se assemelhar a algo rígido e desconhecido.

Agora ele quer se encontrar *com ela*, e eu não sei como ser ela com o Reid.

Estou completamente fodida.

O BAIRRO DE ED É COMPOSTO POR fileiras e mais fileiras de pequenos condomínios marrons, cada um uma cópia carbono do próximo. Há bicicletários comunitários em cada esquina; os mesmos arbustos estão plantados em cada quintal. Tenho certeza de que isso era para ser esteticamente agradável, mas, na realidade, é um pesadelo logístico. Se eu começar a cantar junto com a música tocando na rádio, ou se não prestar atenção, de repente me vejo numa rua aleatória, perguntando-me se eu deveria, afinal, ter virado na rua onde estava aquela árvore alta e esquelética ou na rua anterior.

É como agora: dirijo ao redor do bloco duas vezes antes de finalmente estacionar em frente ao condomínio dele, onde meu motor mergulha no silêncio. O caminho da minha casa até a dele não serviu para me acalmar muito. Permaneço no carro por alguns instantes e desejo ter uma máquina do tempo a fim de poder dizer à Millie do passado para ela não ser uma imbecil.

Verificando meu telefone, sou acometida por outro baque ao me dar conta de que Reid não me ligou nem me mandou nenhuma mensagem desde a noite passada. Honestamente, acho que eu nem deveria respondê-lo; não estou muito confiante na minha habilidade de enganar os outros no momento para forjar um bom desempenho em qualquer tipo de conversa normal, mesmo que ela venha em forma escrita.

É quase meio-dia, mas Ed abre a porta de roupão, segurando um controle de videogame. Normalmente eu encheria o saco dele por conta disso, mas, para meu infortúnio, também estou usando a calça do pijama e sequer me dei ao trabalho de colocar um sutiã.

— Você não é o entregador de pizza — ele diz após morder um biscoito recheado.

Esbarro nele ao entrar em sua casa, onde ouço Alex gritando com o videogame.

Em vez de sofás, Ed tem um conjunto de cadeiras "gamer" de encosto alto e reclináveis. Alex está sentado em uma delas e pausa a partida que está jogando, quando me vê.

— Mills, você veio jogar?

— Não, vim me lamentar e me punir — respondo. — Fui encurralada, gente. O Reid quer se encontrar com a Catherine.

— Por quê? O drama que você fez nas mensagens não o assustou? — Alex está debochando de mim, mas eu nem tenho energia suficiente para me dar ao trabalho de ligar para isso.

— Vocês tinham razão. Emoções deixam o pau dele duro. — Jogo meu telefone para ele e me atiro num pufe franzino no canto da sala.

Ed se levanta atrás dele, e eles examinam silenciosamente a última mensagem de Reid. Tento não decodificar o significado de cada uma das arqueadas de sobrancelhas de Ed e dos "caramba!" murmurados de Alex. É difícil não me sentir nua enquanto eles espiam minha tela, onde minhas maiores falhas estão dispostas em evidência.

Alex é o primeiro a olhar para cima.

— Ele mandou isso hoje?

Mastigo minha unha.

— Ontem à noite, enquanto eu estava dormindo.

— Ele quer se encontrar com você... Digo, com ela — Alex diz. — Puta merda.

Ed se endireita, virando-se para dar um puxão nos cabelos.

— Se eu não disser muita coisa, é porque estou gritando por dentro.

— Está bem, isso não é necessariamente um problema *tão* grande assim. — Alex olha para Ed, confuso. — A gente já sabia que, em algum momento, ele iria querer se encontrar com ela.

Alex está doce e descontraído.

O Ed doce e emotivo, por outro lado, atira-se na cadeira e limpa as mãos nas coxas, cobertas pelo roupão.

— É um problema, sim, Alex, já que *eles são nossos melhores amigos* e um deles está mentindo para o outro. Isso sem contar com o fato de que nós dois sabíamos. Somos cúmplices e instigadores.

— Isso não está ajudando. — Dou um gemido e afundo ainda mais na almofada. Os grânulos do pufe barato do Ed escolheram este exato momento para mudar de posição abaixo de mim, o que me dobra em duas e me faz rolar para o chão de uma forma constrangedora. Caio de cara, gemo mais uma vez e fico por ali mesmo.

— Nossa, isso foi deprimente. — Alex consegue segurar a gargalhada por uns cinco segundos.

Pelo menos Ed sente pena de mim.

— Vem aqui — ele diz, oferecendo a mim sua mão. — Vou te ajudar a levantar.

— Me deixa em paz — lamento, ainda com a cara no chão. — Meu lugar é aqui.

— Você não acha que está sendo meio melodramática? — Ed se ajoelha perto de mim, e eu cerro meus olhos ao ver um vago esboço de seu pinto por dentro do roupão.

— Melodramática em relação a quê? Aos sentimentos do Reid ou à versão de mim mesma que não existe? Ou será que estou sendo melodramática frente ao fato de ele achar que eu sou emocionalmente infértil? Não vamos nos esquecer aqui de que eu basicamente fiz *catfishing* com meu melhor amigo. — Eu me esforço para sentar. — Que ser humano faz esse tipo de coisa? Eu nem sabia o que era isso alguns meses atrás. Achava que era só o nome de um programa da MTV.

Felizmente, Ed se move para arrastar um engradado de leite pelo chão a fim de usá-lo como cadeira.

— Olha, não me interprete mal, porque você sabe que eu te amo, mas o que você esperava que fosse acontecer?

Quando solto outra lamúria em vez de responder, Alex logo se intromete.

— Isso, é isso que acontece. Segredos são cancerígenos.

— Obrigada, Alex.

Ele dá de ombros.

— Alguém tem que ser curto e grosso com você, quem mais poderia ser? Nós somos seus únicos amigos.

— Eu tenho outros amigos — respondo, indignada.

— Quem? — Ed pergunta, rapidamente acrescentando: — Baristas não contam.

— Você quer que eu cite nomes? — Tento dar uma risada, mas ela soa ofegante. — Posso te dar vários. Por exemplo, tem minhas amigas do trabalho. A minha irmã.

— Uma irmã que a gente nunca conheceu e de quem você nunca fala — Ed me lembra.

Abro a boca para protestar, mas não sai nada.

— E quanto a essas suas amigas do trabalho... — Alex continua —, por que você não nos apresenta a elas? Não estamos procurando pessoas para sair?

Mais uma vez, quero retrucar, mas não consigo. Tenho *conhecidos* no trabalho, pessoas com quem eu converso em reuniões de professores ou durante o almoço. E tenho amigas casuais, como a Avery, se bem que ela está mais para inimiga, mas há *outras*, que eu vejo na academia, gente com quem eu poderia esbarrar por aí. A verdade, no entanto, é que eu nunca fui muito boa em ter amizades genuínas. Em determinado momento, todas as minhas amizades com mulheres acabavam dando errado, e eu nunca soube consertar essas situações porque nunca aprendi a brigar. Sempre achei que uma briga indicava o fim de um relacionamento. Posso até estar mais velha e um pouco mais sábia nesse quesito, mas, ainda assim, sou terrível com confrontos.

— Eu nunca tive amizades muito profundas — admito, e detesto o modo defensivo com que dou de ombros. — Depois que a minha mãe morreu, a gente só... Não sei, só seguiu em frente. O lema do meu pai era "Não se preocupe com coisas pequenas. E todas as coisas são pequenas". Acho que, para ele, com a morte da mamãe, isso se tornou bem verdadeiro. Comparadas a isso, todas as outras coisas pareciam pequenas. — A realidade se desvela com meu desabafo. — E se eu sobrevivi à morte dela, posso sobreviver a tudo, não é? Qual é o sentido de remoer os problemas e fazer tempestade em copo d'água?

Ed se esforça para controlar sua irritação.

— Compartilhar os problemas não significa que você está fazendo *tempestade em copo d'água.*

— Eu sei, mas...

— Isso é para a gente saber quem você é. — Ele ergue uma mão para me impedir de responder. — Agora me diz cinco coisas importantes sobre o Reid.

Isso eu posso fazer. Abro um sorriso para os dois, e Alex rapidamente acrescenta:

— Não, mantenha a lista da cintura para cima.

— Está bem — digo. — Primeira coisa: ele ama seu trabalho. Ele genuinamente *ama* pesquisar sobre neurite ótica em pessoas com esclerose múltipla. Viram? Não sei o que isso quer dizer, mas sei que o Reid estuda esse assunto, porque ele vive falando disso. — Ed se aproxima, como se estivesse prestes a me explicar toda a ciência por trás da neurite ótica, mas eu ergo minha mão para impedi-lo.

— Segundo: ele ama os pais de paixão, e, mesmo quando reclama que a mãe está louca, e a única coisa que ele prefere a ficar em casa com a família é ficar no laboratório. — Eu me sento, ajeitando o pufe sob mim. — Ele morre de orgulho da Rayme, porque ela é inteligente, linda e autoconfiante, mas no fundo está aliviado por ela ter decidido tomar a frente no negócio da família em vez de ele ter que fazer isso.

— Essa foi boa — Alex aponta.

— Ele quer viajar mais — continuo. — E, hum... Ele é claustrofóbico.

— Viu só? — Ed pergunta. — Agora, se você me pedisse para dizer cinco coisas importantes sobre você, todas elas teriam a ver com assassinatos, arroto e Banco Imobiliário.

Eu rio, mas parece que a risada está saindo do corpo de outra pessoa, porque, de repente, Reid toma conta do meu cérebro.

Ele gosta quando dou mordiscadas em seu pescoço, penso, e minha barriga se enche de calor. *Ele gosta de passar tardes silenciosas vendo tênis no verão e gosta do café fervendo. Ele não gosta de torta de morango, mas ama torta de cereja. A banda favorita dele é "The Pixies", embora ver "Pink Floyd" ao vivo seja um dos seus maiores sonhos. Ele só passou a gostar de couves-de-bruxelas quando eu as cozinhei para ele. Ele corre um quilômetro e meio em seis minutos, dorme sobre o lado esquerdo, costuma esquecer de tomar café da manhã, ama minha risada, gosta de andar de mãos dadas, odeia quando alguém pega o celular enquanto ele está falando...*

Pisco os olhos quando Alex surge na minha frente.

— Alôôô!

— Desculpa, o quê?

— Eu perguntei o que você quer — ele repete.

— Além de uma máquina do tempo ou de entrar em coma alcoólico para não ter mais que pensar nesse assunto?

Ele sequer sorri.

Sinto como se minha vergonha fosse uma corda apertando meu pescoço.

— Está bem, não entendi a pergunta.

— Com o Reid — Ed esclarece —, o que você quer com ele?

A resposta começou a tomar forma quando acordei nesta manhã. Eu já sabia há alguns dias que não queria que ninguém mais ficasse com ele, mas isso não é exatamente o mesmo que querê-lo para mim, ou é?

Neste caso é.

No entanto, a ideia de admitir isso para o Alex e o Ed antes de falar tudo para o Reid soa... covarde.

— Ainda estou tentando descobrir — digo. — Só queria conversar com ele.

Alex se levanta e me puxa, e todos vamos até a cozinha desastrosa de Ed. Há umas seis tigelas de cereal na pia, bananas podres penduradas num gancho e maçãs enrugadas abaixo delas. A lixeira está transbordando, e, quando Alex abre a geladeira, a única coisa visível ali são os engradados de cerveja.

Antes que eu possa fazer algum comentário, Ed se planta em minha frente, franzindo a testa.

— Não me julga. Eu geralmente peço a minha comida.

— Bom, se algum dia você trouxer uma mulher aqui… — Começo a falar, apontando o resto do recinto com o braço. — Ela vai ficar horrorizada.

— Minha mãe vem me ajudar a limpar esta semana — ele diz.

Alex dá um sorrisinho.

— Acho que não foi isso que ela quis dizer com "trazer uma mulher aqui".

— Você já se ouviu falando? — pergunto a Ed, aceitando a cerveja que Alex me oferece.

Ele se senta num banco e toma um quarto da cerveja de uma vez só.

— A Selma ainda não me respondeu.

Nossa, pobre Ed…

— Espera. Então, depois de duas semanas de conversas maravilhosas, você disse que queria se encontrar com ela, e ela sumiu?

Ed acena com a cabeça, claramente chateado.

— Estou dando outros "matches", mas… — Ele dá de ombros e solta um arroto longo e barulhento. — Podemos voltar a consertar essa bagunça que você fez com o Reid?

— Bem, eu certamente não vou te ajudar a limpar a cozinha — digo.

— Então podemos…

— Talvez *você* devesse sumir — Alex sugere. — Quer dizer, a Catherine.

Franzo minha testa para ela.

— Como assim? Parar de responder?

Ed me encara e dá de ombros de novo.

— Até que não é má ideia, deve funcionar. Ele não pode sair por aí atrás dela. — Ele dá uma pausa, percebe que falou algo esquisito e acrescenta: — Não que *eu* pensasse em fazer isso.

Minha cerveja está intacta, e observo as gotículas de condensação escorrerem pela garrafa e formarem uma poça sobre a bancada. A ideia de alguém simplesmente desaparecer da vida do Reid, mesmo que essa pessoa seja eu, que ainda vou estar por perto, me desperta um instinto de revolta e proteção.

— Eu me sentiria mal de fingir que não sei de nada. E, se algum dia nós ficarmos juntos…

— Eu *sabia*! — Ed interrompe, apontando para mim e derramando cerveja. — Eu sabia que você queria ficar com ele!

— Disfarçou muito bem — digo secamente. — Quer dizer, se a gente for tentar isso mesmo, não posso passar a vida toda sabendo dessa história e escondendo dele.

— Ela disse "passar a vida toda" — Alex comenta com Ed com uma expressão suave e carinhosa. — Tipo, casar com ele.

— Alto lá. — Ergo uma mão e rio. — O Reid pode até não me perdoar nunca, mas não acho que vou conseguir manter esse segredo.

— Em geral, meu conselho seria o de seguir em frente — Ed diz. — No sentido de assumir a culpa pelo que fez e contar a verdade para ele. Mas você já aprendeu a lição, Mills. Contar a verdade vai resolver o quê? Ele vai só ficar magoado, e... — Ele hesita, e meu estômago embrulha. — Digo, não acho que ele chegaria a nunca mais falar com você, porque estamos falando do Reid, e ele é um cara legal para cacete, mas...

"Mas" o quê?

Mas...?

Ed deixa o comentário no ar, e meu cérebro tenta desesperadamente adivinhar o final da frase.

Ele é um cara legal para cacete, mas... "Mas isso é demais até para ele perdoar."

Ele é um cara legal para cacete, mas... "Mas seria muito trabalhoso para ele tentar se envolver romanticamente com você."

Meu coração segue o possível Reid do Futuro em ambos os cenários, e eu só quero gritar. Quantas mulheres sobre as quais eu escrevo achavam que eram boas pessoas? Quantos erros alguém precisa cometer antes de se tornar mau? Será que começa com uma mentirinha à toa, depois progride para fraude... ou pior? Será que faz alguma diferença agir errado por uma boa causa? Certo, de início, eu estava obviamente sendo competitiva, nada além disso, mas aí ser a Cat se tornou quase melhor do que ser a Millie, porque eu construí algo com o Reid, que nunca tive com mais ninguém, e acabei me apaixonando por ele.

Meu fôlego se esvai por completo enquanto essa expressão quica dentro da minha cabeça. Agora que o sentimento está aqui, não quero abrir mão dele.

Acabei me apaixonando por ele.

Eu sabia disso uma hora atrás? Ou ontem? Há quanto tempo estou me sentindo assim, mas não dei nome à sensação?

Minha crise existencial prevalece sobre a presença de Alex e Ed, então Ed me sacode para me trazer de volta à realidade.

— Você está ouvindo? — ele pergunta, acenando com a mão para mim, seus olhos iluminados, como se ele tivesse acabado de ter uma grande ideia.

— Estou — respondo, e tento retomar o foco. — Você estava dizendo que...

Ed franze a testa de um jeito que deixa seu semblante igual ao de sua mãe no dia em que ela achou um vibrador masculino na cozinha, pensou que era uma lanterna e passou uns cinco minutos tentando colocar pilhas nele, até eu me dar conta do que ela estava fazendo.

— A gente precisa se livrar da Catherine — ele conclui. — Fala para o Reid que ela conheceu alguém, que vai se mudar, qualquer coisa.

O Alex concorda.

Olho para o Alex, que sacode os ombros, evasivo.

— Mas aí a gente vai inventar uma mentira para explicar outra mentira — digo a eles.

— Sim — Ed concorda, fazendo uma pausa dramática. — Mas você pode acertar tudo agora. Tira a Catherine da história e *conversa* com ele. Diz para ele como você se sente, deixa ele te ver. É isso que ele quer, Millie. Você mesma já leu: ele *quer* que aconteça algo entre vocês. A Catherine é quem o está fazendo repensar isso, e ela é você! Dá para ele o que ele quer.

Começo a esfregar minhas têmporas. Será que eu posso dar ao Reid o que ele quer? Nem preciso pensar: certamente não quero perdê-lo.

— E como eu faço isso? — pergunto, quase fazendo uma careta, como se eu estivesse com medo de admitir para mim mesma que estou considerando essa hipótese. — O que eu digo para ele?

Ed e Alex se aproximam de mim, e ficamos os três amontoados sobre a ilha da cozinha.

— Diz que seu avô morreu e te deixou uma casa enorme de herança, mas aí você vai ter que morar lá e…

— Ed, isto não é um episódio de *Scooby-Doo* — Alex aponta, balançando a cabeça. — Vamos simplificar as coisas.

— É, simplificar é melhor mesmo. — Endireitando-se, Ed examina a cozinha, seus olhos se iluminando quando avistam a bolsa que carrega seu notebook. Assim que liga o computador, ele o vira para mim.

Ainda incerta, entro no site com a conta da Catherine. O botão de "responder" está quase pulsando na tela.

— Certo — Ed diz e engole em seco —, vamos fazer o seguinte…

CAPÍTULO CATORZE

Reid

Quando estou estressado ou preocupado, poucas coisas me acalmam mais do que ir ao laboratório e pegar lâminas do armário de algum aluno de pós-graduação para examinar sob o microscópio.

Meu aluno mais novo, Gabriel, está medindo espinhas dendríticas no córtex visual. Ele está começando a pegar o jeito do protocolo de coloração. Os fluoróforos estão nítidos em seu tom de verde brilhante. Ao examinar seus últimos experimentos, sou tomado por uma onda de orgulho, que ocupa o lugar da ansiedade que estava me assolando vinte minutos atrás.

Na escuridão do recinto, meu celular se ilumina com uma notificação do IRL: uma nova mensagem de Cat. Em poucos segundos, meu estômago está todo embrulhado. É agora: depois de tantas mensagens trocadas, finalmente vamos nos encontrar.

> De: Catherine M.
> Enviado às 17:54 do dia 7 de abril
>
> Oi, Reid.
> Tive que processar muitas informações ao receber sua última mensagem, e algumas coisas mudaram da minha parte, então tirei um tempo para encontrar as palavras certas.
> Primeiramente, quero lhe agradecer por ter sido tão honesto comigo e por ter se disposto a colocar todas as cartas na mesa. O que você disse sobre sua amiga não me chateou, pois sei bem como essas coisas funcionam. Admiro muito o fato de você ter ido direto ao ponto e compartilhado

o que quer e do que precisa. Isso é algo que eu mesma tenho que aprender a fazer.

Bem, já que estamos falando abertamente, é claro que eu também tenho conversado com outras pessoas on-line. Ontem mesmo eu tive um encontro com outro homem. Ele é alguém do meu passado e tudo correu muito bem. Tão bem, na verdade, que eu quero ver onde isso vai dar. Considerando a situação com a sua amiga, e a minha com esse homem, acho que seria melhor se parássemos de nos falar por um tempo.

Tenho certeza de que, se eu fosse você e estivesse lendo esta mensagem, pensaria que passei este tempo todo falando com um cara que mora em algum lugar no interior da Inglaterra e deve estar morrendo de rir, mas juro que sou uma mulher de verdade que estava bem-intencionada desde o início.

Enfim, queria dizer que espero que tudo dê certo com a sua amiga.

Às vezes, o que mais queremos está bem na nossa frente e nós somos os últimos a perceber isso.

Cuide-se, Reid.

C.

Leio tudo de novo, porque não consigo processar a mensagem de uma vez só. Depois de tudo isso, todas as cartas, toda a honestidade, vamos acabar não nos encontrando?

O sentimento de perplexidade que me assola é quase impossível de descrever. Por um lado, para dizer a verdade, estou na mesma posição na qual me encontrava há um mês, quando toda a aventura começou: as coisas com a Millie estão confusas e não tenho nenhuma outra perspectiva de relacionamento. É claro que minha vida amorosa está estagnada, mas, tirando isso, estou bem em todos os sentidos.

Por outro lado, é como se eu tivesse acabado de levar dois foras.

Estou no meio da terceira leitura da mensagem da Cat quando a foto da Millie, uma que ela tirou e cadastrou nos meus contatos, uma imagem na qual ela está com um sorriso enorme no rosto, usando meu boné de beisebol e os óculos escuros do Chris, surge na tela.

Tenho vontade de rir: acabei de levar um fora da Cat e não falo com a Millie desde ontem à noite, então é claro que agora ela resolveu me ligar.

— Oi, Mills.

— Oi, Reidy. — Do outro lado da linha, a voz dela soa triste, ou nervosa, não sei qual dos dois. De qualquer maneira, ela está contida o bastante para que eu me pergunte se ela entende que o que aconteceu após a última transa não foi muito legal.

Diante do silêncio dela, tiro a lâmina do microscópio e a guardo novamente na caixa.

— E aí?

— Você pode vir aqui? — ela pergunta. — Para jantar? Ou eu posso ir até você? — Ela faz outra pausa e acrescenta: — Quero conversar.

— Conversar? — pergunto.

Millie nunca pede para *conversar*.

— É, sobre a gente — ela diz, limpando a garganta. — Sobre aquela noite. Quer dizer, a primeira noite, a segunda, na casa dos seus pais, e a terceira, que foi ontem. Sobre tudo.

Nossa, isso me pegou de surpresa.

— Claro. Chego aí em vinte minutos.

Ela dá uma risada trêmula.

— Sem pressa, preciso me embriagar um pouco antes.

Faço uma pausa, irritado, e, em meio ao silêncio, ela também para de falar. De repente, ela geme.

— É brincadeira — ela diz. — Nossa, eu sou horrível nisso. Reid, só vem, pode ser?

A PRIMAVERA ESTÁ CHEGANDO A SANTA BÁRBARA, trazendo o calor; o dia continua quente após o sol se pôr e, mesmo dentro do carro, o aroma das videiras florescendo no lado de fora da casa da Millie me traz uma sensação claustrofóbica.

No meio-fio, pego o celular e examino a foto de perfil da Catherine. Sinceramente, estou desapontado por ela ter encontrado outra pessoa e por estar interessada o bastante a ponto de parar de conversar comigo. Eu queria ter uma conexão tão profunda assim com alguém. Pensei que talvez a Millie e eu pudéssemos voltar a ser só amigos. Talvez a Catherine tenha sido a pessoa certa para mim, mas o perfil dela já foi desativado e não consigo mais acessá-lo. Só me restou aquela foto dela de sempre: ela de perfil, o ombro nu com aquela pequena cicatriz. Com o tempo, aprendi a gostar do fato de ela não se entregar por inteiro de cara, mas compartilhar muito mais do que o esperado em suas mensagens.

— Bom… — digo para mim mesmo no silêncio do carro —, acho que é isso.

Com o polegar pressionando o ícone do IRL, aguardo o aplicativo ser selecionado e o deleto.

Olho para cima e vejo que Millie está me esperando na varanda, as mãos entrelaçadas. Tudo aqui está estranho: ela está me aguardando do lado de fora, ela quer conversar, ela parece ansiosa, ela abre um grande sorriso ao me ver.

— Você está esquisita — digo ao subir o primeiro degrau da varanda.

— Eu sei, eu sei. — Ela limpa as mãos na calça jeans, e minha atenção se volta para seus braços descobertos e seu pescoço longilíneo e delicado. — Só vem comigo, estou muito nervosa. — Assim que ela vem até mim, um alívio imenso me toma. Estou chateado com a história da Cat, preocupado com a minha situação com a Millie e decepcionado pelo fiasco da Daisy. Mas a percepção de que estou prestes a receber um abraço me faz querer derreter em frente à porta da Millie.

Ela corre para os meus braços, envolvendo meu pescoço com os seus e me puxando para perto. Sinto-me à vontade, e, ao mesmo tempo, tenho uma sensação bizarra de *déjà-vu* que me faz querer apertá-la ainda mais forte. Este é o tipo de abraço que sucede uma briga ou um longo tempo separados. Sinto um alívio enorme e expiro sobre seu pescoço macio e seus ombros, contra os quais pressiono os lábios uma vez, depois mais uma, e mais outra, em cima de sua cicatriz desbotada.

Sua cicatriz.

Meu coração bate acelerado em meu peito como se quisesse me alertar, depois cede numa pulsação pesada e simbólica. Minha mente retorna a uma das mensagens de Cat:

O plano brilhante dela envolvia combinar com um dos funcionários da casa-fantasma para que ele me assustasse e me agarrasse por trás, e ai, meu pau...

Esse é o mesmo erro de digitação idiota do "ai, meu pau" que a Millie comete, a mesma cicatriz.

Dou um passo para trás, pressionando os olhos com as mãos. Não pode ser.

— Reid?

Tento ser objetivo e analisar os dados que tenho em mãos.

A mãe da Millie morreu quando ela era bem mais nova.

Aquela tal amiga, Avery, mencionou que o pai da Millie estava doente.

Agora tem a cicatriz, o erro de digitação, a piada com Banco Imobiliário, o filme *Viagem das Garotas*. E Cat resolveu se relacionar com outra pessoa assim que eu disse que queria me encontrar com ela.

A última frase ecoa em minha memória: *Às vezes, o que mais queremos está bem na nossa frente e nós somos os últimos a perceber isso.*

Que porra é essa?

— Reid? — A mão de Millie toca meu braço, pressionando-o levemente.

— Desculpa, estou meio tonto.

Fixo meu olhar nela, em seus olhos verdes, e tento juntar as peças. Quero virar seu rosto e pedir que ela olhe um pouco para baixo e para o lado. *Isso, assim mesmo. Preciso saber se você é ela.* Eu enlouqueci? Essa conexão é absurda? Não, eu sei que não é. Sei de imediato que Catherine é, na verdade, Millie. Sei, do mesmo modo que meu pai sabe que vai chover e minha mãe sabe o ponto em que seu pão está assado sem precisar contar o tempo.

E sei porque a verdade estava bem aqui o tempo inteiro.

A informação é quase nova demais para eu saber como lidar com ela. Estou de pé com ela na varanda, com a Millie, com a Catherine, percebendo que ela não é só minha melhor amiga e a mulher com quem tenho dormido, mas também a mulher com quem abri meu coração na internet.

Em meio ao caos da minha reação, que é um misto de vergonha, alívio, esperança e entusiasmo, não consigo me estabilizar.

É por isso que ela me pediu para vir?

Pisco várias vezes a fim de clarear a mente, então olho para ela.

Ela está preocupada; a linha em sua testa está mais marcada, seus lábios estão arqueados para baixo.

— Você está bem?

— Estou — digo, respirando fundo. Eu me apaixonei por duas mulheres, e as duas são ela. — Só fiquei um pouco zonzo.

— Entra — ela diz —, bebe uma água.

Sob essa perspectiva, tudo aqui parece novo. O sofá é o mesmo no qual ela provavelmente me escreveu como Cat. A cozinha, onde nos beijamos pela primeira vez... Eu também estava beijando a Cat. O quarto fica ao final do corredor, e no meio do caminho está a parede contra a qual transamos ontem à noite. Eu a deixei e imediatamente escrevi para outra mulher, que também era ela, e contei tudo.

Meu Deus, quero me lembrar de cada palavra que escrevi na última mensagem. O que exatamente eu disse a Cat sobre meus sentimentos? Eu disse que Millie me fez sentir péssimo! E Millie respondeu como Catherine dizendo que estava se envolvendo com outro.

Meu estômago embrulha.

— Reid, você está meio... verde.

— Não, estou bem. — Aceito a água que ela me oferece e bebo metade do copo antes de respirar de novo. — Sobre o que você queria conversar?

Ela dá uma risada nervosa e faz um gesto que indica que devemos nos sentar no sofá. Com as mãos sobre as coxas, ela diz:

— É. Isso. Então... Ontem à noite, depois de... — Ela gesticula vagamente com a mão em direção ao corredor. — Você sabe... *Ali...* Pensei que talvez eu tivesse feito algo errado.

— Tipo me cortar quando eu tentei conversar sobre o significado do sexo e depois sugerir que eu ficasse à vontade enquanto você estivesse no trabalho? — Até eu fico um pouco surpreso com essas palavras.

Millie ri, desconfortável, e passa a mão no cabelo.

— É. Isso. Acho que... Acho que eu estava surtando um pouco. Eu tinha *mesmo* que sair por alguns minutos, e achei que seria legal você estar aqui quando eu voltasse, mas o modo como falei soou muito... errado.

Eu me acomodo no sofá, fechando os olhos. Isto só pode tomar dois caminhos: Millie percebeu que estou me apaixonando por ela e termina o nosso relacionamento romântico, inclusive enquanto Catherine. Ou Millie percebeu que estou me apaixonando por ela e quer assumir a verdade sobre Catherine para podermos ficar juntos. Estou preocupado diante do fato de que não tenho ideia de qual caminho ela quer seguir.

De repente, sinto-me exausto.

— Está tudo bem, Mills.

— Não, não está — ela diz, baixinho. — Quero melhorar nessas coisas, aprender a me abrir, digo, eu acho que... — Ela faz uma pausa e me encara, depois revira os olhos para si mesma. — Acho que... Quer dizer, eu tenho certeza... de que eu quero...

— Desembucha. — Eu rio um pouco, tentando ser gentil frente à enrolação dela.

— Quero tentar ficar com você. Daquele jeito.

— *Daquele jeito*? — debocho.

Ela estica o braço e tenta beliscar meu mamilo.

— No sentido romântico, entendeu?

Eu fujo do alcance dela.

— O que pode ser mais romântico do que um beliscão no mamilo?

— Não é? — Ela abre um sorriso enorme que qualquer flor sairia da terra para ver. O alívio ilumina minhas retinas, ilumina tudo. — Então, isso é um "sim"?

Ela se aproxima de mim, e eu dela, e nossos lábios se encontram num beijo longo e terno.

Uma sombra escurece o ambiente.

Era isso, percebo. Ela não disse nada sobre fingir ser outra pessoa, não admitiu ser a Catherine.

Eu estou disposto a ignorar isso? De qualquer modo, se for para ficarmos junto para valer, ela vai ter que aprender a conversar comigo, aprender a *não mentir* para mim. Do jeito que as coisas estão, Millie e eu não temos nenhum histórico de termos ido mais a fundo do que estamos agora.

— Eu acho que quero a mesma coisa, mas preciso ser honesto com você. — Meu olhar encontra o dela e busca alguma falha nele. Ela está calma, mas vejo ansiedade em seu olhar. — Tinha outra pessoa — digo, reparando em como suas bochechas enrubescem levemente. — Cat, lembra?

— Sim, eu sei. — Ela dá de ombros. — Tudo bem. Eu também estava falando com outra pessoa.

Não, Millie. Não faz isso.

Eu a observo calmamente, e ela desvia o olhar.

— Ela era... — Deixo a frase no ar. Como posso descrever o lado vulnerável da Millie ao seu lado mais durão? — Ela era ótima, e achei que talvez tivéssemos alguma coisa. Ela *conversava* comigo sobre as coisas. Achei que estávamos virando amigos. E... — digo, passando a mão no rosto —, tenho que admitir: talvez eu quisesse mais do que isso. — Dou uma pausa e aguardo. — Mas ela saiu com outro homem e decidiu tentar uma relação com ele. Ela vai se mudar, e foi meio decepcionante perceber que não vou conhecê-la pessoalmente.

Pronto. Aproveita, Mills. Aproveita a oportunidade. Admite.

Fala a verdade.

— Você acha que os seus sentimentos por ela vão afetar...? — Ela começa e indica o espaço entre nós com as mãos. Cat falaria tudo de uma vez: *Você acha que os seus sentimentos por ela vão afetar o início do relacionamento comigo?*

Então por que a Millie não pode fazer isso?

— Não sei — respondo, honestamente. — Eu gostava da nossa dinâmica de honestidade e clareza e quero isso numa parceira. E vou ser franco, Mills, eu me sinto extremamente atraído por você, e isso chega a ser uma distração. Também adoro passar o tempo com você, mas preciso saber que você é capaz de conversar comigo sobre as coisas. Coisas que realmente importam para você.

— Eu sou — ela diz de imediato.

Tipo esta, penso.

— Preciso saber que você vai ser *honesta*.

— Eu posso ser. Eu vou ser. Sei que não sou tão boa em me abrir, mas é importante para mim melhorar nesse aspecto. — Ela pega minha mão e a beija. — Eu quero ser melhor para você.

Em seguida, como se um botão tivesse sido desligado, ela se levanta rapidamente e me puxa com a mão.

— Está com fome?

Percebo que ela não vai me contar sobre a Catherine, ela só vai deixar seu alter ego de lado e fingir que aquilo nunca aconteceu, o que é hilário, considerando que estamos falando sobre a habilidade dela de se abrir e ser honesta.

Enfio as mãos no bolso.

— Você se importa se a gente jantar outra hora?

— Você quer *ir embora*? — ela pergunta, e, ao perceber que sim, um pequeno V se forma em sua testa.

— Quero pensar mais sobre isso antes de seguirmos em frente. Você é minha melhor amiga, sabe… Acho que é melhor ter certeza de que estamos prontos.

Millie tenta esconder uma reação mais profunda, mas eu consigo ver um lapso dessa reação quando Mills respira.

— Claro — ela responde. — É claro. Estou jogando tudo isto em cima de você do nada. — Ela passa a unha pelo tecido do sofá. — Eu entendo.

Eu me aproximo dela, plantando um beijo em sua bochecha e saindo de sua casa de um jeito robótico, descendo os degraus e entrando no carro.

— Reid! — ela chama.

Eu me viro, e sinto que meu estômago se dissolveu.

— Oi!

Ela me fita por alguns segundos.

— Tem certeza de que você está bem?

Ela *sabe*. E ela sabe que eu sei. Eu a encaro de volta.

— Não tenho certeza — respondo honestamente antes de entrar no carro.

Depois de tudo isso, a maior sensação que tenho é a de mortificação: eu fui manipulado. Millie tem dormido comigo e me escrito como se fosse outra mulher, e provavelmente nunca teve a intenção de me contar nada. Ela acha que eu não descobriria a verdade. O que ela ganhou fingindo ser Catherine? E, se ela quer mesmo ficar comigo, ficar comigo *de verdade*, por que ela acha que pode começar tudo com uma mentira?

Recosto-me no banco, ligo o carro e inspiro profundamente, tentando não voltar para confrontá-la, tentando não tirar conclusões precipitadas. Ao sair de perto do meio-fio, mantenho as mãos firmes no volante e tento não pensar em nada, a não ser na estrada à minha frente. Certamente não quero pensar no fato de que posso ter acabado de perder minha melhor amiga.

REID CAMPBELL
Estou começando a gostar da ideia de casamento arranjado.

CHRISTOPHER HILL
Cara, é só um jantar.

STEPHEN (ED) D'ONOFRIO
Quem vai casar?

EL CABRÓN[10]
O Reid está sendo retórico, seu idiota

STEPHEN (ED) D'ONOFRIO
Espera. Quem é esse? O Alex?

EL CABRÓN
É.

STEPHEN (ED) D'ONOFRIO
Que porra aconteceu com o seu nome?

EL CABRÓN
Eu saí com uma garota do departamento de Tecnologia da universidade e não deu muito certo.

CHRISTOPHER HILL
Então agora todas as suas informações se referem "ao babaca"?

EL CABRÓN
Basicamente.

REID CAMPBELL
E-mails também?

EL CABRÓN
Tudo. E-mails, SMS, chat, meu nome no portal dos professores, no site do departamento…

CHRISTOPHER HILL
Cacete, isso é hilário

EL CABRÓN
Meu admin não acha. Mas ele que conserte isso, não vou até lá.

---

10. Em espanhol, El Cabrón significa O Babaca.

CHRISTOPHER HILL
Quero conhecer essa mulher.

REID CAMPBELL
Eu também

EL CABRÓN
Não, não querem, confiem em mim.

REID CAMPBELL
Pelo menos ela quis te conhecer pessoalmente.

STEPHEN (ED) D'ONOFRIO
Ih… As coisas não vão bem com a Catherine?

REID CAMPBELL
Namorar aos vinte e poucos anos era ótimo. Namorar aos trinta e poucos é uma droga.

EL CABRÓN
Vocês estão esquecendo que A GENTE NÃO PRECISA LEVAR ACOMPANHANTES PARA O EVENTO

REID CAMPBELL
Eu sei.

REID CAMPBELL
Sei que a gente se deixou levar por essa história de namoro, mas acho que já estava na hora mesmo de começar a nos relacionarmos com outras pessoas

EL CABRÓN
Bom, eu JÁ COMECEI.

CHRISTOPHER HILL
E as coisas estão indo claramente muito bem pra você, El Cabrón.

REID CAMPBELL
É, rola muita ação na câmara escura

CHRISTOPHER HILL
Quê?

EL CABRÓN
Estou vendo que o Ed andou falando demais.

STEPHEN (ED) D'ONOFRIO
Ah, foi mal, era segredo?

EL CABRÓN
lol

REID CAMPBELL
Podemos nos encontrar hoje mais tarde? Com uma cláusula de sigilo?

EL CABRÓN
Claro, se precisar mesmo de uma cláusula…

CHRISTOPHER HILL
Não quer se encontrar no almoço?

REID CAMPBELL
Não, prefiro um lugar com bebida. Hoje, no Red Piano, às 20h?

STEPHEN (ED) D'ONOFRIO
Acabei de perceber que a Mills não está aqui. É papo de homem?

REID CAMPBELL
Com certeza.

O bar tem a mesma atmosfera escura e tranquilizadora da sala dos microscópios, com o benefício extra das bebidas alcoólicas. Já estou na segunda cerveja quando Chris aparece, seguido por Alex e, dez minutos depois, Ed, que parece não ter reparado no fato de que ainda há um par de óculos de proteção em sua cabeça.

— Desculpa pelo atraso — ele diz, e leva um susto quando Alex retira os óculos cuidadosamente de seus cachos bagunçados.

— Correu tudo bem? — Sei que ele estava ajudando Gabriel hoje com um experimento que eles vinham planejando há semanas. Basta uma olhada para Ed a fim de que eu chegue à conclusão de que talvez eu não queira saber como foi. — Deixa para lá, depois você me diz.

Ele passa a mão no cabelo e pega o cardápio de cervejas.

— É, boa ideia.

— Certo. Então... — Começo, fitando a espuma remanescente em meu copo gigante ainda meio cheio. — Estou me sentindo um pouco babaca fazendo isto. Digo, falando do assunto aqui. Mas preciso de conselhos, de todos vocês, porque acho que cada um vai me dizer uma coisa diferente.

Alex se ajeita na cadeira e olha para Ed.

Chris é o único que está olhando diretamente para mim.

— Claro.

— O Chris já sabe disto... — continuo —, mas, um ou dois meses atrás, eu e a Millie dormimos juntos.

Ninguém reage. Não há suspiros ou manifestações de surpresa, apenas expressões normais e silêncio. Aparentemente, Chris não era o único que presumia que eu e Millie já tivéssemos feito isso.

— Aconteceu de novo na casa dos meus pais — prossigo. — E mais uma vez há umas duas noites.

Alex acena devagar com a cabeça.

— Beleza?

— Mas, nesse meio-tempo, eu estava conversando com a Daisy, o que, aliás, não deu certo quando nos encontramos pessoalmente, e com a Catherine. — Tomo um gole rápido e volto minha atenção para a mesa. — Quando saí da casa da Millie, na última noite, eu estava meio confuso sobre o que estava acontecendo entre a gente e mandei uma mensagem para a Cat contando tudo.

Ed tosse na mão.

— Eu disse para ela que estava gostando de uma amiga minha, a Millie, mas também falei que queria encontrá-la. Encontrar com a Cat, quer dizer. Resumindo, a Cat escreveu de volta, dizendo que tinha saído com alguém do passado e que queria tentar um relacionamento com ele.

— Cara, sério? — Chris pergunta. — Que estranho...

Percebo o modo como Alex se curva e cobre a testa com as mãos. Observando-o, digo, cuidadosamente:

— Se você está pensando que essa tal de Catherine era a Millie, acertou.

Os três erguem as cabeças e me encaram.

— Espera. *Como assim*? — Chris exclama, recuando.

— Eu descobri isso na casa dela ontem — digo. — Ela estava me dizendo que queria tentar ficar comigo e, quando eu me inclinei para abraçá-la, notei que ela tinha a mesma cicatriz no ombro que a Cat tinha na foto de perfil. E a Cat cometeu o mesmo erro de digitação da Millie, aquele do "ai, meu pau". — Olho para eles, assegurando-me de que eles não estejam me fitando como se eu fosse louco. — Também tinha outros detalhes: o pai dela estava doente, a mãe morreu quando ela era mais nova… E tem a irmã distante. Enfim, eu descobri e dei à Millie a chance de me contar sobre a Cat, mas ela *não contou*. Tenho 99% de certeza de que as duas são a mesma pessoa, e dei várias aberturas para ela me dizer a verdade, mas ela continuou mentindo.

Ninguém diz nada, estão todos absorvendo as informações em choque.

— Por um lado, eu entendo — continuo. — Aconteceu algo entre nós, e ela não queria essa outra persona no caminho. Mas, por outro lado, por que caralho ela foi fazer isso, e por que escondeu de mim?

— Cara… — Chris diz em voz baixa —, se for verdade, isso tudo é muito escroto.

Levo alguns segundos para reparar que Ed, que sempre tem algo a dizer sobre *tudo*, está em silêncio. Sua expressão está tensa, como se ele estivesse me esperando gritar com ele a qualquer momento… é a mesma expressão de quando eu o pego olhando para as bundas de alunas da pós-gradução.

— Qual é o seu problema? — pergunto.

Ele não tira os olhos do guardanapo que está rasgando metodicamente.

— Nenhum.

— Mentira! — Lembro-me daquela manhã na varanda da casa dos meus pais, quando ele ficou agindo como um lunático. — Sério, Ed… O que foi?

— É só que… — Ele olha para Alex. — Eu *disse* para ela te contar.

Não consigo registrar essas palavras de imediato. Entendi o que foi dito, mas, ao mesmo tempo, minha mente não processa o significado disso até Ed lançar outro olhar a Alex, e Alex erguer a cerveja até os lábios, balançando a cabeça.

— Cara, foi você que a ajudou a escrever aquela última mensagem — Alex diz entre respirações.

— Eu falei para ela contar para ele um milhão de vezes! — Ed protesta para Alex.

— Espera. — Pouso meu copo sobre a mesa e ergo uma mão. — Espera aí. O que está acontecendo? — Estou tão abalado que não consigo responder. Encaro Ed, depois Alex, em seguida, Ed novamente.

Ed deixa a mão cair sobre a mesa.

— Essas merdas nunca funcionam!

Um silêncio nos toma, e Chris emite um leve assobio.

— Você *sabia*? — pergunto, sentindo a raiva tomar conta das minhas palavras. — Desde quando? — De repente paro, balançando a cabeça. — Você já sabia naquele dia na casa dos meus pais, não é?

Ed parece encolher.

— Eu ouvi vocês.

— Você ouviu eles transando? — Chris pergunta, rindo. — Que merda!

Alex faz sinal para a garçonete lhe trazer outra cerveja.

— Eu *ainda* estou rindo do fato de eles terem feito isso na casa dos pais dele, com todos nós lá.

Viro-me para o Alex.

— Quando foi que você descobriu?

— Só fiquei sabendo há uns dois dias.

— "Só" ficou sabendo há uns dois dias?

Meu sangue está fervilhando.

A ansiedade se acumula na expressão do Ed.

— Eu só sei há mais ou menos uma semana. Para seu governo, ela está totalmente estressada por conta disso.

Chris balança a cabeça, fitando Ed como se ele estivesse dizendo algo inacreditável.

— E deveria estar mesmo.

— Ela foi à minha casa e pediu conselhos sobre o que fazer. Ela leu sua última mensagem, e...

— *Você* leu minha mensagem também?

Ed olha para Alex, depois novamente para mim.

— Nós dois lemos, sim.

— Puta merda. — Pressiono meus olhos com as mãos. — Gente... Isso foi muito escroto.

— A situação acabou saindo do controle, mas isso foi recente. — Alex diz, tentando melhorar as coisas. — É sério. Aconteceu tudo muito rápido. Ela está péssima, cara.

— Independentemente disso, eu dei a ela várias aberturas hoje, e ela continuou mentindo para mim — eu contesto.

— Está bem — Alex responde. — Mas, sendo justo, ela queria te contar. A gente é que achou que seria mais fácil se a Cat sumisse, ela nunca quis ser maldosa.

— Se ela queria me contar, por que não contou? Como eu devo me sentir em relação a isso? Ela quer começar um relacionamento, mas não consegue nem ser honesta no primeiro dia?

— Quer dizer... — Alex continua —, você também meio que a manipulou, porque já sabia que ela era a Catherine, mas não contou a ela que sabia.

— Ah, eu acho que ela sabe que eu sei, sim — digo. — E não é a mesma coisa.

Chris põe a cabeça entre as mãos e dá um gemido.

— Essa história está me dando dor de cabeça.

— Por que ela fez uma outra conta para início de conversa? — pergunto, sentindo minha paciência se esvaindo. — Por que ela me deu acesso ao perfil?

— Sinceramente? — Ed dá de ombros. — Acho que ela presumiu que você descobriria. Pelo que entendi, ela fez isso para parar de ficar recebendo fotos de pau e para poder ser mais "ela mesma" — ele diz, fazendo o sinal de aspas com os dedos. — Aí ela deu "match" com você e achou engraçado. E as coisas foram evoluindo.

— Isso é bem reconfortante — Alex diz. — Não é? Digo, o fato de que para ela também virou uma coisa real?

— Você está *realmente* defendendo essa merda toda? — pergunto.

— Só estou dizendo que as coisas podem acabar virando uma bola de neve. Você pode começar uma coisa com boas intenções, depois perder o controle.

Fico pasmo com ele.

— Sim, essa é uma desculpa aceitável para uma estranha, não para sua melhor amiga, com quem você está *trepando*.

Todos ficam quietos e eu entendo o porquê: não costumo levantar a voz. No entanto, estou pegando fogo agora. Alex e Ed sabiam que Millie estava mentindo para mim e a encorajaram a continuar mentindo. E ela estava tão alheia em relação a si mesma que nem conseguiu fazer a coisa certa.

Estou me sentindo um idiota.

Sinto como se tivesse sido deixado de fora dessa história toda, estou me sentido humilhado.

Eu me levanto e jogo umas notas de vinte sobre a mesa, meu coração parece um boxeador, batendo sem parar nas minhas costelas.

— Vão se foder.

CAPÍTULO QUINZE
Millie

Desligo a televisão, e a casa fica em silêncio. Nem sei dizer o que eu estava vendo. Um carro passa pela rua, e, pela primeira vez desde que Reid foi embora ontem à noite, não me dou ao trabalho de olhar pela janela para ver se é ele.

Ele me disse que queria pensar mais antes de seguir em frente, mas, ainda assim, eu trabalhei de casa hoje e mantive o notebook ao meu lado o tempo todo, além de ter procurado por ele a cada som que ouvi do lado de fora.

Tenho quase certeza de que ele não vai voltar.

Minhas pernas já estão enrijecidas quando eu me levanto para ir até a cozinha. Verifico por alto o que está na geladeira, tentando me convencer de que a vozinha persistente em minha cabeça está errada e de que Reid não surtou.

Eu acho que ele *sabe*.

Não sei como, mas senti isso. Vi em seu semblante uma súbita percepção surgir, e, em seguida, o esforço dele para esconder a raiva.

Não importa o quanto eu tente me concentrar em respirar lentamente e contar até cinco antes de exalar, de novo e de novo, o pânico ainda está aqui, ficando mais insistente a cada batida pesada do meu coração. Reid nunca ficou *bravo* comigo antes. Sinto que estou sendo devorada aos poucos. Está quente demais. O aroma do sabonete de Reid paira no ar, e, quando viro minha cabeça, consigo senti-lo também impregnado na minha camisa.

Luto contra minhas pernas bambas e procuro por minhas chaves. Então ligo o carro e começo a dirigir.

O SOL ESTÁ PRESTES A SE PÔR quando chego à praia Hendry. Não planejei vir até aqui; entrei no carro sem destino em mente, mas, quando a picape que estava à minha frente, carregando uma prancha de surfe na traseira, fez o retorno, eu a segui.

Mesmo com as janelas fechadas, sinto o cheiro de sal no ar, que está pesado e úmido. Está frio o suficiente no estacionamento para eu saber que está ainda mais frio perto da água.

Saio do carro e pego meu suéter no porta-malas. Ele é horroroso, mas quentinho, um pedaço velho de pano que mantenho comigo para quando o ar-condicionado no Cajé está muito forte, e para momentos espontâneos na praia, como este. Tenho esse suéter há muitos anos. No entanto, não importa quantas vezes eu o lave: ele ainda cheira levemente a café.

Com as chaves e o celular dentro dos bolsos, caminho pelo estacionamento, passo pelo pet shop e pelo restaurante com guarda-chuvas azuis e amarelos. Tufos de grama saem das pedras na areia, e eu atravesso a calçada e sigo até os degraus que levam à praia.

À esquerda da torre do salva-vidas, onde é permitido que cães corram sem as guias, um golden retriever particularmente grande corre até o mar, lançando-se às ondas que quebram na superfície e perseguindo-as quando voltam ao oceano. Sento-me na areia: estou perto o bastante do mar para ver as ondas quebrarem, mas longe o bastante para continuar seca, pelo menos por enquanto.

Olho em volta e me lembro de quando estive aqui com o Reid, pouco depois de meu pai ter sido diagnosticado. A viagem para casa foi difícil, tanto que inventei uma desculpa sobre ter que trabalhar e voltei para Santa Bárbara um dia antes do planejado. Foi como ter aquela conversa sobre o câncer com minha mãe de novo, e eu entrei em pânico. Meu coração estava acelerado, e eu não conseguia respirar quando me sentei sobre a cama do quarto de hóspedes da Elly. Eu precisava sair dali. Reid não sabia o que estava acontecendo, mas percebeu que algo estava errado assim que bati a sua porta. Disse a ele que tinha tido um dia ruim, e ele nos trouxe aqui. *Para ver os cachorros*, ele disse, porque ninguém consegue ter um dia ruim enquanto observa filhotes brincando e correndo livremente perto do mar.

Ele estava certo. Nós enrolamos a barra da calça, encontramos um lugar na areia e passamos as duas horas seguintes sentados em silêncio. Em determinado momento, começamos a falar sobre o trabalho e sobre a vida. Ele me contou sobre um encontro que teve enquanto eu estava fora, sobre como eles ficaram dando amassos no carro durante uma hora depois de ele tê-la deixado em casa, animados demais para se despedirem, mas não o bastante para fazerem sexo no primeiro encontro. Um zumbido imperceptível ecoou em meus ouvidos, grave, ficando mais irritadiço a cada detalhe que ele compartilhava. Eu fiquei observando seus lábios enquanto ele falava, imaginei-o fazendo as coisas que estava descrevendo, e meio que... odiei isso.

Quando paro para pensar em momentos assim, é difícil me convencer de que as coisas entre nós já tenham sido cem por cento platônicas algum dia. Os olhares, os toques casuais no carro, os flertes sutis, eu interpretei aquilo como um sinal de que nos sentíamos confortáveis um com o outro, mas puta merda, como sou idiota! Passei aquela tarde inteira esticada na areia com a cabeça no colo dele, meus olhos fechados enquanto eu sincronizava minha respiração com a dele e escutava os barulhos do mar. Será que eu teria feito isso com Ed? Com Chris? Com Alex?

Nem pensar.

Olho para o horizonte, onde o sol está desaparecendo no mar. A maré subiu, quebrando no litoral e deixando pedaços de alga-marinha ao voltar. Mexo os dedos dos pés, ainda fora do alcance da água espumosa, que chega cada vez mais perto de mim. Acho que sempre tive ciúme do Reid, mesmo lá atrás, quando eu não necessariamente queria beijá-lo, também nunca quis que ele beijasse outra mulher.

Isso me torna uma pessoa horrível... E esse é um tema que tem sido recorrente.

Minha amizade com Reid foi a mais fácil que eu já tive. Eu nunca tinha tido um melhor amigo antes, muito menos quatro, porque acho que, honestamente, eu não sei manter uma amizade. Um resumo dos últimos dez anos da minha vida incluiria uma lista tediosa de relacionamentos supérfluos e uma monogamia em série levemente romântica. Nada de dramático nunca acontece comigo.

Acho que esse é o padrão.

Eu nem contei à minha irmã quando fui morar com o Dustin. Não é que eu estivesse escondendo essa informação, mas aquilo não me parecia uma grande mudança em nosso status de relacionamento. Ainda estávamos juntos, mas não pretendíamos nos casar. Morar com alguém soa como um grande passo, mas, para nós, foi a mesma coisa, dia após dia. Ele ainda me irritava quando lambia os dentes depois de comer. Eu ainda o irritava quando deixava minha roupa suja no chão. Não estávamos prontos para o *eterno*; estávamos só economizando e dividindo o aluguel.

Uma vez eu expliquei isso ao Reid, e ele riu por uns quinze minutos antes de beijar minha testa.

— Que foi? — perguntei.

— Você me mata de rir.

— Porque sou inteligente em relação a dinheiro?

Ele balançou a cabeça.

— Não, porque você é burra em relação a amor.

Nenhuma parte do meu cérebro sequer se deu conta da crítica. Bem como a maioria dos deboches do Reid, aquele passou batido por mim. Eu provavelmente ri também e disse:

— Sou mesmo, né?

Agora eu me imagino morando com Reid, e ocorre uma pequena explosão dentro da minha barriga. Isso mudaria tudo, desde a primeira respiração do dia até a última, e afetaria meu humor nesse meio-tempo. Imagino nós dois nos arrastando pela casa, sonolentos, indo juntos até a cozinha, esperando o café ficar pronto. Ele usando sua camisa cinza velha, eu enfiando as mãos dentro dela e aquecendo-as em sua barriga. Imagino-me reclamando de seu hálito pela manhã, e ele correndo atrás de mim para me dar um beijo com bafo. Imagino nós dois dando notas a trabalhos juntos no sofá, o alívio de ficar sob as cobertas com ele, pois não seria só um corpo quentinho, seria o corpo *dele*, todas as noites.

Quero viver todos esses flashes que passam pela minha cabeça.

Fecho os olhos e inspiro o ar salgado. Sei que a complexidade das pessoas vai além de elas serem *boas* ou *más*, que posso cometer erros e ainda assim ser uma boa pessoa, mas não me sinto assim agora. A vergonha arranha minha garganta quando penso em quão descuidada fui com os sentimentos do Reid, e em como dei um jeito de racionalizar o modo como o magoei. Penso em como fui terrível com meu pai, em como sempre presumo que a Elly estará lá para fazer a coisa certa quando eu, inevitavelmente, deixar a peteca cair.

Eu amo Reid, mas menti para ele, e ele sabe disso.

Eu amo minha irmã e meu pai, mas não fui justa com nenhum dos dois.

É hora de crescer.

MINHAS MÃOS ESTÃO TREMENDO QUANDO paro em frente à casa do Reid.

Já passa das dez da noite, mas a televisão está ligada na sala, então eu sei que ele está em casa. Sento-me no escuro, observando as sombras passarem pela janela da frente, até que um homem se aproxima, passeando com o cachorro, e me espia do outro lado da rua.

Tento fazer uma expressão e um gesto de *sou uma amiga, não uma doida* antes de desligar o motor e sair do carro. Ele deve ter me visto estacionando aqui.

Meu coração dá pulos em meu peito quando olho para ele, o cabelo bagunçado caindo sobre a testa. Ele parece cansado. Está andando descalço, vestindo uma calça jeans velha e uma camiseta azul. Quando ele surge na área iluminada da varanda, meu corpo reage quase que por instinto. Começo a me aproximar a fim de abraçá-lo, mas preciso me forçar a não me mexer.

Em vez do abraço, aceno para ele, envergonhada.

— Oi.

Ouço o barulho de grilos vindo dos arbustos localizados perto das duas laterais da varanda, o som amplificado pelo silêncio demorado dele.

Ele muda de posição e põe as mãos nos bolsos.

— Está tarde, Millie.

Respiro fundo.

— Eu sei. Queria saber se podemos conversar.

Antes eu não precisava fazer essa pergunta. Em uma noite normal, eu teria simplesmente parado por aqui e largado minhas coisas na porta, em seguida, me atirado sobre seu sofá de couro. Mas já faz várias semanas que as coisas entre nós não estão normais.

Para minha surpresa, Reid dá um passo atrás e segura a porta para eu passar. A luz tênue sobre a janela da cozinha está acesa, e vejo que os balcões estão limpos, a pia vazia. Sigo-o enquanto ele vai até a televisão e tira o volume, jogando o controle remoto no sofá em seguida. Ele está muito sério, o que não é comum. O clima entre nós estava claramente tenso quando ele saiu da minha casa ontem, mas há algo mais em seus olhos, no jeito rígido de seu corpo, como se um muro o cercasse e ele estivesse tomando cuidado para se manter protegido dentro dele.

Ele aponta para o sofá, e eu me sento, aliviada quando ele se senta ao meu lado.

— Eu sei que era para eu te deixar pensar — digo.

Nunca estive assim tão assustada na frente do Reid, mas o pequeno espaço que nos separa, no ponto em que nossas mãos descansam sobre o sofá, é aterrorizante. O simples ato de *não nos tocarmos* é intencional. Quero me agarrar à mão dele e sentir seu peso sólido e reconfortante. Quero escutar que o amor dele por mim é incondicional, mesmo que eu não o mereça.

Reid limpa a garganta e percebo que estou em silêncio há muito tempo. Estou suando, sensível ao calor da noite, ainda embrulhada no suéter. Quando olho para nossas mãos de novo, vejo minúsculos grãos de areia ainda grudados em minhas mangas.

— Eu preciso te contar uma coisa — digo, fazendo uma careta, porque *é óbvio* que preciso contar uma coisa a ele. É por isso que estou aqui, e nós dois sabemos disso. — É algo que eu deveria ter dito há muito tempo.

O dedo de Reid se contrai sobre a almofada. Suas mãos são grandes, a pele está bronzeada, os tendões visíveis. Ele percebeu que estou nervosa, que estou enrolando, mas, pela primeira vez, não me oferece colo.

— Pode falar.

Mexo nas mangas do suéter, esticando-as até cobrirem meus dedos, apesar do calor. Sinto que preciso de um campo de força a minha volta para me proteger, de uma armadura mental.

— Eu menti para você, venho mentindo já há algumas semanas.

Reid se inclina para a frente, para longe de mim, e pousa os cotovelos sobre os joelhos.

— Sei.

Não sei exatamente o que dizer, então falo tudo de uma vez, a fim de acabar com esta tensão horrível entre nós.

— Eu sou a Cat, eu escrevi aquelas mensagens. — Um silêncio pesado toma conta do recinto. Ele está olhando para a frente, para onde Jimmy Kimmel está fazendo um monólogo na televisão. — Eu nunca quis que essa história fosse tão longe, e nem sei por que fiz o que fiz. Aliás, sei, sim, eu acho. Mas aí entram as desculpas e...

— Eu sei.

Sua voz é calma, então por que me sinto como se uma bigorna tivesse caído em cima de mim?

Reid se endireita, esfrega as palmas das mãos na calça, e se levanta para me encarar. Ele olha para baixo, fixando os olhos em mim, e não precisa dizer mais nada: a conversa que tivemos começa a ecoar em minha memória.

Ela era ótima, e achei que talvez tivéssemos alguma coisa. Ela conversava comigo sobre as coisas. Achei que estávamos virando amigos. E, tenho que admitir: talvez eu quisesse mais do que isso. Mas ela saiu com outro homem e decidiu tentar uma relação com ele. Ela vai se mudar, e foi meio decepcionante perceber que não vou conhecê-la pessoalmente.

Você acha que os seus sentimentos por ela vão afetar...?

Não sei. Eu gostava da nossa dinâmica de honestidade e clareza e quero isso numa parceira.

Honestidade e clareza.

Ele me incitou, me deu várias chances para admitir a verdade, e eu menti descaradamente.

Sinto a pressão que a atenção dele exerce sobre mim, mas mantenho meus olhos fixos no carpete, envergonhada demais para olhar para outro lado.

— Acho que eu meio que percebi quando você descobriu.

Ouço sua expiração.

— Eu vi a sua cicatriz. Aí me lembrei do Banco Imobiliário, de *Viagem das Garotas*, das coisas que você falou sobre seu pai e sua irmã. E acho que caiu a ficha quando o erro de digitação de uma das mensagens me veio à cabeça de repente.

— Eu sinto *muito*, Reid.

Seu silêncio parece se transformar diante de mim, e nesse momento eu me dou conta de que *jamais* o tinha visto com raiva antes. Já o vi gritar com alguém na estrada, ou repreender um estagiário descuidado por fazer algo perigoso no laboratório, mas nunca tinha visto esta situação. O cenho fechado puxa os cantos de sua boca e a contorce numa expressão que é quase perversa em seu eterno semblante paciente. É decepção, *raiva*. A casa está tão quieta à nossa volta que quase consigo escutar essa raiva emanando dele.

Ele se vira, levando uma garrafa vazia de cerveja até a cozinha, mas para no meio do caminho.

— Em que diabos você estava pensando, Millie? Era algum tipo de piada?

Eu me engasgo frente a essas palavras.

— Não! É claro que não! Nem parei para pensar direito. Eu só… Vocês estavam certos sobre o meu perfil, então eu o modifiquei sem contar para ninguém

— Por que o nome Catherine?

— É meu nome do meio. Com ele eu me senti menos…

— Menos desonesta? — Ele dá uma risada incisiva, e eu fecho a cara. É claro que ele não sabia que esse era meu nome do meio.

— Eu nunca tive a intenção de ser desonesta. Fiquei tão surpresa quanto você quando recebi a mensagem de que tínhamos dado "match".

— Então você não pensou em dizer: "Ah, você não sabe da última, *melhor amigo*! Até um programa de computador percebeu que somos, basicamente, perfeitos um para o outro. Quem sabe não devamos tentar…".

Ele me fita enquanto me levanto e caminho em sua direção, seu olhar frio e rígido.

— Eu juro que achei que você fosse descobrir por conta própria — digo. — A piada do Banco Imobiliário era para te dar uma pista. Mas você não se deu conta, e…

— E aí você resolveu seguir o fluxo e se divertir à minha custa?

— Não! Eu ia te contar! Mas aí vocês começaram a fazer piadas sobre como a mulher da foto devia ser feia, e como a Daisy era tão… — Paro de falar, enxugando as lágrimas quentes com as mangas do suéter. — Eu fiquei meio competitiva e…

— Com ciúme? — ele termina a frase.

Olho para ele. Algo dentro de mim me desperta uma certa raiva quando ele diz isso em voz alta. Não posso justificar esse sentimento, então só aceno.

— É. Eu fiquei morrendo de ciúme, Reid. Não queria que você ficasse com ela, mesmo que eu não soubesse ainda exatamente o porquê. Depois disso as coisas foram mudando. — Dou mais um passo em direção a ele e tomo a liberdade de pegar seu braço. — Tudo o que eu escrevi era verdade, palavra por palavra. Eu disse aquelas coisas, era tudo *eu*.

Ele se afasta, e eu desmorono.

— Só que *não era* você. Eu adoro estar com você, Millie. Você é inteligente e engraçada, e eu te quero mais do que já quis qualquer outra pessoa. Mas você nunca me conta *nada*. O que está faltando, o que sempre faltou entre nós, é a honestidade que eu recebi naquelas mensagens. E você espera que eu te dê algum crédito por ter sido honesta enquanto estava disfarçada num aplicativo de namoro idiota, *depois de tudo isso ter acontecido*?

— Eu sei, você tem razão. É difícil para mim ser assim pessoalmente, falar de sentimentos e emoções. Eu só… Eu não sou boa nisso.

— Talvez você só não seja boa em ser honesta.

Isso me atinge como uma agressão física. Imagino um míssil sendo lançado contra mim com uma precisão impecável, quebrando minhas costelas e se alojando em áreas que eu quase nunca examino, muito menos compartilho com os outros.

— Existe *alguém* com quem você é totalmente honesta? — Ele acrescenta, e não achei que isto fosse possível, mas, de algum modo, estou me sentindo pior ainda. Agora não há só raiva ou mágoa em sua voz, há um quê de pena.

Balanço a cabeça. Afinal, o que mais posso dizer? Reid era a pessoa certa para mim, meu primeiro e genuíno melhor amigo, e é difícil ouvir o quanto o magoei, o quanto o decepcionei. Pisco e olho à minha volta. Meus olhos estão quentes, queimando com as lágrimas, e agora cai a ficha sobre a dimensão da bagunça que eu criei.

— Eu acho… — Reid diz, passando a mão no rosto. — Acho que é melhor você ir embora. Está claro que nós dois temos assuntos a resolver, e não acho que dá para fazer isso com o outro por perto. Eu entendo por que você fez o que fez, Millie. Talvez, se essa história não tivesse durado tanto tempo, eu pudesse deixar tudo passar. Mas…

Dou um passo à frente, dirigindo-me a ele.

— Reid, eu só consegui me abrir daquele jeito com você porque sabia que era *você*. Eu posso fazer isso. Eu juro.

Ele pega minhas mãos e as envolve com as dele.

— Agora me escuta, está bem? Eu te amo, Millie. De verdade. Mas isso vai muito além dessas partes fáceis. — Ele deixa minhas mãos caírem sobre meu corpo. — Preciso de alguém que sinta o mesmo por mim, que ache que eu realmente valho a pena.

***

Os pneus cantam quando entro em minha garagem e desligo o motor. A maioria das casas em meu bloco está escura, então saio do carro, tomando cuidado para não bater a porta com muita força. Uma dormência estranha toma conta de mim. Meus pensamentos só revelam estática; meus membros então rígidos e pesados de tanta exaustão. Minha cabeça dói. No entanto, eu não estou, de fato, cansada.

A cadeira ainda está onde eu a deixei, afastada da mesa num ângulo aleatório, e eu me sento sobre ela, encarando a árvore no quintal. Meu computador está aqui perto, mas nem preciso alcançá-lo, pois sei que o que há nele não faz diferença agora. Sei o que preciso fazer, e aqueles calendários e prazos são a última preocupação que tenho em mente neste momento.

Enfio os dedos no bolso do suéter e puxo meu celular. Está tarde para fazer ligações, mas sei que isto não pode esperar. Procuro o nome nos meus contatos e abro uma nova janela.

> Oi. Sei que está tarde, então me liga quando acordar. Vou me programar assim que você responder, mas queria que você soubesse que vou para casa no verão para te ajudar. Diz ao papai que eu o amo e que não vejo a hora de passar um tempo com vocês. Dá um abraço nele por mim. Amo vocês dois. Estou com saudade.

CAPÍTULO DEZESSEIS

Reid

A cabeça de Chris surge através da porta entreaberta do meu escritório.

— Você vem?

Eu me afasto do teclado e esfrego os olhos, que estão queimando, o que sempre acontece quando não tiro os olhos da tela do computador por horas a fio. Eu deveria ter previsto a vinda dele: ele chega no mesmo horário toda segunda-feira.

— Não — respondo. — Vou comprar alguma coisa depois e comer no escritório mesmo.

Agora ele entra, pousando as mãos sobre as costas de uma cadeira, e me olha com um ar desapontado.

— Sabia que já faz três semanas?

Lanço a ele um olhar de "não vou falar sobre isso agora" e pego meu café. Sim, estou ciente de cada *hora* que passa.

Essa situação está acabando comigo. Não sei se ela ainda almoça com eles duas vezes por semana, não perguntei, e Chris nunca falou nada a respeito.

Até agora:

— Ela não aparece mais, cara. Desde que deu aquela merda toda. Somos só nós. Os homens. Em toda a nossa glória.

Não sei bem o que fazer com minha reação (de tristeza) e com o fato de que ele me conta isso não para me deixar culpado, mas como uma garantia de que não preciso vê-la. Ainda assim, também não gosto da ideia de que ela esteja sozinha e sofrendo.

— É sério. — Agora ele se senta. — Nem tenta fingir que esse não é o motivo pelo qual você tem nos evitado.

— Não estou tentando fingir nada — respondo. — É exatamente esse o motivo para eu estar evitando vocês. Mas também estou furioso com quem *já sabia...*

— Eu não sabia — ele me lembra, erguendo as mãos a fim de se defender.

— Parece que aquilo virou meio que um jogo, e acho que essa é a parte mais escrota de toda a situação.

Chris balança a cabeça.

— Não era um jogo. Ou, pelo menos, não parece ter sido. O Ed não estava gostando de manter aquele segredo. E o Alex... Ah, vai saber... Tenho certeza de que ele não queria se envolver. Mas parece que o conselho dos dois para a Millie era o mesmo: "Conversa com o Reid".

— É, mas eles a ajudaram a escrever a última mensagem. E, de qualquer modo, ela não conversou comigo.

Ele faz uma pausa, olhando para minhas prateleiras. Finalmente, concorda:

— Não, não conversou. Até perceber que não tinha outra saída.

— Então eu não deveria estar sentindo a falta dela, não é? — pergunto, e admitir isso é como uma lâmina afiada de desconforto pressionando meu esterno. Já troquei os papéis um milhão de vezes na minha cabeça. Se fosse o Chris nesta situação, e não eu, eu não teria dito a ele que esquecesse a mulher pelo resto da vida?

Chris se vira e olha para mim.

— Eu sei, cara. Também sinto falta dela.

Isso porque não é "a mulher". É a Mills.

— Tipo, estou sentindo a falta dela *para caralho*. E não sei como parar de sentir. Não existe ninguém como ela. Ninguém me faz rir como a Millie. E eu sei que ela está só esperando eu decidir se vou ou não perdoá-la. Mas como podemos começar um relacionamento com esse tipo de traição?

— Reid... — ele diz, gentilmente. — Você sabe que eu estou do seu lado nessa história, mas, em algum momento, todos temos que admitir que a Millie é muito fechada. Isso faz parte de ser amigo dela, e, se você quer ter algo mais sério com ela, mas não sabe lidar com esse aspecto de sua personalidade, você vai ter que descobrir um meio de fazê-la se abrir mais.

—- Sim, e, sinceramente, é isso que está me causando mais dificuldade.

— Todos nós sabíamos que ela tinha segredos. Quer dizer, fala sério, estamos falando da Millie, que gosta de fingir que *não tem* passado.

— É. — Pego um clipe de papel e deixo o arame reto. — De verdade, eu sei que ela não estava mal-intencionada com aquele lance da Cat. Eu sei que ela só conseguiu se abrir porque estava falando comigo. Sei de tudo isso, mas ainda é difícil conciliar esses fatos com o que senti quando fui deixado no escuro e quando descobri que tudo que eu estava contando para a Cat sobre a minha vida foi, na verdade, dito para a Millie. — Dou uma pausa. — E o Ed e o Alex sabiam. Isso é muito fodido, não é? Eles sabiam, mas escolheram ser leais a ela, e não a mim, a ponto de ajudarem a perpetuar a mentira.

Ficamos em silêncio, porque não há mais nada a ser dito sobre o assunto. Já pensei demais a respeito de tudo isso, constantemente: minha vida não parece completa sem ela; ao longo das últimas semanas, sinto como se alguém tivesse morrido na minha família. Mas, toda vez que estou prestes a ligar para ela, a vergonha me assola, como fumaça em meus pulmões, e largo o telefone imediatamente. Ela teve muitas chances para me contar, mas não contou.

— Certo — Chris diz, e suas mãos pousam sobre suas coxas com um leve tapinha antes de se levantar para sair. — Eu vou encontrar com o Ed e o Alex para o almoço. É estranho, cara. Vocês dois meio que mantinham o grupo junto, sabe?

Penso que ele vai dizer algo além disso, mas, quando olho para cima, ele já está indo embora do escritório.

Trabalho, manter o foco no trabalho. É a melhor maneira de lidar com isso, a maneira mais produtiva de lidar com o estresse.

Dou uma olhada na minha caixa de mensagens antes de voltar ao artigo científico no qual estou trabalhando e vejo uma notificação informando que tenho um novo pedido de contato no IRL. O surgimento do nome deste site na minha caixa de entrada me pega totalmente de surpresa; não uso o aplicativo desde que Cat, ou melhor, Millie, disse que estava de mudança.

Abro a notificação e meus olhos instintivamente passam direto pelo logotipo do site e seguem para a seção na qual eu verei as informações da pessoa que quer me contatar.

Meu pulso acelera. O pedido de contato é de Millie M.

De: Millie M.
Enviado às 12:45 do dia 30 de abril

Já lhe dei quase um mês para processar tudo, mas sei que você precisa de espaço. Ignore esta mensagem se quiser, ou exclua minha solicitação de contato. Mas eu estou morrendo de saudade, Reid.

Estou te dando acesso ao meu perfil completo, que foi atualizado só para você. Não quero conhecer mais ninguém, pois já encontrei o amor da minha vida, e nem precisei deste site para isso. Mas pensei que talvez esta fosse uma boa maneira de começarmos a nos conhecer (de novo), se você permitir.

Com amor,
Mills

Fito os botões verde e vermelho, que mostram minhas opções na parte inferior da tela. Permitir ou negar?

Com a mão sobre o mouse, deslizo para a esquerda, clicando em "permitir".

O novo perfil se abre. Há uma foto que eu tirei dela de pé no quintal do Chris, usando uma luva de forno com formato de lagosta em uma mão e segurando uma bandeja de salmão com a outra, rindo para mim como uma idiota. Uma vez ela me disse que essa é a única foto dela que ela adora. *Na maior parte das vezes eu saio com cara de vadia ou de maconheira*, ela me disse.

Eu me lembro desse dia como se isso tivesse acontecido na semana passada. Ed queria fazer o jantar para todos nós e decidiu grelhar um pato, o que resultou na grelha do Chris pegando fogo e o Ed perdendo as sobrancelhas. Millie salvou o dia quando correu até a loja e comprou um salmão, que ela grelhou perfeitamente. Tirei a foto assim que ela veio, orgulhosa, apresentar o prato para nós.

Logo abaixo da foto há alguns parágrafos novos, onde o perfil antigo costumava ficar.

Oi. Nós dois sabemos que, em linhas gerais: nasci em Bellingham e sempre fui uma criança peculiar. Minha mãe morreu cedo demais, minha irmã precisava de apoio demais e meu pai ficou uma bagunça, sempre quieto. Esses detalhes tristes não são um segredo, só são tristes mesmo. Há outros detalhes mais difíceis de explicar, como os anos a fio em que pareceu que nada de interessante nunca acontecia comigo.

Entendo que, no quesito social, sou bastante retardatária. Se eu fosse para casa, certamente me depararia com pessoas que achariam agradável se encontrar comigo, mas não diriam coisas do tipo *Ah, a Millie e eu éramos superpróximos no ensino médio*. Eu era legal, animada, gentil com todo mundo. Talvez eu tenha me cansado de só ser gentil. Talvez seja por isso que sou tão maldosa com o Ed.

Ok, prometo que essa vai ser a única piada.

Será que eu me encantei com assassinatos porque, comparadas a mim, mulheres psicopatas me fazem parecer melhor ajustada? Talvez. Não sei também se isso teve alguma coisa a ver com a morte da minha mãe, ou se minha vida teria seguido esse rumo de qualquer maneira, mas acho que acabei conseguindo a proeza de viver até os vinte e muitos anos sem saber cuidar das pessoas. Quero ser melhor do que isso.

É isso. Não há nada mais escrito, e não tenho certeza de como devo agir. Sento-me e encaro a tela. O novo perfil da Millie soa como um novo começo, talvez até um aviso de que o que vier daqui para a frente pode ser caótico, mas, pelo menos, será intencional.

Sinto um brilho diferente em mim, um calor e um conforto aflorando. Tenho receio de que seja uma ponta de esperança.

Colocando o celular com a tela virada para baixo, volto ao computador e encontro o ponto em que parei no artigo.

De: Millie M.
Enviado às 01:39 do dia 1º de maio

Você não me respondeu, mas pelo menos me deixou escrever para você, então vou me limitar a uma mensagem por dia. Se eu estiver te incomodando, espero que a informação de que é muito fácil apertar o botão de "bloquear" te conforte. Pode confiar em mim, eu o utilizei algumas vezes naqueles dias de Sr. Foto do Meu Pau e Sr. Mostra Seus Peitos.

Enfim, aqui vai uma informação que acho que você desconhecia: perdi minha virgindade com um cara chamado Phil. PHIL! Pois é! Esse é o nome menos sexy que eu consigo imaginar. Às vezes, quando estou sozinha e meio para baixo, penso nesse nome e tento pronunciá-lo num tipo de sussurro sensual, e aí não consigo parar de rir. Talvez "Phil" seja mais apelativo do que "Ernest" ou "Norman", mas só um pouco. Philip? Esse sim é sexy. Mas Philllll...

Conclusão: eu tinha quinze anos, ele, dezessete, e não fazíamos ideia do que diabos estávamos fazendo. Lembro que foi bem caótico, e que eu estava mais constrangida do que qualquer outra coisa. Estraguei meus lençóis, e papai me flagrou tentando enfiá-los na máquina de lavar roupas, e tenho certeza de que ele ficou furioso, mas, como sempre, não falou nada, então eu também fiquei quieta.

As coisas sempre foram assim entre nós, mas acho que você já sabe disso agora.

Com amor,
Mills

De: Millie M.
Enviado às 15:14 do dia 2 de maio

Eu tenho medo das seguintes coisas: vans sem janelas, espaços fechados, mariposas na minha varanda da frente, e barcos imensos, tipo cruzeiros.

Com amor,
Mills

De: Millie M.
Enviado às 09:23 do dia 3 de maio

Eu nunca disse "eu te amo" para o Dustin. Na verdade, acho que nunca disse isso para ninguém, exceto para você e minha mãe. Em retrospectiva, percebo que provavelmente deveria ter dito essas palavras a Elly todos os dias. Para alguém que cresceu do jeito que ela cresceu, rodeada por duas pessoas de luto por um fantasma, e que nunca conseguiam dizer as palavras certas, ela é uma pessoa incrível. Você deveria conhecê-la qualquer dia.

Com amor,
Mills

De: Millie M.
Enviado às 11:59 do dia 4 de maio

Tivemos uma reunião de professores hoje e eu estava morrendo de vontade de mandar todos os homens ali calarem a porra da boca e deixarem as únicas DUAS MULHERES ENTRE OS DEZESSEIS MEMBROS DO CORPO DOCENTE falarem.

Queria ter almoçado com você depois, mas tenho certeza de que você está aliviado por não ter que me escutar tagarelando sobre o patriarcado por uma hora enquanto comemos uma salada de merda. (Hoje é sexta-feira, e sextas sempre soam como dias do Reid. Segundas e quartas também, mas a gente sempre se encontrava nas sextas à noite. Deve ser por isso que estou meio triste.) Enfim, mais para o final da reunião, Dustin disse algo estúpido demais para eu deixar passar, e eu soltei os cachorros em cima dele na frente de todo mundo. Ele veio falar comigo depois e disse que eu estava trazendo nosso passado para as reuniões de professores.

Isso me fez rir. Quer dizer, eu ri por uns dez minutos seguidos no escritório, e, quando finalmente consegui parar, lembrei a ele que nós terminamos há mais de dois anos, que estou apaixonada por você (embora isso provavelmente não seja recíproco), e que minha frustração se deu principalmente pela incapacidade dele de contratar mulheres e pessoas negras. É claro que, tratando-se do Dustin, ele manteve o foco sobre o que eu falei a seu respeito.

Então, peço desculpas antecipadas para o caso de seu próximo encontro com ele no campus ficar com um clima esquisito.

Com amor,
Mills

De: Millie M.
Enviado às 16:34 do dia 5 de maio

Eu vi *Rudy* hoje, e foda-se esse filme! Eu nem gosto muito de futebol americano universitário, mas mesmo assim chorei que nem um bebê no final. Depois comi um pote de sorvete de flocos e cereja que achei no meu freezer, aquele que você deixou aqui há milênios, e ele era nojento. Por que você gosta daquele troço? O de banana é muito melhor.

Com amor,
Mills

De: Millie M.
Enviado às 11:11 do dia 6 de maio

São 11:11, Reid. Faz um pedido.
Estou com saudade,
Mills

De: Millie M.
Enviado às 10:41 do dia 7 de maio

Juro por Deus, Reid: estou tentando escrever mensagens interessantes, mas hoje deve ter sido o dia mais sem graça da história. Trabalhei o dia todo, fui ao Cajé umas dezessete vezes, porque estava quase dormindo na minha mesa, aí saí mais cedo e fui tirar medidas para um novo sutiã. Acabou que sou um 46, e não sei por quê, mas isso me deixou cheia de orgulho, porque, durante a vida inteira, eu achei que era um 44, e não sou!

Eu queria me exibir para alguém, mas a Elly e eu não somos muito próximas, e, no final das contas, eu não sou muito próxima de ninguém que tenha peitos! Estou trabalhando nisso. Mas, por ora, vou contar vantagem para você, Reid. Meus peitos são maiores que os seus! E também estão cobertos por um sutiã novo, bonito, vermelho e de seda.

Com amor,
Millie

De: Millie M.
Enviado às 19:57 do dia 8 de maio

Eu quase não dormi ontem à noite. Tenho trabalhado bastante no livro, o que está indo muito bem, mas sinto demais a sua falta, e sabe como essas coisas pioram à noite? A noite passada foi assim, triste. Eu me deitei na cama e pensei em todas as merdas que fiz, e me senti horrível. Sinto muito sobre aquela história da Catherine, sinto muito por não ter te contado nada. Queria ter sido forte o bastante e ter feito a coisa certa desde o início, mas não fui. Estou me sentindo um clichê dizendo isto, mas a razão para eu mentir não teve nada a ver com você ou com nada que você tenha feito. O motivo do segredo era eu mesma, e o modo como eu me sentia tão apavorada e alegre ao mesmo tempo por poder ser tão aberta com você de um modo que fazia eu me sentir tão segura. Infelizmente, a segurança vinha do fato de você não saber que era eu, e isso é uma merda. Você é, honestamente, bom demais para mim, mas isso não significa que eu não te ame.

Já cansei de ver filmes nos quais uma pessoa do casal diz: *Eu estava bem antes de você aparecer!*, o que significa que esse indivíduo estava bem antes e vai continuar bem depois, mas não quer ficar bem sozinho?

Não tenho certeza, mas eu não acho que estivesse "bem" antes de te conhecer. Eu era sem graça. Limitada. Quero ser melhor para você.

Meus Deus, estou virando o Jack Nicholson em *Melhor é Impossível.*

(Aliás, vamos combinar que a Helen Hunt era gata demais para ele? Caramba... Eca!)

Com amor,
Mills

De: Millie M.
Enviado às 21:14 do dia 9 de maio

Eu me encontrei com o Alex hoje quando fui almoçar, e nós dois estávamos com uma cara de culpa horrível depois de nos abraçarmos, como se eu não tivesse o direito de manter nossos amigos neste divórcio e nós dois soubéssemos disso. Então eu só queria te dizer que vi o Alex, mas prometo não fazer planos com nenhum deles sem a sua permissão.

Mas foi bom vê-lo. É claro que eu sinto a sua falta, mas também sinto muito a falta deles. Nunca tive amigos como vocês, e juro que estou quase comprando um gato, porque, porra, estou solitária demais.

Quero que você saiba também que o Ed e o Alex não queriam participar desse segredo da Catherine. Ed ficou maluco com isso, e Alex parecia a pessoa mais afetada pela situação toda. Se você for ficar com raiva de alguém, fique com raiva de mim, não deles. Eles são pessoas boas, e você merece pessoas boas.

Sinto muito por ter feito você acreditar que não merecia.
Com amor,
Mills

ELA COSTUMA ESCREVER À NOITE. PASSEI A esperar por suas mensagens, e me pergunto o que acontecerá se, um dia, eu olhar o aplicativo do IRL antes de ir para a cama, ou logo após acordar pela manhã, e não houver nada.

Fico ansioso para receber as mensagens, mesmo não tendo certeza de como responder a elas. Às quatro da tarde, meu estômago já parece que subiu até meu peito, minhas mãos não sossegam, e eu me sinto da mesma maneira que costumava me sentir antes de iniciar uma corrida: animado, mas um pouco enjoado também.

A honestidade da Millie é revigorante, porém um pouco desorientadora ao mesmo tempo. Ela me deixa faminto, eu quero mais, mas também é frustrante continuar lendo e sabendo que é tão mais difícil para ela agir assim pessoalmente.

No entanto, ela está tentando. Talvez isso seja um começo.

Leio a mensagem de ontem mais uma vez, e, em seguida, vou mais cedo para o trabalho para ajudar a Shaylene a ensaiar para uma apresentação que ela vai fazer para o Departamento às onze da manhã. Já que está terminando o primeiro ano da pós-graduação, ela tem que apresentar o trabalho que fez até agora. Esse é um grande passo para alunos do primeiro ano, e a Shaylene, bem como meu pai, que podemos dizer que não é um orador nato, está morrendo de medo desse momento há várias semanas.

É legal e surpreendente ao mesmo tempo encontrar Ed repassando a apresentação com ela. Parece que eles já estão aqui há algum tempo: anotações estão espalhadas pela mesa da sala de reuniões, o projetor está ligado, e Shaylene está grudada no notebook editando um slide.

Talvez não seja estranho o fato de o clima estar estranho com o Ed. Majoritariamente, a parte mais estranha nisso é tratá-lo como qualquer outro funcionário no laboratório, em vez de como meu braço direito e um dos meus melhores amigos. Ele tem sido extremamente profissional desde aquela merda toda com a Millie e a Cat, mas dói um pouco quando ambos estamos prestes a contar uma piada interna antiga e paramos abruptamente. Ou quando o vejo saindo para almoçar com o Chris e o Alex e ele não me pergunta mais se eu vou junto.

Ed olha para cima quando entro na sala de reuniões e, com um "Oi, Reid" baixinho, ele pega seu caderno e sua caneta, como se fosse juntar suas coisas e me deixar sozinho para ajudar Shaylene a se preparar.

— Pode ficar, Ed — digo. — Só passei aqui para ver se estava correndo tudo bem.

Nós chegamos a nos falar; não é como se eu o estivesse ignorando completamente no laboratório, mas tenho certeza de que qualquer pessoa é capaz de notar que algo mudou. Shaylene olha várias vezes para mim e para ele, preocupada.

— Ela está indo bem — Ed responde. — Eu já fingi ser o Scott e a pressionei quanto aos detalhes do experimento, ela parece estar bem firme em relação a tudo.

Shaylene confirma isso com um aceno de cabeça.

— Ele me ajudou muito. — Ela olha para Ed e lança a ele o esboço tímido de um sorriso. — Obrigada, Ed.

— Ótimo. Bom trabalho. — Hesito, sem saber se algum deles precisa de mim aqui. Tenho notado mais e mais que me tornei O Chefe ao longo do último ano, especialmente após minha efetivação. Junto a essa percepção veio a próxima: eu sou meio assustador, portanto, nem sempre sou a primeira opção de auxiliar para um aluno que quer treinar suas falas. — Bom, vou estar no escritório, se alguém precisar de mim…

Eu me viro para sair, mas Shaylene me interrompe.

— Doutor Campbell? Você não gostaria de tomar um café com a gente?

Ela olha para Ed e assente com a cabeça, como se o estivesse incitando. Ele a examina com os olhos durante alguns instantes antes de assentir também.

— É. *Tomar um café* — ele repete. — Isso.

Verifico meu relógio. Tenho evitado passar mais tempo com o Ed do que o necessário, mas agora não tenho nenhum bom motivo para negar.

— Claro.

Porém, assim que saímos para o corredor, Shaylene para.

— Sabem de uma coisa? Acho que eu vou dar mais uma olhada nos meus slides de transição. Vocês podem ir, já me encontro com vocês.

Ed e eu ficamos parados aqui, cientes de que uma menina astuta de vinte e dois anos acabou de armar para nós. Observamos enquanto ela caminha pelo corredor em direção à escadaria que vai até o laboratório.

Ed dá um grunhido e, em seguida, paira o silêncio entre nós.

— Sabe, não precisamos tomar café.

— A Shaylene acabou de armar para a gente? — pergunto.

— Sim. — Ele ergue o braço, e seus dedos desaparecem sob seus cabelos bagunçados enquanto ele coça a cabeça. — A piada no laboratório é que mamãe e papai estão brigados.

Eu o encaro, sem saber o que dizer.

— Acho que eu sou a mamãe — ele esclarece. — Isso é bem maneiro.

Não sei que bicho me morde, mas caio na gargalhada. Ed, que estava inseguro de início, finalmente sorri. Em seguida, ele joga seus braços sobre mim, pressionando o rosto contra o meu ombro.

— Eu senti muito a sua falta. Estava me sentindo um merda. Me desculpa, cara.

Dou um tapinha em suas costas. Perdoar as pessoas é libertador para caralho. Sinto-me imediatamente como se pudesse, enfim, relaxar meus ombros pela primeira vez em semanas. Sinto-me um pouco mais próximo não só da liberdade de perdoar Millie, mas também do alívio de poder ficar perto dela novamente.

De: Millie M.
Enviado às 01:11 do dia 10 de maio

Acho que você precisa de uma atualização sobre o caso Elly/ Papai se quiser entender essa bagunça toda, então aqui vai.

Meu pai foi diagnosticado com Mal de Parkinson há mais ou menos um ano e meio. Eu deveria ter te contado, sei disso. Não nos conhecíamos há muito tempo e pais doentes tornam as conversas sérias rápido demais. Sou péssima em falar de assuntos pessoais, não só porque me sinto estranha quando falo de mim mesma, mas também porque não gosto da ideia de dar um tom triste a uma conversa.

Enfim... Eles começaram a medicar meu pai desde o início com um remédio chamado Sinemet, que certamente você conhece muito bem. Então, durante um tempo, tudo ficou bem, isso ajudou.

Mas, à medida que as células no cérebro dele continuam morrendo, o Sinemet vai passando a surtir menos efeito, certo? Isso não é porque ele precisa se apoiar nas células saudáveis para funcionar? Estou tentando entender a parte científica por trás de tudo isso. De qualquer maneira, o neurologista está recomendando agora uma Terapia de Estimulação Cerebral Profunda, e ele está resistindo, embora a Elly queira que ele experimente esse tratamento.

Elly tem dado conta de todas as necessidades dele, mas, com os gêmeos, ela está exausta. Ela já me pediu para ir para casa e ajudar algumas vezes, e eu fui, durante um final de semana aqui ou ali, mas agora ela quer que eu passe um mês inteiro lá, a fim de que ela e Jared possam tirar umas férias, e provavelmente também para eu e papai termos um tempo só para nós.

Tenho evitado essa viagem porque detesto ir para casa. Você se lembra daquela vez em que fomos à praia Hendry para ver os cachorros correndo pela areia? Você sabia que algo estava errado, mas não me pressionou para contar o que estava acontecendo. Bem, eu tinha acabado de descobrir o diagnóstico dele. Continuei lá por umas quatro horas, após ficar sabendo, e logo peguei um voo de volta para cá. Eu me senti muito culpada, mas odeio ficar lá e saber que meu pai estava doente e foi como descobrir o diagnóstico da minha mãe de novo.

Então, quero te contar duas coisas. Primeira: eu comecei a fazer terapia há duas semanas. Estou indo lá duas vezes por semana, e tem sido ótimo. Estou começando a me abrir com ela. Seu nome é Anna, e ela é engraçada e parece me entender, e também está me ajudando a consertar meu emocional imbecil.

Segunda: vou passar três semanas e meia com meu pai em julho. Papai vai operar no dia 22 de junho, e eu ficarei lá desde quando ele for liberado da clínica de reabilitação, em 2 de julho, até o dia 25 de julho.

Não sei mais o que dizer. Estou morrendo de medo da viagem, mas também estou um pouco aliviada, como se finalmente eu estivesse fazendo o que deveria ter feito durante este tempo todo. É ótimo poder te contar essas coisas.

Te amo,
Millie

Tenho lido e processado as mensagens dela há onze dias, deixando-as aparar cuidadosamente as arestas que sua traição deixou, mas não consigo mais ficar longe. Se alguém me pedisse para falar sobre o trajeto da minha casa à dela, eu só poderia descrever um borrão de cenários pontuado no final pelo barulho estridente dos pneus parando em sua garagem.

Mal consigo respirar, e, quando ela abre a porta, ainda de pijama, os cabelos bagunçados e os olhos vermelhos de tanto chorar, acho que minha respiração cessa por inteiro.

Ela não diz nada: só desaba em lágrimas e se deixa derreter sobre mim enquanto eu a abraço com força.

CAPÍTULO DEZESSETE

Millie

Demoro uns vinte minutos para conseguir me recompor e parar de chorar, mas, ao longo de todas as soluçadas e dos balbucios sem sentido, Reid me leva para dentro de casa, guia-me até o sofá e me abraça. Quando ele beija minha testa, começo a chorar ainda mais forte.

Aqui está ele, às duas da manhã, o que significa que ele leu minha última mensagem e veio em seguida. Isso também significa que ele provavelmente leu todas as minhas mensagens, o que eu tinha esperança de que fosse acontecer, que eu não estivesse só jogando minhas palavras fora no grande vácuo da internet.

Aliás, isso também quer dizer que ele não quer que eu fique sozinha depois de tudo o que eu lhe contei na última mensagem. Ele leu o que eu escrevi sobre Anna, sobre meu pai, sobre ir para casa durante o verão.

Ele me fez esperar mais de um mês, mas não me fará esperar mais para me contar o que decidiu. O alívio está próximo, ainda que ele me diga que precisa seguir em frente, pelo menos eu saberei.

Sento-me, relutantemente me afastando de seus braços, e limpo o rosto com a blusa do meu pijama. Quando a solto, percebo que acabei de mostrar meu seio ao Reid. Ele pisca várias vezes e me olha, meio zonzo.

— Opa. Desculpa.

Ele me lança um meio-sorriso malicioso que faz várias granadas explodirem na minha barriga.

— Mas cadê a seda vermelha?

— Eu esperava que você fosse se lembrar desse detalhe.

O sorriso se achata, devagar, e toma uma forma mais contemplativa, mas, felizmente, ainda carinhosa, e ele se aproxima para prender uma mecha do meu cabelo bagunçado atrás da minha orelha.

213

— Tem muita coisa para dizer sobre aquelas mensagens, mas, depois da que você mandou hoje, precisei vir logo aqui.

Uma abertura. Ele acabou de me dar uma abertura, e não quero estragar isso. É claro que é mais fácil escrever sobre sentimentos pelo computador e apertar "enviar", mas as partes mais importantes vêm a mim quando ele está assim tão próximo, sua mão sobre meu joelho.

A voz de Anna ecoa em meus ouvidos: *Se o Reid estivesse aqui agora, o que você gostaria de dizer a ele?*

Bem, o Reid *está* aqui agora.

— Eu senti muito a sua falta — digo, com simplicidade. Um começo fácil. Um passo de cada vez.

Observo sua boca, fascinada, enquanto sua língua escapa e umedece seu lábio inferior.

— Eu também.

Precisando de ar, desvio minha atenção e estudo o resto de seu rosto. Ele está com a barba por fazer, os olhos um pouco encovados, como se ele tivesse saído para uma corrida longa sem levar água suficiente.

— Sentiu mesmo?

Ele confirma.

— Quase te liguei umas quinhentas vezes.

— Acho que está tudo bem em não ter ligado. Eu tinha, tenho, um trabalho a fazer.

— É. — Ele olha várias vezes para os meus olhos, um de cada vez, tentando ler minha expressão. — Você está bem, Mills?

Balanço a cabeça, e meu queixo treme.

— Não muito.

Diante de sua expressão preocupada, começo a chorar de novo. O que há comigo? Sério, é como se uma represa tivesse estourado, e agora eu estou uma bagunça que não para de soluçar. Luto contra a mortificação que ascende dentro de mim, e a tentativa de manter o foco na reação de Reid ajuda: ele parece completamente indiferente às lágrimas, aos soluços e ao catarro.

— Mas estou muito feliz por você estar aqui — digo, em meio a um soluço. — Tipo, muito, *muito* feliz por você estar aqui. Nem posso te dizer o quanto senti sua falta. Eu estava…

— Millie… Meu amor… — Ele tenta me acalmar, pressionando sua mão sobre a lateral do meu pescoço. — Estou aqui com você.

Quando engasgo novamente, ele se aproxima, segurando meu rosto e cobrindo meus lábios com os dele.

Não sei como ele pode estar interessado em beijar minha boca vermelha e inchada agora, mas obviamente está, e está me beijando com tanta devoção, com tanto alívio, que começo a ficar tonta. Meus braços envolvem seu pescoço, minhas pernas me levam até seu colo, e tudo o que ele precisa fazer é soltar um gemido baixo e encorajador em minha boca, e logo estou me esfregando nele, ele acompanhando meus movimentos, e tiro sua camisa, e ele tira minha blusa...

Então eu me afasto, pressionando minha mão contra seu peito quando ele começa a percorrer, com um beijo, o caminho entre meu pescoço e meu ombro.

— Espera. — Eu engulo, com dificuldade de respirar. Os olhos dele sobem do meu torso nu até meu rosto, e ele parece tão dopado quanto eu estou me sentindo. — Eu preciso saber que você me escutou.

Ele continua parado, ouvindo atentamente.

— Está bem.

— Eu sinto muito pelo que fiz — continuo, e espero até que ele confirme isso com um aceno de cabeça. — E estou me esforçando para me tornar mais disponível.

Acenando de novo, ele sussurra:

— Eu escutei. E você promete que vai me dizer como eu posso ajudar?

Sinto-me como um pedaço de pano velho que acabou de mergulhar num balde de água quente. Estou muito aliviada.

— Prometo.

Reid se aproxima, ansioso para continuar de onde paramos, mas um resquício das instruções de Anna inunda meus pensamentos.

— E eu não posso fazer isto... — Gesticulo, indicando a área na qual estamos pressionados juntos. — Não posso fazer isto sem uma certa concordância...

Com um sorriso, ele se estica, plantando um beijo doce e longo em minha boca.

— *Essa* é a sua condição? Você quer compromisso?

Faço que sim com a cabeça, lutando contra o instinto de fazer uma piada sobre assinar um contrato e sobre minha vagina não cobrar mais por hora.

— Eu te amo. E estou tentando melhorar para deixar claro o que eu quero e do que preciso.

Ele assente, solene, com um brilho brincalhão nos olhos, mas vê minha expressão enquanto luto contra uma carranca.

— Estou tentando não debochar de você agora — ele diz, beijando-me de novo. — É muito meigo te ver assim.

Fecho meus olhos, resmungando.

— Não, é constrangedor.

— Estou dentro, Mills. Estou comprometido com você. — Ele lambe os lábios, e juro que meu pulso começa a bater umas mil vezes por minuto. — Eu também quero isso.

— Certo. — Eu expiro. — Que alívio...

Sinto sua respiração em meu pescoço logo antes de ele beijá-lo. — Eu também te amo. — Ele pontua cada expressão com um beijo num ponto mais baixo da minha garganta. — Você inteira: a Millie boba; a Millie quieta; a Millie argumentativa; a Millie sarcástica; e até esta Millie.

— Ele beija meu ombro. — Esta Millie com o lado mais suave. — Suas mãos sobem pela minha cintura. — Sinto que estou ganhando todas essas Millies.

Com um sorriso, pergunto-lhe:

— Bom, você quer todas essas Millies aqui no sofá? Ou prefere ter todas as Millies na cama?

Reid ri, e esse som parece juntar todos os pedacinhos quebrados de mim que deixei na sala ao longo deste último mês, sem ele aqui. Ele se levanta, carregando-me no colo, e beija meu nariz.

— Aqui está ela.

EPÍLOGO

Millie

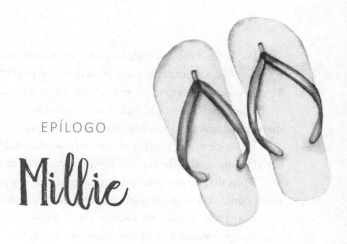

O PRATO CONTENDO O JANTAR DO PAPAI ainda está meio cheio na bandeja, em frente à sua espreguiçadeira. Ele já caiu no sono, mas não vou me dar ao trabalho de tentar movê-lo, primeiro porque não conseguiria levantá-lo sozinha, mesmo que quisesse (tentei isso uma noite, depois de ele cair, e minhas costas ainda estão doendo, duas semanas após o incidente), e segundo porque ele parece dormir melhor sentado, pelo menos por enquanto.

A recuperação do procedimento de implantação dos estimuladores cerebrais profundos não está fácil. Ele também precisou de duas fusões espinhais, que são responsáveis por boa parte de seu desconforto. Elly e eu não queremos ter esperança demais, porque não faz tanto tempo desde a cirurgia, e ele está tomando muitos remédios, mas, por ora, parece que os estimuladores estão funcionando. Os sintomas estão bem mais brandos do que estavam quando eu vim pela última vez.

O adiantamento do meu livro foi suficiente para pagar uma enfermeira para ficar com papai à noite, o que significa que posso retornar à casa que aluguei para este mês e relaxar após muita preocupação e outros deveres de filha que eu nunca tinha conseguido executar bem até agora. A vulnerabilidade do papai me atingiu de forma diferente desta vez. Talvez isso tenha a ver com o fato de Reid estar na minha vida para me apoiar, ou com o fato de que pude visitar as filhas da Elly e ver como a família dela é feliz, além do significado de ela poder se apoiar um pouco em mim também, para variar. Estar em casa não tem sido assustador ou claustrofóbico. É estressante, é claro, mas também é bom para caralho sentir que estou fazendo exatamente aquilo de que minha família precisa.

Por volta das onze e meia, passo as informações à enfermeira Deborah: o quanto papai comeu, quais remédios ele já tomou, o quanto caminhou hoje, e outras informações relevantes, antes de sair. Não é assim tão cansativo passar o dia com ele, mas é emocionalmente esgotante, e sinto como se meus pés estivessem imobilizados em concreto.

Estou ciente agora de que não temos muitas décadas ainda com ele; não acredito que quase deixei esse tempo escapar de mim.

Após dirigir por pouco tempo, entro na casa alugada e o aroma de alho toma conta das minhas narinas, além dos cheiros de salmão e… enxofre?

Largando a bolsa na sala de estar, passo pela pequena sala de jantar e vejo Banco Imobiliário já espalhado na mesa.

Meu sorriso murcha.

— Vocês estão de brincadeira, né? — pergunto.

Três pares de olhos se voltam para mim, e três sorrisos se abrem.

— Ah, fala sério! — Alex provoca. — A gente já está aqui com vocês há quase uma semana e ainda não jogamos nem uma vez. Estamos todos cansados de jogar baralho.

Reid estica os braços de forma convidativa, e eu vou até ele, acomodando-me em seu colo antes de tirar os sapatos.

— Está bem, mas vamos pelo menos jogar com as armas de Detetive em vez de com as peças originais. Eu vou ser a corda.

Ed ouve por alto o que acabei de falar quando volta da varanda de trás, onde só posso presumir que ele estava em uma de suas ligações noturnas com sua nova, e adorável, namorada, Shaylene.

— Tem certeza de que você não tem um instinto de assassina? — ele pergunta.

— Hum, é possível.

Reid congela sob mim, e eu me viro para dar um peteleco em seu nariz.

— Brincadeira.

Chris se afasta da mesa e se levanta.

— Sua namorada é estranha, Reid.

— A sua também! — retruco.

Alex disfarça um lamento, pois jura que não quer assumir compromisso com uma mulher, mas não estou muito certa disso. Algum dia, *algum dia*, ele não será mais eviscerado emocionalmente ao avistar Chris e Rayme, que formam um casal adorável, juntos numa sala.

— Estranha, sim — Reid concorda —, mas incrível.

Ele beija minha nuca, e, pela milionésima vez, penso: *Este homem é um santo*. Não só por passar este mês aqui comigo, mas por me dividir, durante o dia, com meu pai, e, durante à noite, com um fluxo ininterrupto de amigos e família que precisam de um lugar para ficar em Seattle. Seus pais nos visitaram algumas semanas atrás durante um fim de semana, e, felizmente, fomos poupados da angústia extramarital (acontece que Marla é lésbica, e o interesse do pai de Reid nela só se estendia ao fato de ele querer examinar seu solo, isso não foi um eufemismo, a fim de realizar comparações regionais). As gêmeas de Elly já dormiram aqui algumas vezes. Até deixei Avery ficar no quarto de hóspedes por algumas noites quando ela veio visitar minha irmã.

Posso adiantar que não gosto mais dela do que já gostava antes. Tenho certeza de que é ótimo para o Reid ter nossos amigos aqui para passar a semana conosco, de modo que eles podem fazer coisas mais interessantes do que visitar vinhedos, fofocar ou brincar de "Este Porquinho Foi ao Mercado".

Ergo a cerveja de Reid e tomo um gole longo.

— O que vocês fizeram hoje?

— Chris teve que trabalhar em seu projeto acadêmico — Reid diz. — Então, depois que você saiu, nós fomos proibidos de entrar na casa até umas três da tarde. Fizemos uma caminhada, achamos uma cervejaria nova e ficamos caindo de bêbados.

— Você está mesmo com cheiro de cerveja. — Ergo seu pulso, consultando seu relógio. — E vocês continuam acordados e bebendo à meia-noite? Meus heróis!

Estes homens adoráveis estão mesmo usando parte de suas férias para visitarem sua amiga irremediável e emocionalmente retardatária. De todas as coisas que poderíamos fazer em equipe: campeonatos de tiro ao alvo, namorar *on-line*, alugar uma limusine e irmos juntos respirar o mesmo ar de Barack Obama e ouvir seu discurso, esta semana da minha viagem foi, de longe, a melhor. Posso enfim me redimir com a minha família; eles podem explorar a fundo as cervejarias de Seattle.

Chris foi à cozinha pegar algo no forno. Ele retorna e põe um prato de comida na mesa à minha frente: salmão grelhado, couves-de-bruxelas assadas e arroz selvagem.

Enquanto ele estiver aqui, todos presumem que ele será o cozinheiro, porque Chris cozinha melhor do que todos nós juntos. Toda noite, ao chegar em casa, vejo que ele guardou um prato para mim, pois sabe que eu nunca estou com fome às quatro e meia da tarde, quando meu pai come. Talvez eu o recompense com um conjunto de tacos de golfe estampados com galos ao final da viagem.

— Você. É. *Incrível*.

Ele ergue o queixo para mim, concordando.

— Eu sei.

— Achei que aqui estava cheirando a peido quando entrei. — Brinco com as couves-de-bruxelas. — Pensei que fosse o Ed.

Ed começa a me contestar, mas parece decidir que não vale a pena discutir.

Reconheço a sensação de calor se espalhando pelo meu peito, e não sou emocionalmente idiota o suficiente para não reconhecer que se trata de gratidão. Ainda assim, também estou me esforçando para falar mais sobre essas coisas. Um silêncio de antecipação toma conta da sala.

— Obrigada pelo jantar — digo ao Chris. — Como sempre, está uma delícia.

Ele assente, mas o silêncio perdura. Todos sabemos que isso não se deve à minha gratidão pelo jantar de qualquer maneira.

— Então, eu falei com meu pai hoje — começo —, sobre como eu quero me aproximar mais dele.

— E...? — Reid pergunta. Ele sabe como fico nervosa ao tocar nesses assuntos mais complexos com meu pai.

— Ele já sabia o que eu ia dizer. — Apoio-me no Reid, aconchegando-me em seu corpo abaixo de mim e no jeito como seus braços me envolvem firmemente pela cintura. — Ele falou abertamente sobre como se sentiu quando mamãe morreu. Foi difícil, porque me dei conta de como eu e minha irmã fomos um peso para ele. Não que ele tenha dito isso, de maneira alguma. Mas, quer dizer... ele estava arrasado, e, além disso, sabia que estava falhando conosco. — Pressiono a bochecha com a mão. — Acho que nunca vi as coisas desta forma antes. Mas eu disse a ele: "Olha para a Elly, olha para mim. Nós estamos bem. Somos bem-sucedidas e felizes, e não viramos assassinas".

— Viu? — Ed interrompe. — Instinto assassino.

— De qualquer forma, ele pareceu me entender — digo. — Acho que ele está feliz por eu estar bem e não ser uma doida.

Alex limpa a garganta.

— Está bem, por não ser *completamente* doida.

Reid fala baixo contra a lateral da minha cabeça.

— A coisa mais insana sobre ser pai deve ser o fato de que tudo é um grande experimento, e você não faz a menor ideia se foi bem até, sei lá, décadas mais tarde.

Eu me viro e o beijo.

— Você é inacreditavelmente bobo.

A seguir, todos ficam quietos por alguns segundos. Percebo como deve ser estranho para eles me verem passando por tudo isto, e acho que provavelmente é o momento correto de dizer algo sobre o quanto os amo por estarem aqui e sobre o significado de ter uma família assim pela primeira vez na vida. No entanto, Alex solta um arroto longo e fedorento, e Chris dá um grunhido e se levanta para abrir uma janela, e Ed começa a fingir que está batendo em Alex com o cano de chumbo, e eu penso: *Nossa, como eles são idiotas.*

Reid estende as mãos e envolve minha caixa torácica, quieto. Adoro quando ele faz isso, quando me abraça como se quisesse cobrir o máximo que pudesse do meu corpo com os braços. O calor se acumula na parte inferior da minha barriga, embora o restante da sala pareça estar consumida pelo caos provocado por moleques de doze anos de idade, que arrotam frases inteiras e fazem piadas sobre canos de chumbo.

— Estou orgulhoso de você — ele diz em voz baixa.

— Eu também estou orgulhosa de mim — respondo. — E muito feliz por você estar aqui.

— Você acha que a gente consegue sair escondido sem eles perceberem? — ele pergunta, os lábios pressionados em minha orelha. — Eu gostaria muito de fazer sexo agora.

Aceno que sim com a cabeça.

— No três.

— Um — ele começa.

— Dois — continuo.

— Três.

Nós nos levantamos, afastando-nos da mesa devagar. Alex dá uma chave de cabeça em Ed. Chris está inclinado na janela, tentando alcançar o sapato que Alex atirou lá fora.

Reid e eu conseguimos sair na ponta dos pés da sala e seguir até o final do corredor em direção à suíte master sem que nossa ausência seja notada.

— Não pensem que a gente não viu! — Alex grita.

— Vamos aumentar o volume da música hoje! — Ed diz. — Não façam nada bizarro!

— Vamos fazer o melhor que pudermos! — grito de volta.

Na noite passada, eu resolvi latir só para assustá-los. Hoje podemos fazer uns barulhos fingindo que Reid está me estapeando.

Ao chegarmos no quarto, ficamos debaixo das cobertas, puxamo-las até cobrirem nossas cabeças, ligamos uma lanterna e fazemos o outro rir com nosso acervo de histórias estúpidas, que parece inesgotável. Eu digo que o amo várias vezes, e ele me beija para me fazer calar a boca. A partir daí, tudo fica em silêncio, mais doce do que eu jamais poderia ter imaginado.

Temos uma noite inteira à nossa frente, na verdade, teremos todas as noites pelo resto das nossas vidas, se assim o quisermos, e, durante estas oito horas perfeitas, podemos nos esquecer de que há mais alguém na casa, na cidade, no mundo.

Leia também

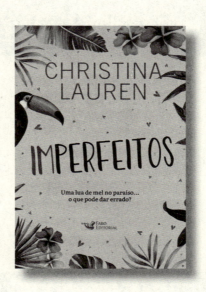

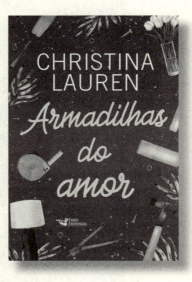

ASSINE NOSSA NEWSLETTER E RECEBA
INFORMAÇÕES DE TODOS OS LANÇAMENTOS

www.faroeditorial.com.br

Campanha

Há um grande número de pessoas vivendo com HIV e hepatites virais que não se trata. Gratuito e sigiloso, fazer o teste de HIV e hepatite é mais rápido do que ler um livro.

Faça o teste. Não fique na dúvida!

ESTA OBRA FOI IMPRESSA
EM JUNHO DE 2025
PELA PLENA PRINT